W9-AQR-454

BIKINI

BIKINI

James Patterson

Traducción de Carlos Gardini

FRANKLIN COUNTY LIBRARY
906 NORTH MAIN STREET
LOUISBURG, NC 27549
BRANCHES IN BUNN,
FRANKLINTON, & YOUNGSVILLE

EDICIONES B
GRUPO ZETA

Barcelona • Bogotá • Buenos Aires • Caracas • Madrid • México D.F. • Montevideo • Quito • Santiago de Chile

Título original: *Swimsuit*

Traducción: Carlos Gardini

1.ª edición: junio 2009

© James Patterson, 2009
© Ediciones B, S. A., 2009
Bailén, 84 - 08009 Barcelona (España)
www.edicionesb.com

Publicado por acuerdo con Little, Brown and Company,
un sello de Hachette Book Group, Inc.

Todos los personajes y hechos son ficticios. Cualquier parecido
con personas reales, vivas o muertas, es pura coincidencia.

Printed in Spain
ISBN: 978-84-666-4115-9
Depósito legal: B. 19.939-2009

Impreso por NOVAGRÀFIK, S. L.

Todos los derechos reservados. Bajo las sanciones establecidas
en las leyes, queda rigurosamente prohibida, sin autorización
escrita de los titulares del *copyright*, la reproducción total o parcial
de esta obra por cualquier medio o procedimiento, comprendidos
la reprografía y el tratamiento informático, así como la distribución
de ejemplares mediante alquiler o préstamo públicos.

Al equipo local:
Suzie y John, Brendan y Jack

PRÓLOGO

Sólo los hechos

Sé cosas que preferiría ignorar.

Un auténtico asesino psicópata no se parece en nada al homicida común. No es como el atracador que se asusta y descarga su pistola sobre un infeliz empleado de licorería, ni como el hombre que irrumpe en la oficina de su corredor bursátil y le vuela la cabeza, ni como el marido que estrangula a su mujer a causa de una infidelidad real o imaginaria.

Los psicópatas no están motivados por el amor, el miedo, la furia o el odio. No sienten esas emociones.

No sienten nada. Sé de qué hablo.

Gacy, Bundy, Dahmer, *BTK* Arder y las demás estrellas del gremio de los asesinos depravados eran gente distante, impulsada por el ansia sexual y la emoción de la cacería. Si alguien creyó ver remordimiento en los ojos de Ted Bundy cuando confesó haber matado a treinta mujeres jóvenes, sólo se lo imaginó, porque lo que distingue al psicópata de los demás homicidas es que le importan un bledo la vida y la muerte de sus víctimas.

Pero puede fingir que le importan. Remeda las emociones humanas para pasar inadvertido entre nosotros y acechar a su presa. Para acercarse poco a poco. Y una vez que ha matado, busca una emoción nueva y más intensa, sin límites, sin tabúes, sin restricciones.

Me han dicho que uno puede «distraerse» al estar tan consumido por sus apetitos inconfesables, y así los psicópatas cometen fallos.

Sí, a veces cometen errores.

Quizás ustedes recuerden la primavera de 2007, cuando Kim McDaniels, modelo de bikinis, fue secuestrada en una playa de Hawai. Nadie pidió rescate. La policía local se mostró lenta, arrogante e inepta, y no hubo testigos ni informadores que supieran quién había raptado a esa bella y talentosa mujer.

En esa época, yo era un ex policía metido a novelista, pero como mi último libro había ido casi directamente de la distribuidora a las mesas de saldo, era un novelista venido a menos que procuraba sobrevivir sin tener que escribir culebrones.

Así que trabajaba como periodista en la sección de crónicas policiales del *L.A. Times* y trataba de ser optimista: así fue como el escritor Michael Connelly inició su carrera hacia la fama y el éxito.

El viernes por la noche, veinticuatro horas después de la desaparición de Kim, yo estaba ante mi escritorio, redactando otro artículo rutinariamente trágico sobre la víctima de un tiroteo, cuando mi jefe de redacción, Daniel Aronstein, se asomó a mi cubículo, dijo «Mueve el culo» y me arrojó un billete a Maui.

Entonces yo frisaba los cuarenta y sufría una indigestión de escenas del crimen, pero me decía que estaba en un puesto ideal para pillar la idea que me permitiera escribir el libro que daría un giro radical a mi vida. Me aferraba a esa ilusión para conservar mi deshilachada esperanza de lograr un futuro mejor.

Lo extraño es que cuando la gran idea llamó a mi puerta no supe reconocerla.

El billete a Hawai me brindaba una ansiada oportunidad. Presentía un pasatiempo cinco estrellas; bares con vistas al mar y chicas semidesnudas, codo a codo con la competencia: todo eso a cuenta del *L.A. Times*.

Cogí el billete y volé hacia el artículo más importante de mi carrera.

El secuestro de Kim McDaniels era un incidente inesperado, una historia caliente de duración desconocida. Todas las agencias de noticias del planeta ya estaban pendientes de ella cuando me sumé a la multitud de reporteros que se agolpaba frente al cordón policial ante el hotel Wailea Princess.

Al principio pensé lo que pensaban todos: Kim había bebido más de la cuenta y caído en manos de unos chicos malos que, tras violarla, la mataron y se deshicieron del cuerpo. La «Bella Ausente» ocuparía los titulares durante una semana o un mes, hasta que algún imbécil de la farándula o el Departamento de Seguridad Interior recobrara la primera plana.

Aun así, tenía que mantener mi autoengaño y justificar una cuenta de gastos, así que me abrí paso a empellones hasta el negro corazón de una perversa y fascinante orgía de crímenes. Al hacerlo, y sin haberlo planeado, pasé a formar parte de la historia, pues fui escogido por un asesino profundamente psicótico que cultivaba su propio autoengaño.

Este libro es la auténtica historia de un monstruo hábil y elusivo, un monstruo de primera categoría que se llamaba Henri Benoit. Como me dijo el propio Henri: «Jack el Destripador nunca soñó con matar así.»

Hace meses que vivo en una localidad remota, transcribiendo la historia de Henri. Los cortes de electricidad son frecuentes en este lugar, así que me he puesto ducho con una máquina de escribir manual. Lo cierto es que no necesito Google, porque lo que no figura en mis cintas, notas y recortes está grabado para siempre en mi mente.

Bikini trata sobre un asesino sin precedentes que elevó el listón a cotas inimaginables, un homicida sin parangón. Me he tomado ciertas licencias literarias para narrar su historia porque no puedo saber lo que Henri o sus víctimas pensaban en tal o cual situación.

Pero no se preocupen por eso, pues lo que Henri me contó con sus propias palabras fue confirmado por los hechos.

Y los hechos cuentan la verdad.

Y la verdad los dejará sin aliento, igual que a mí.

BENJAMIN L. HAWKINS
Mayo de 2009

PRIMERA PARTE

La cámara la ama

1

Kim McDaniels estaba descalza, con un minivestido Juicy Couture de rayas azules y blancas, cuando la despertó un golpe en la cadera, un porrazo doloroso. Abrió los ojos en la oscuridad y a su mente afloraron preguntas.

¿Dónde estaba? ¿Qué sucedía?

Forcejeó contra la manta que le habían echado sobre la cabeza, logró liberar la cara y reparó en un par de cosas: la habían amarrado de manos y pies, y se encontraba en un compartimiento estrecho.

Otro golpe la sacudió.

—¡Oye! —protestó.

Su grito fue sofocado por el espacio cerrado y la vibración de un motor. Comprendió que estaba dentro del maletero de un coche. «¡Absurdo!» Se dijo que debía despertarse.

Pero estaba despierta, sintiendo golpes reales, así que forcejeó, retorciendo las muñecas contra una soga de nailon que no cedía.

Se volvió sobre la espalda, pegando las rodillas al pecho, y pateó la tapa del maletero. La tapa no se movió.

Pateó una y otra vez, hasta sentir punzadas desde la planta de los pies hasta las caderas, pero siguió encerrada y dolorida. El pánico la hizo estremecer.

Estaba atrapada. Confinada. No sabía cómo ni por qué

20254944

había ocurrido, pero no estaba muerta ni herida, así que podía escapar.

Usando las manos amarradas como una garra, Kim tanteó el compartimiento buscando una caja de herramientas, un gato, una palanca, pero no encontró nada, y el aire se enrarecía mientras ella jadeaba en la oscuridad.

¿Por qué estaba allí?

Buscó su último recuerdo, pero su mente estaba lerda, como si también le hubieran arrojado una manta sobre el cerebro. Sospechó que la habían drogado. Alguien le había dado un somnífero. Pero ¿quién? ¿Cuándo?

—¡Socorro! ¡Soltadme! —gritó al tiempo que pateaba de nuevo la tapa del maletero, golpeándose la cabeza contra un borde de metal que la hizo lagrimear. Ya no sólo estaba muerta de miedo, sino furiosa.

A través de las lágrimas, Kim vio una reluciente barra de cinco pulgadas encima de ella. Tenía que ser la palanca para abrir el maletero desde dentro.

—Gracias a Dios —susurró.

2

Sus manos amarradas temblaban mientras Kim estiraba los brazos, enganchaba los dedos en la palanca y tiraba hacia abajo. La barra se movió con facilidad, pero la tapa no se abrió.

Lo intentó de nuevo, tirando una y otra vez, esforzándose frenéticamente a pesar de su sospecha de que la palanca estaba inutilizada, de que habían cortado el cable. Entonces notó que el coche abandonaba el asfalto. Sintió menos barquinazos, así que pensó que estaban avanzando sobre arena.

¿Se dirigían al mar?

¿Ella se ahogaría en ese maletero?

Gritó de nuevo, un estridente alarido de terror que se transformó en una frenética plegaria:

—¡Dios mío, permíteme salir con vida de esto y te prometo...!

Cuando el grito se apagó, oyó música detrás de su cabeza. Una vocalista entonaba una especie de blues, una canción que ella no conocía.

¿Quién conducía el coche? ¿Quién le había hecho eso? ¿Por qué motivo?

Ahora la mente se le despejaba, retrocediendo, pasando revista a las imágenes de las horas anteriores. Empezó a recordar. Madrugón a las tres. Maquillaje a las cuatro. En la playa a

FRANKLIN COUNTY LIBRARY
906 NORTH MAIN STREET
LOUISBURG, NC 27549
BRANCHES IN BUNN,
FRANKLINTON, & YOUNGSVILLE

las cinco. Con Julia, Darla, Monique y esa chica despampanante pero extraña, Ayla. Gils, el fotógrafo, bebía café con el equipo, y los hombres que remoloneaban alrededor de la escena, toalleros y corredores mañaneros embelesados por esas chicas con sus bikinis diminutos, por la maravilla de tropezarse con un rodaje de *Sporting Life*.

Kim evocó aquellos momentos, sus poses con Julia.

—Una sonrisa, Julia —decía Gils—. Estupendo. Divina, Kim, divina, así me gusta. Los ojos hacia mí. Perfecto.

Recordó que las llamadas telefónicas habían empezado después, durante el desayuno, y habían seguido todo el día.

Diez malditas llamadas, hasta que desconectó el teléfono.

Douglas la había llamado, le había dejado mensajes, la había acechado, la había enloquecido. ¡Douglas!

Y recordó que esa noche, después de la cena, ella estaba en el bar del hotel con el director artístico, Del Swann, encargado de supervisar el rodaje, de protegerla después, y Del había ido al baño de caballeros, y él y Gils, ambos gais, habían desaparecido.

Y recordó que Julia hablaba con alguien en el bar y Kim trató de llamarle la atención pero no lograba establecer contacto visual, así que salió a caminar por la playa. Y eso era todo lo que recordaba.

Había ido a la playa con el móvil colgado del cinturón, apagado. Y ahora empezaba a pensar que Douglas se había desquiciado. Perdía fácilmente los estribos y se había convertido casi en un acosador. Quizá le hubiera pagado a alguien para que le echara algo en la copa.

Ahora empezaba a comprender. Su cerebro funcionaba bien.

—¡Douglas! —gritó—. Doug...

Y entonces, como si el mismísimo Dios hubiera oído su invocación, un móvil sonó dentro del maletero.

FRANKLIN COUNTY LIBRARY
906 NORTH MAIN STREET
LOUISBURG, NC 27549
BRANCHES IN BUNN,
FRANKLINTON & YOUNGSVILLE

3

Kim contuvo el aliento y escuchó.

Sonaba un teléfono, pero no era el timbre del suyo. Era un zumbido sordo, no las cuatro notas de *Beverly Hills* de Weezer. De todos modos, si era como la mayoría de los teléfonos, estaría programado para activar el contestador después de cuatro tonos.

¡No podía permitirlo!

¿Dónde estaba el puñetero teléfono?

Palpó la manta y la soga le rasguñó las muñecas. Estiró las manos, tocó el suelo, percibió el bulto bajo un trozo de alfombra cerca del borde, pero lo alejó con sus movimientos torpes. ¡No!

El segundo tono terminó. El frenesí le había acelerado el corazón cuando por fin cogió el teléfono, un aparato grueso y anticuado. Lo aferró con dedos trémulos mientras el sudor le empapaba las muñecas.

Vio la identificación de la llamada, pero no había nombre, y no reconoció el número.

Pero no importaba quién fuera. Cualquiera daría igual.

Kim pulsó la tecla ok y se llevó el auricular al oído.

—¡Hola! —gritó con voz ronca—. ¿Con quién hablo?

En vez de una respuesta oyó un canto. Esta vez era Whitney Houston. «*I'll always love you-ou-ou*», decía el estéreo del coche, sólo que con mayor claridad y volumen.

¿La llamaban desde el asiento delantero?

—¿Doug? ¿Doug? —gritó por encima de la voz de Whitney—. ¿Qué diablos sucede? Respóndeme.

Pero él no respondía y Kim temblaba en el estrecho maletero, amarrada como un pollo, sudando a mares, y la voz de Whitney parecía burlarse de ella.

—¡Doug! ¿Qué diantre estás haciendo?

Entonces lo adivinó: él quería enseñarle lo que se sentía cuando no te prestaban atención, le estaba dando una lección; pero no podría salirse con la suya. Estaban en una isla, ¿verdad? ¿Cuán lejos podían ir?

Así que Kim se valió de su furia para estimular la mente que le había permitido iniciar la carrera de Medicina en Columbia, y pensó en cómo disuadir a Doug. Tendría que manipularlo, decirle cuánto lo lamentaba, y explicarle dulcemente que él debía entender que no era culpa de ella. Lo ensayó mentalmente.

«Comprende, Doug, no puedo recibir llamadas. Mi contrato me prohíbe estrictamente revelar dónde estamos rodando. Podrían despedirme. Lo entiendes, ¿verdad?»

Le insinuaría que, aunque ya habían roto su relación, aunque Doug actuaba como un demente al cometer ese acto criminal, él aún era su chico.

Pero tenía otros planes. En cuanto él le diera la oportunidad, le propinaría un rodillazo en los testículos o le patearía las rótulas. Sabía suficiente yudo para amansarlo, aunque él fuera corpulento. Luego pondría pies en polvorosa. ¡Y después los polis se encargarían de él!

—¡Doug! —gritó al teléfono—. Responde, por favor. Te lo ruego. Esto no tiene ninguna gracia.

De pronto el volumen de la música bajó.

—A decir verdad, Kim, tiene su gracia, aparte de ser maravillosamente romántico.

Kim no reconoció la voz.

No era Doug.

4

Un nuevo temor la embargó como un fuego helado y estuvo a punto de desmayarse. Pero recobró la compostura, juntó las rodillas, se mordió la mano y se mantuvo alerta. Reprodujo mentalmente el sonido de esa voz.

«A decir verdad, Kim, tiene su gracia, aparte de ser maravillosamente romántico.»

No conocía esa voz, no la conocía en absoluto.

Todo lo que había imaginado un momento atrás, la cara de Doug, su debilidad por ella, el año que había pasado aprendiendo cómo apaciguarlo cuando se descontrolaba, todo eso se había esfumado.

Ahora había una nueva verdad.

Un desconocido la había maniatado y arrojado al maletero de un coche. La habían secuestrado. Pero ¿por qué? ¡Sus padres no eran ricos! ¿Qué le haría? ¿Cómo escaparía? Ella estaba... pero ¿cómo?

Kim escuchó en silencio.

—¿Quién es usted? —preguntó al fin.

Cuando volvió a oírse, la voz sonó meliflua y serena.

—Lamento ser tan grosero, Kim. Me presentaré enseguida. Dentro de poco. Y no te preocupes. Todo saldrá bien.

La comunicación se cortó.

Kim se calmó cuando se cortó la llamada. Era como si también le hubieran desconectado la mente. Luego se agolparon los pensamientos. La voz tranquilizadora del desconocido le infundía esperanza. Así que se aferró a eso. Él era amable. «Todo saldrá bien», había dicho.

El coche viró a la izquierda y Kim rodó contra el flanco del maletero y apoyó los pies en el metal. Notó que aún aferraba el teléfono.

Se acercó el teclado a la cara. Apenas podía leer los números a la luz tenue de la pantalla, pero aun así logró pulsar el 911.

Escuchó tres tonos y luego la voz de la operadora.

—Nueve once. ¿Cuál es su emergencia?

—Me llamo Kim McDaniels. Me han...

—No la entiendo bien. Por favor, deletree su nombre.

Kim rodó hacia delante cuando el coche frenó. Luego oyó la portezuela del conductor, y el chasquido de la llave en la cerradura del maletero.

Aferró el teléfono, temiendo que la voz de la operadora fuera demasiado fuerte y la delatara. Pero no quería colgar para no perder la conexión GPS entre ella y la policía, su mayor esperanza de rescate.

Una llamada telefónica podía rastrearse. Eso era así, ¿o no?

—Me han secuestrado —jadeó.

La llave giró a izquierda y derecha, pero la cerradura no atinaba a abrirse. En esa fracción de minuto, Kim repasó desesperadamente su plan. Todavía le parecía acertado. Si el secuestrador quería acostarse con ella, podría sobrevivir a eso, pero obviamente tendría que ser lista, entablar amistad con él, y recordarlo todo para luego contarlo a la policía.

El maletero se abrió por fin y el claro de luna le bañó los pies.

Y el plan de seducir al secuestrador se esfumó. Kim encogió las rodillas y lanzó una patada a los muslos del hombre. Él saltó hacia atrás, eludiendo sus pies, y antes de que ella pudiera verle la cara, le echó una manta encima y le arrebató el móvil de la mano.

Kim sintió el pinchazo de una aguja en el muslo.

Oyó la voz mientras su cabeza se inclinaba hacia atrás y la luz se desvanecía.

—Es inútil que te resistas, Kim. No se trata de nosotros dos, sino de algo mucho más importante, créeme. Aunque, pensándolo bien, ¿por qué ibas a creerme?

5

Recobró el conocimiento acostada boca arriba en una cama, dentro de un cuarto reluciente y pintado de amarillo. Tenía los brazos sujetos y trabados detrás de la cabeza. Sus piernas, muy separadas, estaban amarradas al armazón metálico de una cama. Tenía una sábana de satén blanco hasta la barbilla, metida entre las piernas. No podía estar segura, pero le pareció que estaba desnuda bajo la sábana.

Tironeó de la cuerda que le sujetaba los brazos, teniendo aterradores vislumbres de lo que podría ocurrirle, nada que congeniara con la tranquilizadora promesa de que «todo saldría bien». Luego oyó gruñidos y chillidos que nacían en su garganta, sonidos que nunca había emitido.

No logró hacer nada con las cuerdas, así que irguió la cabeza y echó un vistazo al cuarto. Parecía irreal, como un plató.

A la derecha de la cama había dos ventanas cerradas cubiertas con cortinas de gasa. Bajo las ventanas había una mesa llena de velas encendidas de toda altura y color, y flores autóctonas de Hawai.

Estrelicias y jengibre, flores muy masculinas a su entender, realmente sexuales, erectas en un jarrón junto a la cama.

Otro vistazo y detectó dos cámaras. De tipo profesional, montadas en trípodes a ambos lados.

Vio luces sobre pedestales y un micrófono en el que no había reparado antes, situado sobre su cabeza.

Oyó el fragor del rompiente, como si las olas se estrellaran contra las paredes. Y allí estaba ella, clavada como una mariposa en el centro de todo.

Inhaló profundamente.

—¡Socorro! —gritó.

Cuando cesó el grito, una voz sonó detrás de su cabeza.

—Calma, Kim, calma. Nadie puede oírte.

Ella movió la cabeza a la izquierda, estiró el cuello con gran esfuerzo, y vio a un hombre sentado en una silla. Usaba auriculares y se los quitó de la cabeza para apoyárselos en el pecho.

Su primera visión del hombre que la había capturado.

No lo conocía.

Tenía pelo rubio oscuro más o menos largo, y frisaba los cuarenta. Tenía rasgos regulares e imprecisos que casi podían considerarse agraciados. Era musculoso, y usaba ropa ceñida de aspecto caro, además de un reloj de oro que ella había visto en *Vanity Fair*: Patek Philippe. El hombre de la silla se parecía a Daniel Craig, el actor que había protagonizado la última película de James Bond.

Volvió a ponerse los auriculares y cerró los ojos mientras escuchaba. No le prestaba atención.

—¡Oye, amigo, te estoy hablando! —gritó Kim.

—Tendrías que oír esto —dijo él. Le dijo el nombre de la pieza musical, le dijo que conocía al artista, que ése era el primer corte del estudio.

Se levantó, le acercó los auriculares y le apoyó uno en la oreja.

—¿No es maravilloso?

El plan de fuga de Kim se evaporó. Había perdido su gran oportunidad de seducirlo. «Hará lo que quiera hacer», pensó. Aunque todavía podía suplicar por su vida. Decirle que sería más divertido si ella participaba. Pero su mente estaba embarullada por la inyección que él le había puesto y se sentía demasiado floja para moverse.

Escrutó los ojos grises del hombre y él la miró como si sintiera afecto por ella. Quizá pudiera valerse de eso.

—Escúchame —dijo—, la gente sabe que he desaparecido. Gente importante. Life Incorporated. ¿Has oído hablar de ellos? Tengo un toque de queda, como todas las modelos. La policía ya me está buscando.

—Yo no me preocuparía por la policía, Kim —dijo James Blonde—. He sido muy cuidadoso. —Se sentó en la cama junto a ella y le apoyó la mano en la mejilla, con admiración. Luego se puso guantes de látex.

Kim reparó en el color de los guantes porque eran azules. Él tomó algo de un clavo de la pared, una especie de máscara. Cuando se la puso, sus rasgos se distorsionaron. Y eran escalofriantes.

—¿Qué vas a hacer? ¿Qué vas a hacer?

Los gritos de Kim rebotaron en el cuartucho.

—Eso ha sido sensacional —dijo el hombre—. ¿Puedes hacerlo de nuevo? ¿Estás preparada, Kim?

Se aproximó a cada una de las cámaras, revisó el ángulo a través de las lentes, las encendió. Las brillantes luces resplandecieron.

Kim siguió los guantes azules mientras le apartaban la sábana de satén. La habitación estaba fresca, pero el sudor le perló la piel de inmediato.

Supo que él iba a violarla.

—No tienes que hacerlo así —le dijo.

—Claro que sí.

Kim se puso a gemir, un lloriqueo que se convirtió en grito. Desvió la cara hacia las ventanas cerradas, oyó que el cinturón del desconocido caía al suelo. Rompió a llorar sin reservas al sentir la caricia del látex en los senos, la sensación en la entrepierna mientras él la abría con la boca, la brusquedad con que él la penetraba, los músculos que se tensaban para cerrarle el paso.

Él le habló al oído, respirándole suavemente en la cara.

—No te resistas, Kim. No te resistas. Lo lamento, pero es un trabajo que estoy haciendo por mucho dinero. Los espectadores son grandes admiradores tuyos. Trata de entender.

—Muérete —dijo ella. Le mordió la muñeca, haciéndole sangre, y él la pegó, le abofeteó con fuerza cada mejilla, y las lágrimas le escocieron la piel.

Quería desmayarse, pero aún estaba consciente, bajo el cuerpo de ese desconocido rubio, oyendo sus gruñidos, sintiendo... demasiado. Así que procuró bloquear todas las sensaciones salvo el fragor de las olas y los pensamientos sobre lo que le haría cuando escapara.

6

Kim despertó sentada en una bañera de agua tibia, con la espalda apoyada en el borde curvo, las manos atadas bajo las burbujas.

El desconocido rubio estaba sentado en un taburete, lavándola con una esponja con toda naturalidad, como si la hubiera bañado muchas veces.

A Kim le dio una arcada y vomitó bilis en la bañera. El desconocido la alzó con un movimiento vigoroso, diciendo «Arriba». Ella volvió a notar cuán fuerte era, y esta vez reparó en un leve acento. No podía identificarlo. Quizá ruso. O checo. O alemán. Luego él quitó el tapón de la bañera y abrió la ducha.

Kim se contoneó bajo la lluvia y él la alzó y le sostuvo el cuerpo mientras ella gritaba y forcejeaba, tratando de patearlo pero perdiendo el equilibrio. Estuvo a punto de caerse, pero él la sostuvo de nuevo, riendo.

—Eres una criaturilla especial, ¿verdad? —le dijo.

Luego la envolvió en toallas blancas muy mullidas y la arropó como a un bebé. La sentó en la tapa del retrete y le ofreció una copa de algo para beber.

—Bebe esto. Te ayudará. De veras.

Kim meneó la cabeza.

—¿Quién eres? —preguntó—. ¿Por qué me haces esto?

—¿Quieres recordar esta velada, Kim?

—¿Bromeas, maldito pervertido?

—Este brebaje te ayudará a olvidar. Y te convendrá estar dormida cuando te lleve a casa.

—¿Cuándo me llevarás a casa?

—Todo terminará pronto —dijo él.

Kim alzó las manos y notó que la cuerda que le sujetaba las muñecas era diferente: azul oscuro, probablemente seda, y la forma de los nudos era intrincada, casi hermosa. Aceptó el vaso y lo vació.

A continuación, el desconocido le pidió que agachara la cabeza. Ella obedeció y él le secó el cabello con la toalla. Luego lo cepilló, haciendo rulos y rizos con los dedos, y sacó frascos y cepillos del largo cajón del mueble que rodeaba el lavabo.

Le aplicó maquillaje en las mejillas, los labios y los ojos con mano diestra, cubriendo una magulladura cerca del ojo izquierdo, mojando el cepillo con la lengua, combinando todo con la base.

—Soy muy bueno en esto, no te preocupes —le dijo.

Terminó su trabajo, la rodeó con los brazos, alzó el cuerpo envuelto por la toalla y la llevó a la otra habitación.

La cabeza de Kim cayó hacia atrás cuando él la depositó en la cama. Notó que él la estaba vistiendo, pero no lo ayudó en nada mientras le subía la braguita de un bikini por los muslos. Luego le ató el sujetador del traje de baño a la espalda.

El traje se parecía mucho al Vittadini que Kim había usado al final de la filmación. Rojo con una pátina plateada. Debió de haber murmurado «Vittadini», porque James Blonde le respondió:

—Es mejor aún. Lo escogí personalmente cuando estaba en St. Tropez. Lo compré sólo para ti.

—Tú no me conoces —dijo ella, torciendo el gesto.

—Todos te conocen, primor. Kimberly McDaniels, bello nombre, por lo demás. —Le movió el cabello a un costado y le anudó el cordel del sujetador sobre la nuca. Hizo un lazo y se disculpó por haberle tirado del pelo.

Kim quiso hacer un comentario, pero se olvidó de lo que iba a decir. No podía moverse. No podía gritar. Apenas podía mantener los ojos abiertos. Escrutó aquellos ojos grises que la acariciaban.

—Asombroso —dijo él—. Estás bellísima para un primer plano.

Ella intentó decir «Vete a la mierda», pero las palabras se enredaron y salieron como un suspiro largo y cansado.

—*Veieeerda*.

7

En una biblioteca privada al otro lado del mundo, un hombre llamado Horst estaba sentado en su sillón tapizado de cuero y miraba la gran pantalla ED junto al hogar.

—Me gustan las manos azules —le dijo a su amigo Jan, que agitaba su bebida en un vaso tintineante. Horst subió el volumen con el control remoto.

—Es un toque delicado —convino Jan—. Con ese traje de baño y esa tez, ella es tan americana como el pastel de manzana. ¿Estás seguro de que grabaste el vídeo?

—Claro que sí. Ahora mira —dijo Horst—. Observa cómo él tranquiliza a su animal.

Kim estaba tendida de bruces, amarrada como una presa de cazador, las manos a la espalda y sujetas a las piernas flexionadas. Además del traje de baño rojo, usaba zapatos negros de charol con tacones de doce centímetros y elegante suela roja. Era un calzado exclusivo, Christian Louboutin, el mejor, y Horst pensó que parecían más juguetes que zapatos.

Kim le suplicaba al hombre que sus espectadores conocían como «Henri».

«Por favor —sollozaba—. Por favor, desátame. Haré mi papel. Será mejor para ti y jamás se lo contaré a nadie.»

—Eso es verdad —rio Horst—. Jamás se lo contará a nadie.

Jan bajó el vaso.

—Horst —dijo con tensa impaciencia—, por favor, haz retroceder el vídeo.

«Jamás se lo contaré a nadie», repitió Kim en la pantalla.

«Está bien, Kim. Será nuestro secreto, ¿verdad?»

Henri llevaba una máscara en el rostro y su voz sonaba alterada digitalmente, pero su actuación era enérgica y su público estaba ansioso. Ambos hombres se inclinaron en el asiento y contemplaron cómo Henri acariciaba a Kim, le frotaba la espalda y la arrullaba hasta que ella dejaba de gimotear.

Y luego, cuando ella parecía a punto de dormirse, él se montó a horcajadas en su cuerpo, envolviéndose la mano con el pelo largo, húmedo y rubio de la mujer.

Le alzó la cabeza, tirando hasta que Kim arqueó la espalda y la fuerza del tirón la hizo gritar. Tal vez vio que él había empuñado un cuchillo dentado con la mano derecha.

«Kim —dijo él—, pronto despertarás. Y si alguna vez recuerdas esto, te parecerá una pesadilla.»

La bella joven guardó un asombroso silencio cuando Henri abrió el primer tajo profundo en la nuca. Luego, cuando sintió el dolor —que la arrancó bruscamente de su modorra—, abrió los párpados y soltó un alarido ronco con la boca pintada. Sacudió el cuerpo mientras Henri aserraba los músculos, y luego el alarido se interrumpió, dejando un eco mientras Henri terminaba de tronchar la cabeza con tres tajos largos.

Chorros de sangre salpicaron las paredes pintadas de amarillo, se derramaron en las sábanas de satén, mojaron el brazo y la entrepierna del hombre desnudo arrodillado sobre la muchacha muerta.

La sonrisa de Henri era visible a través de la máscara mientras sostenía la cabeza de Kim por el cabello, de modo que oscilaba suavemente frente a la cámara. Una expresión de pura desesperación estaba tallada en aquel bello rostro.

La voz digitalizada del asesino era turbadora y mecánica, pero Horst la encontraba muy satisfactoria.

«Todos felices, espero», dijo Henri.

La cámara se demoró ante el rostro de Kim un largo instante y luego, aunque el público quería más, la pantalla se ennegreció.

SEGUNDA PARTE

Vuelo nocturno

8

Un hombre miraba el agua oscura y las nubes rosadas desde un murallón de lava mientras el alba se cernía sobre la costa oriental de Maui.

Se llamaba Henri Benoit, que no era su nombre auténtico, sino el alias que usaba en ese momento. Frisaba los cuarenta, tenía pelo rubio más o menos largo y ojos grises y claros, y medía más de un metro ochenta. Ahora estaba descalzo, con los dedos de los pies hundidos en la arena.

Su holgada camisa de lino blanco colgaba sobre sus pantalones grises de algodón, y miraba las aves marinas que graznaban mientras rozaban las olas.

Henri pensaba que esos graznidos podrían haber sido los acordes iniciales de otro día impecable en el paraíso. Pero el día se había malogrado aun antes de empezar.

Henri dio la espalda al mar, se guardó el PDA en un bolsillo del pantalón y, mientras el viento le hinchaba la espalda de la camisa como una vela, subió el parque en declive que conducía a su bungaló particular.

Abrió la puerta con cancel, cruzó el *lanai* y el entarimado claro hasta la cocina, se sirvió una taza de café *kona*. Regresó al *lanai*, se repantigó en la tumbona junto a la tina caliente y se puso a cavilar.

Ese lugar, el Hana Beach Hotel, estaba en el tope de su lista de favoritos: exclusivo, confortable, sin televisión, ni siquiera teléfono. Rodeado por cientos de hectáreas de bosques, encaramado sobre la costa de la isla, aquel plácido grupo de edificios constituía un refugio perfecto para los muy ricos.

Allí un hombre podía relajarse perfectamente, ser la persona que era, realizar su esencia como ser humano.

La llamada telefónica desde Europa oriental había estropeado su relajación. La conversación había sido breve, prácticamente un monólogo. Horst le había dado las noticias buenas y las malas en un tono de voz que semejaba una navaja cortando un órgano vital.

Horst le había dicho a Henri que su trabajo había tenido una buena acogida, pero que había problemas.

¿Había escogido la víctima adecuada? ¿Por qué la muerte de Kim McDaniels era como el sonido del aplauso de una sola mano? ¿Dónde estaba la prensa? ¿Habían recibido todo aquello por lo que habían pagado?

—Entregué una realización brillante —rugió Henri—. ¿Cómo puedes negarlo?

—Cuida tus modales, Henri. Aquí somos todos amigos, ¿sí?

Sí. Amigos en un proyecto estrictamente comercial en el que un grupo de camaradas controlaba la pasta. Y ahora Horst le decía que sus compinches no estaban conformes. Querían más. Más enredos en la trama. Más acción. Más aplausos al final de la película.

—Usa tu imaginación, Henri. Sorpréndenos.

Le pagarían más, desde luego, por servicios adicionales. Al cabo de un rato, la perspectiva de ganar más dinero atemperó el mal humor de Henri sin modificar básicamente su desprecio por el Mirón.

«Conque quieren más, ¿eh? Vale.»

Cuando terminó su segunda taza de café, había elaborado un nuevo plan. Sacó un teléfono inalámbrico del bolsillo y empezó a hacer llamadas.

9

Esa noche nevaba en Cascade Township, el suburbio boscoso de Grand Rapids, Michigan, donde vivían Levon y Barbara McDaniels. Dentro de la eficaz pero acogedora casa de ladrillos de tres dormitorios, los dos hijos varones dormían profundamente bajo las mantas.

Pasillo abajo, Levon y Barbara yacían espalda contra espalda, tocándose la planta de los pies sobre la divisoria invisible de su cama Sleep Number, y su contacto de veinticinco años no parecía romperse ni siquiera en sueños.

La mesilla de Barbara estaba abarrotada de revistas y periódicos a medio leer, carpetas de análisis y memorándums, una multitud de suplementos vitamínicos alrededor de su frasco de té verde. «No te preocupes, Levon, y por favor no toques nada. Yo sé dónde está todo.»

La mesilla de Levon congeniaba con su cerebro izquierdo, así como la de Barbara con el derecho: su pulcra pila de informes anuales, el ejemplar anotado de *Against All Reason*, una pluma, una libreta y una hueste de adminículos electrónicos (teléfonos, ordenador portátil, reloj meteorológico), todos alineados a diez centímetros del borde de la mesilla, enchufados en una toma de corriente detrás de la lámpara.

La nevisca había envuelto la casa en un silencio blanco y el ruido del teléfono despertó sobresaltado a Levon. Sus palpitaciones se aceleraron y su mente fue presa de un pánico instantáneo. ¿Qué sucedía?

El teléfono volvió a sonar, y Levon cogió el aparato de línea.

Miró el reloj: las tres y cuarto de la mañana. Quién demonios llamaría a esas horas... Luego lo supo. Era Kim. Estaba cinco horas retrasada respecto de ellos, y sin duda se había olvidado de la diferencia horaria.

—¿Kim? ¿Cariño? —dijo Levon.

—Kim no está —respondió una voz masculina.

A Levon se le encogió el pecho y no pudo recobrar el aliento. ¿Estaba sufriendo un infarto?

—Disculpe, ¿cómo ha dicho?

Barbara se incorporó en la cama y encendió la luz.

—Levon, ¿qué sucede? —preguntó.

Levon alzó una mano, indicando que aguardara.

—¿Con quién hablo? —preguntó, frotándose el pecho para aliviar el dolor.

—Sólo tengo un minuto, así que escuche con atención. Llamo desde Hawai. Kim no está. Ha caído en malas manos.

¿Qué significaba aquello?

—No le entiendo. ¿Está herida?

Ninguna respuesta.

—¿Oiga?

—¿Escucha lo que le digo, señor McDaniels?

—Sí. ¿Quién es usted, por favor?

—Sólo lo diré una vez.

Levon se tiró del cuello de la camiseta, sin saber qué pensar. ¿El hombre mentía o decía la verdad? Conocía su nombre, su número de teléfono, sabía que Kim estaba en Hawai. ¿Cómo sabía todo eso?

—¿Qué sucede, Levon? —insistió Barbara—. ¿Se trata de Kim?

—Kim no se presentó para la filmación ayer por la mañana —dijo el hombre—. La revista ha tapado el asunto. Esperan tener suerte, esperan que ella regrese.

—¿Han llamado a la policía? ¿Alguien ha llamado a la policía?

—Ahora colgaré —dijo la voz—. Pero si yo fuera usted, abordaría el primer avión a Maui. Con Barbara.

—¡Aguarde! Por favor, aguarde. ¿Cómo sabe que ella ha desaparecido?

—Porque lo hice yo, amigo mío. La vi. Me gustó. La tomé. Buenas noches.

10

—¿Qué quiere? ¡Dígame qué quiere!

Levon oyó un chasquido seguido por el tono de marcación. Pulsó el botón del directorio y leyó «desconocido» donde tenía que figurar el número de la llamada.

Barbara le tironeaba del brazo.

—¡Levon! ¡Dime qué pasa!

Barbara siempre decía que ella era el lanzallamas de la familia y que él era el bombero, y esos papeles se habían fijado con el tiempo. Así que Levon comenzó a contarle lo que había dicho aquel hombre, pero eliminó el temor de su voz y se atuvo a los hechos.

El rostro de Barbara reflejaba el terror que llameaba dentro de Levon como una fogata. La voz le llegaba como desde lejos.

—¿Y le has creído? ¿Te ha dicho dónde estaba Kim? ¿Te ha contado lo que ha ocurrido? Por Dios, ¿de qué estamos hablando?

—Sólo que ha desaparecido...

—Nunca va a ninguna parte sin el móvil —dijo Barbara con voz entrecortada, sufriendo un ataque de asma.

Levon se levantó bruscamente, tiró cosas de la mesilla de Barbara con su mano trémula, derramando píldoras y papeles en la alfombra. Encontró el inhalador entre aquel batiburrillo, se lo dio a Barbara y la miró mientras ella aspiraba largamente.

Las lágrimas le perlaban la cara.

Él le tendió los brazos, ella se dejó abrazar y lloró en su pecho.

—Por favor... llámala.

Levon cogió el teléfono de la manta y marcó el número de Kim. Contó los interminables tonos, dos, tres, mirando el reloj, haciendo el cálculo. En Hawai eran poco más de las diez de la noche.

Oyó su voz.

—¡Kim! —gritó.

Barbara se pasó las manos por la cara con alivio, pero Levon comprendió su error.

—Es sólo un mensaje —le dijo a Barbara, al oír la voz grabada de Kim: «Deja tu nombre y tu número y responderé a tu llamada. ¡Chao!»

—Kim, soy tu padre. ¿Estás bien? Nos gustaría tener noticias tuyas. No te preocupes por la hora. Sólo llama. Aquí están todos bien. Te quiero, cariño.

Barbara sollozaba «Dios, santo Dios», estrujando las mantas y apretándoselas contra la cara.

—Aún no sabemos nada, Barbara —dijo Levon—. Podría ser un imbécil con un morboso sentido del humor...

—Dios mío. Llama a la habitación del hotel.

Sentado en el borde de la cama, mirando la grumosa alfombra entre sus pies, Levon llamó a información. Anotó el número, colgó y llamó al Wailea Princess de Maui.

Cuando atendió el operador, pidió hablar con Kim McDaniels, oyó cinco tonos distantes en una habitación que estaba a diez mil kilómetros de distancia y luego una voz grabada contestó: «Por favor, deje un mensaje para el ocupante de la habitación 314, o pulse cero para hablar con un operador.»

Levon volvió a sentir dolores en el pecho y se quedó sin aliento.

—Kim —le dijo al auricular—, llama a papá y mamá. Es importante. —Apretó el botón del cero, hasta que la voz cantarina del operador del hotel, al otro lado del mundo, apareció en la línea.

Le pidió que llamara a la habitación de Carol Sweeney, la representante de la agencia de modelos, que había acompañado a Kim a Hawai y debía estar allí para cuidarla.

Tampoco hubo respuesta en la habitación de Carol. Levon dejó un mensaje.

—Carol —dijo—, soy Levon McDaniels, el padre de Kim. Por favor, llámame cuando recibas este mensaje. No te preocupes por la hora. Estamos despiertos. Éste es el número de mi móvil...

Luego volvió a comunicarse con el operador.

—Necesitamos ayuda —dijo—. Por favor, póngame con el gerente. Es una emergencia.

11

Levon McDaniels tenía la mandíbula cuadrada, medía más de uno ochenta y pesaba unos ochenta kilos de puro músculo. Siempre había tenido fama de firme, enérgico, reflexivo, un buen líder, pero sentado allí con sus calzoncillos rojos, sosteniendo un minúsculo teléfono inalámbrico que no lo comunicaba con Kim, sentía revulsión e impotencia.

Mientras esperaba que el personal de seguridad del hotel fuera a la habitación de Kim e informara al gerente, su imaginación le trajo imágenes de su hija, lastimada o cautiva por un maldito maniático a saber con qué intenciones.

El tiempo pasó, quizá sólo unos minutos, pero Levon se imaginó surcando el cielo del Pacífico como un bólido, subiendo a grandes zancadas la escalera del hotel y abriendo a patadas la puerta de Kim. La veía apaciblemente dormida, con el teléfono descolgado.

—Señor McDaniels, seguridad está en la otra línea. La cama está sin deshacer. Las pertenencias de su hija parecen intactas. ¿Quiere que llamemos a la policía?

—Sí. De inmediato. Gracias. ¿Podría darme su nombre, por favor?

Levon reservó una habitación y llamó a United Airlines.

A su lado, Barbara respiraba con resuellos húmedos. Brillaban lágrimas en sus mejillas, y su trenza entrecana se deshacía mientras ella le pasaba los dedos una y otra vez. Su sufrimiento estaba al desnudo y ella no podía evitarlo. Barbara nunca ocultaba sus sentimientos.

—Cuanto más lo pienso —balbuceó entre sollozos espasmódicos—, más creo que es una broma pesada. Si se la hubiera llevado querría dinero, y no lo pidió, Levon. ¿Para qué llamó entonces?

—No sé, Barbara. Para mí tampoco tiene sentido.

—¿Qué hora es allá?

—Las diez y media de la noche.

—Entonces... ¿hace dieciocho horas que no la ven? —continuó Barbara, secándose los ojos en la camiseta de él, tratando de encarar las cosas con optimismo—. Quizá fue a pasear con algún chico guapo y tuvieron un pinchazo. O el móvil no tenía cobertura, o algo así. Quizás esté muy contrariada por no haberse presentado en el rodaje. Ya sabes cómo es ella. Tal vez esté atascada en alguna parte, enfadada consigo misma.

Levon había omitido la parte más aterradora de la llamada telefónica. No le había contado a Barbara que el hombre había dicho que Kim había caído en «malas manos». Eso no ayudaría a su esposa, y no hallaba las fuerzas para decírselo.

—Tenemos que mantener la cabeza fría —dijo.

Barbara asintió.

—Desde luego. Bien, iremos allá, Levon. Pero Kim perderá los estribos cuando sepa que le pediste al hotel que llamara a la policía. Ya sabes cómo se enfada.

Él sonrió.

—Me ducharé después de ti —añadió ella.

Levon salió del baño cinco minutos después, rasurado, con el cabello castaño y húmedo erguido alrededor de la coronilla calva. Trató de imaginarse el Walea Princess mientras se vestía, vio imágenes de postal con recién casados que caminaban por la playa en el poniente. Pensó que nunca más vería a su hija y sintió el filo de un terror cortante.

«Por favor, Dios, por favor, que nada le ocurra a Kim.»

Barbara se duchó deprisa. Luego se puso un suéter azul, pantalones grises y zapatos bajos. Tenía una expresión de shock, pero había superado la histeria y su lúcida mente estaba activa.

—Sólo llevaremos ropa interior y cepillos de dientes, Levon, nada más. Compraremos lo que haga falta en Maui.

En Cascade Township eran las cuatro menos cuarto. Había pasado menos de una hora desde que la llamada anónima había desgarrado la noche y sumido a los McDaniels en una incógnita aterradora.

—Llama a Cissy —dijo Barbara—. Yo despertaré a los niños.

12

Barbara suspiró y encendió el atenuador de luz, alumbrando gradualmente el cuarto de los niños. Greg se tapó con la colcha de Spiderman, pero Johnny se incorporó. Su cara de catorce años estaba alerta a algo nuevo y quizás emocionante.

Ella sacudió suavemente el hombro de Greg.

—Tesoro, despiértate.

—Mamá, no.

Barbara apartó la manta de su hijo menor y explicó a los niños una versión tranquilizadora de la historia. Que ella y papá viajaban a Hawai para visitar a Kim.

Sus hijos abrieron unos ojos como platos y la acribillaron a preguntas, hasta que Levon entró con gesto tenso.

—¡Papá! ¿Qué sucede? —exclamó Greg al verle la cara.

Barbara estrechó a Greg entre sus brazos y le dijo que todo estaba bien, que la tía Cissy y el tío Dave los esperaban, que podrían dormirse de nuevo dentro de quince minutos. Podían quedarse con el pijama puesto pero tendrían que calzarse y abrigarse.

Johnny les suplicó que lo llevaran a Hawai, por las motos acuáticas y el buceo, pero Barbara, conteniendo las lágrimas, le dijo que esta vez no y se ocupó de juntar calcetines, zapatos, cepillos de dientes y Gameboys.

—Mamá, nos ocultas algo. ¡Todavía está oscuro!

—No hay tiempo para explicaciones, Johnny. Todo está bien. Pero tenemos que coger un avión.

Diez minutos después, a cinco calles de distancia, Christine y David esperaban frente a la casa mientras el aire ártico que barría el lago Michigan espolvoreaba el jardín con fina nieve blanca.

Levon vio que Cissy bajaba los escalones para salir al encuentro del coche mientras él entraba en la calzada. Cissy era dos años menor que Barbara y tenía la misma cara con forma de corazón, y Levon también veía a Kim en los rasgos de ella.

—Llamadme cuando hagáis escala —dijo Cissy.

Dave le entregó un sobre a Levon.

—Aquí tienes un poco de efectivo, unos mil dólares. No, no, acéptalos. Quizá los necesitéis al llegar allá. Taxis y todo eso. Levon, cógelos.

Los abrazaron y les desearon buen viaje y palabras de afecto vibraron en la quietud de la madrugada. Cuando Cissy y David cerraron la puerta, Levon le pidió a Barbara que se sujetara.

El Suburban retrocedió por la calzada, luego cogió Burkett Road y enfiló hacia el aeropuerto Gerald R. Ford a más de ciento treinta por hora.

—Más despacio, Levon.

—Vale.

Pero mantuvo el pie en el acelerador, internándose en la noche constelada de nieve, que de algún modo lo mantenía al borde del terror e impedía que se despeñara en el abismo.

—Llamaré al banco cuando trasbordemos en Los Ángeles —dijo—. Hablaré con Bill Macchio para que nos tramite un préstamo con la casa como garantía, por si necesitamos efectivo.

Vio que Barbara lagrimeaba, oyó el chasquido de sus uñas

pulsando el Blackberry, enviando mensajes de texto a todos los parientes, amigos, a su trabajo. A Kim.

Barbara volvió a llamar al móvil de su hija cuando Levon aparcó el coche, y alzó el teléfono para que Levon oyera la voz mecánica: «El buzón de voz de Kim McDaniels está lleno. No se pueden dejar mensajes por el momento.»

13

Los McDaniels volaron de Grand Rapids a Chicago, donde figuraban en lista de espera para un vuelo a Los Ángeles que conectaba justo a tiempo con un vuelo a Honolulú. Una vez en Honolulú, corrieron por el aeropuerto, billetes y documentos en mano, y llegaron al aparato de Island Air. Fueron los últimos en embarcar, y se acomodaron en los asientos antes de que la puerta del avión se cerrara con un fuerte estampido.

Estaban a sólo cuarenta minutos de Maui.

Desde que habían salido de Grand Rapids habían dormido a ratos. Había pasado tanto tiempo que aquella llamada telefónica empezaba a parecer irreal.

Ahora barajaban la idea de que se reirían de todo una vez que Kim los hubiera regañado por causar tanta alharaca, y se sacarían una instantánea con Kim —con cara de fastidio— entre sus padres, todos luciendo guirnaldas, como típicos turistas felices en Hawai.

Y luego volvían a sentir miedo.

¿Dónde estaba Kim? ¿Por qué no podían comunicarse? ¿Por qué no había llamadas de ella en el teléfono de la casa ni en el móvil de Levon?

Mientras el avión sobrevolaba las nubes, Barbara comentó:

—Estaba pensando en la bicicleta.

Levon cabeceó y le asió la mano.

Lo que llamaban «la bicicleta» había empezado con otra terrible llamada telefónica, ocho o nueve años atrás, una llamada de la policía. Kim tenía catorce años. Salía en bicicleta después de la escuela, con una bufanda en el cuello. La bufanda ondeante se enredó en la rueda trasera, sofocando a Kim y arrojándola al arcén. Una mujer que pasaba en coche vio la bicicleta en el camino, frenó y encontró a la niña tendida junto a un árbol, inconsciente. Esa mujer, llamada Anne Clohessy, había llamado al 911, y cuando llegó la ambulancia no lograron que Kim recobrara el conocimiento. Su cerebro estaba privado de oxígeno, decían los médicos. Estaba en coma. El personal del hospital le dijo a Barbara que quizá fuera irreversible.

Cuando llamaron a Levon a la oficina, un helicóptero había trasladado a Kim a una unidad de traumatismos en Chicago. Levon y Barbara viajaron cuatro horas en coche, llegaron al hospital y encontraron a su hija en cuidados intensivos, aturdida pero consciente, con una tremenda magulladura en el cuello, tan azul como la bufanda que casi la había matado. Pero estaba con vida. Aún no se había recobrado del todo, pero se pondría bien.

—La mente me hacía jugarretas —había dicho Kim—. Era como soñar, sólo que mucho más real. Oí que el padre Marty me hablaba como si estuviera sentado al pie de la cama.

—¿Qué te dijo, tesoro? —había preguntado Barbara.

—«Me alegra que estés bautizada, Kim.» Eso me dijo.

Ahora Levon se quitó las gafas y se secó los ojos con el dorso de la mano.

—Entiendo, querido, entiendo —le dijo Barbara, dándole un pañuelo de papel.

Así querían encontrar a Kim ahora. Bien. Totalmente recobrada. Levon le dirigió a su mujer una sonrisa oblicua, y ambos recordaron que la nota del *Chicago Tribune* la había llamado la «chica milagrosa», y a veces aún la llamaban así.

La chica milagrosa que entró en el equipo de baloncesto de la universidad cuando apenas había ingresado. La chica milagrosa que inició la carrera de Medicina en Columbia. La chica milagrosa a quien habían elegido para que posara en traje de baño para *Sporting Life*, con todas las probabilidades en contra.

«Vaya milagro que fue ése», pensó Levon.

14

—Nunca debí haberme entusiasmado tanto con esa agencia de modelos —dijo Barbara, arrugando un pañuelo de papel.

—Ella quería hacerlo, cariño. No es culpa de nadie. Ella siempre ha sido muy independiente.

Barbara sacó una foto de Kim de la cartera, un retrato de su cara a los dieciocho años, tomada para aquella agencia de Chicago. Levon miró la foto: Kim con un suéter negro de corte bajo, el cabello rubio por debajo de los hombros, una belleza radiante que mareaba a los hombres.

—Después de esto no trabajará más de modelo.

—Tiene veintiún años, Levon.

—Kim será médica. No hay motivos para que siga siendo modelo. Se terminó. Se lo haré entender.

La azafata les anunció que el avión aterrizaría dentro de poco.

Barbara apartó la cortinilla y Levon miró las nubes que pasaban bajo la ventanilla. Parecían iluminadas con candilejas.

Mientras las casas y carreteras diminutas de Maui se mostraban a la vista, Levon se volvió hacia su esposa y compañera.

—¿Cómo te sientes, cariño? ¿Bien?

—Mejor que nunca —gorjeó ella, tratando de bromear—. ¿Y tú?

Levon sonrió, la abrazó y apretó su mejilla contra la de

ella, olió la fragancia que ella se ponía en el pelo. «El aroma de Barbara.» La besó y le apretó la mano.

—Aguanta —le dijo, mientras el avión iniciaba un pronunciado descenso. Y le envió un pensamiento a Kim: «Vamos a buscarte, cielo. Mamá y papá van a buscarte.»

15

Los McDaniels bajaron del jet por una escalerilla tamba-
leante hasta la pista. El calor era sofocante después del aire
acondicionado del avión.

Levon echó una ojeada al paisaje volcánico, un asombroso
contraste con la negra noche de Michigan y la nieve que le ro-
zaba la nuca mientras se despedía de sus hijos con un abrazo.
Se quitó la americana y palmeó el bolsillo interior para cerciorarse de que sus billetes de regreso estaban seguros, incluido
el que había comprado para Kim.

La terminal estaba atestada de gente, con la sala de espera
en el mismo sector al aire libre que el reclamo de equipajes.
Levon y Barbara mostraron sus documentos a un funcionario
vestido de azul y declararon que no traían ninguna fruta. Luego buscaron un taxi.

Levon echó a caminar deprisa, ansioso por llegar al hotel,
y casi tropezó con una niña de trenzas rubias. Ella aferraba un
osito de peluche, de pie en medio del recinto, observándolo
todo. Parecía una niña tan aplomada que Levon volvió a recordar a Kim y sintió una oleada de pánico que le provocó un
retortijón de estómago.

Levon siguió andando, preguntándose si Kim no habría agotado su cupo de milagros. ¿Su tiempo prestado se había terminado? ¿La familia había cometido un tremendo error al creerse los

titulares redactados por un reportero de Chicago, que les habían hecho pensar que Kim era tan milagrosa que nada podía lastimarla? Volvió a rogarle a Dios en silencio. Que por favor Kim estuviera a salvo en el hotel, que se alegrara de ver a sus padres, que dijera: «Lo lamento, no quería preocuparos.»

Rodeó a Barbara con el brazo y los dos salieron de la terminal, pero antes de llegar a la fila de taxis vieron que se acercaba un hombre, un chófer que alzaba un letrero con el nombre de ellos. Era más alto que Levon, de pelo y bigote oscuros, y usaba gorra de conductor, traje oscuro y botas de vaquero que parecían de piel de caimán, con tacos de casi ocho centímetros.

—¿Los McDaniels? —preguntó—. Soy Marco. El hotel me contrató para que los llevara. ¿Tienen que recoger el equipaje?

—No hemos traído ninguna maleta.

—Vale. El coche está fuera.

16

Los McDaniels siguieron a Marco, y Levon reparó en su extraño andar ondulante con aquellas botas de vaquero, pensando en el acento del hombre, que parecía de Nueva York o Nueva Jersey.

Cruzaron la calzada hasta un tramo de cemento donde Levon vio un periódico abierto en un banco. Con estremecedora sorpresa, notó que el rostro de Kim lo miraba desde abajo de los titulares. Era el *Maui News*, y las grandes letras negras clamaban: «La Bella Ausente.»

Levon se aturdió y tardó unos instantes en entender que durante las once horas de viaje se había declarado la desaparición oficial de Kim.

Así pues, no los aguardaba en el hotel.

Como había dicho aquel hombre, Kim no estaba.

Cogió el periódico con manos trémulas y su corazón se encogió mientras miraba los ojos risueños de Kim y observaba el traje de baño que lucía en esa foto, quizá tomada un par de días atrás.

Levon plegó el periódico y alcanzó a Marco y a Barbara en el coche.

—¿Tardaremos mucho en llegar al hotel? —le preguntó al chófer.

—Una media hora, sin cargo, señor McDaniels. El Wailea Princess me ha puesto a su disposición.

—¿Por qué hacen eso?

—Bien, en vista de la situación..., señor McDaniels —respondió Marco con discreción.

Abrió las portezuelas y la pareja subió. Barbara arrugó el ceño al coger el periódico, y lloró mientras leía el artículo. El sedán se internó en el tráfico.

El coche llegó a la autopista y Marco, los ojos en el espejo retrovisor, les preguntó si estaban cómodos, si querían más aire o música. Levon no sabía si ir al hotel o directamente a la policía. Se sentía como si hubiera sufrido una amputación en el campo de batalla, como si le hubieran arrancado brutalmente un miembro y quizá no sobreviviera.

Al fin el coche enfiló lo que parecía un camino privado, bordeado por matojos morados y florecientes. Dejaron atrás una cascada artificial y pararon ante la suntuosa entrada *portecochère* del Wailea Princess Hotel.

Había fuentes azulejadas a ambos lados del coche, y a un lado, estatuas de bronce de guerreros polinesios que emergían del agua con lanzas; en el otro, embarcaciones con batanga llenas de orquídeas.

Los botones, con camisa blanca y pantalones cortos rojos, corrieron hacia el coche. Marco abrió su portezuela y Levon, mientras rodeaba el sedán para ayudar a Barbara, oyó que repetían su apellido por doquier.

Reporteros con cámaras y micrófonos corrían hacia la entrada del hotel.

Corrían hacia ellos.

17

Diez minutos después, Barbara, aturdida y desorientada por el largo viaje, entró en una suite que en otras circunstancias habría considerado majestuosa. Si hubiera mirado la tarjeta colgada detrás de la puerta, habría visto que la habitación costaba más de tres mil dólares diarios.

Entró en el salón como una sonámbula, mirando la alfombra de seda anudada a mano sin verla, un dibujo de orquídeas sobre un fondo color melocotón, los muebles tapizados, el enorme televisor de pantalla plana.

Fue a la ventana y miró la belleza también sin verla, buscando sólo a Kim.

Había una estupenda piscina con forma complicada, como un cuadrado superpuesto sobre un rectángulo, *jacuzzis* circulares en la parte baja, una fuente semejante a una copa de champán en el medio, derramando agua sobre los chiquillos que jugaban debajo.

Escrutó las filas de cabañas inmaculadamente blancas que rodeaban la piscina, buscando a una joven en una tumbona bebiendo un trago, buscando a Kim sentada por allí. Vio a varias muchachas, delgadas, gordas, altas y bajas. Ninguna era Kim.

Más allá de la piscina vio un pasaje cubierto, escalones de madera que conducían a la playa tachonada de palmeras, frente al mar azul zafiro, sólo agua entre esa orilla y las costas de Japón.

¿Dónde estaba Kim?

Quiso decirle a Levon que sentía la presencia de su hija allí, pero cuando se giró él no estaba. Reparó en un exuberante cesto de frutas en la mesa cercana a la ventana y fue hacia allí. Oyó el ruido del retrete mientras levantaba la nota, que era una tarjeta de presentación con un mensaje en el dorso.

Levon, su querido esposo, con ojos vidriosos detrás de las gafas, se le acercó.

—¿Qué es eso, Barbara?

—«Estimados señor y señora McDaniels —leyó ella en voz alta—, llámenme, por favor. Estamos aquí para ayudar en todo lo posible.»

La tarjeta estaba firmada por «Susan Gruber, *Sporting Life*», y bajo el nombre había un número de habitación.

—Susan Gruber —dijo Levon—. Es la jefa de redacción. La llamaré de inmediato.

Barbara sintió renovadas esperanzas. Gruber estaba al mando. Ella sabría algo.

Quince o veinte minutos después, la suite de los McDaniels se había llenado con una pequeña multitud de personas.

18

Barbara estaba sentada en un sofá, las manos entrelazadas sobre el regazo, esperando que Susan Gruber, la enérgica ejecutiva neoyorquina, con su fulgurante dentadura de dentífrico y su rostro afilado como una navaja, les dijera que Kim había tenido una riña con el fotógrafo, o que no había salido bien en las fotos, así que le habían dado tiempo libre o cualquier otra cosa, algo que aclarase la situación, que les confirmara que Kim sólo estaba ausente, no desaparecida, ni secuestrada ni en peligro.

Gruber usaba un traje con pantalones aguamarina y muchos brazaletes de oro, y sus dedos estaban gélidos cuando le estrechó la mano a Barbara.

Del Swann, el director artístico —tez oscura, pelo platinado, alhajas en una oreja—, vestía tejanos desteñidos a la moda y una camiseta negra y ceñida. Parecía a punto de sufrir un colapso mental, y Barbara sospechó que sabía más de lo que declaraba, o quizá se sentía culpable porque había sido el último en ver a Kim.

Había otros dos hombres. El mayor era cuarentón y vestía traje gris, y era más que obvio que pertenecía al ámbito empresarial. Barbara había conocido hombres como él en las convenciones y fiestas de negocios de Merrill Lynch a las que asistía Levon. Estaba segura de que ese sujeto y el clon más joven que tenía a la derecha eran abogados neoyorquinos a quienes habían llevado a Maui como un paquete de Federal Express, para eximir a la revista de responsabilidades.

Barbara miró a Carol Sweeney, una mujer corpulenta ataviada con un caro vestido negro, aunque anodino, la representante de la agencia que le había conseguido ese trabajo a Kim y había asistido a la filmación como escolta de la modelo. Carol tenía aspecto de haberse tragado un sapo, tan sofocada estaba.

Barbara no soportaba estar en la misma habitación que Carol.

—Tenemos un equipo de seguridad trabajando para averiguar el paradero de Kim —dijo el cuarentón (Barbara había olvidado su nombre nada más oírlo) a Levon.

Ni siquiera miraba a Barbara. Concentraba su atención en Levon, como casi todos. Sabía que ella parecía conmocionada, frágil. Y nadie podía afirmar que no tenía buenos motivos.

—¿Qué más puede decirnos? —le preguntó Barbara al abogado.

—No hay indicios de que le haya pasado nada. La policía supone que está haciendo turismo.

Barbara deseaba que Levon les contara todo, pero éste, antes de que llegara la gente de la revista, le había dicho: «Asimilaremos información. Sólo escucharemos. Debemos tener en cuenta que no conocemos a esta gente.» Dicho de otro modo: cualquier persona vinculada con la revista podía estar relacionada con la desaparición de Kim.

Susan Gruber apoyó los codos en las rodillas.

—Kim estaba en el bar del hotel con Del —le dijo a Levon—. Él fue al servicio y cuando regresó Kim se había ido. Nadie se la llevó. Se fue por su cuenta.

—¿Ésa es su versión? —preguntó Levon—. Kim se fue del bar del hotel por su cuenta y nadie tuvo más noticias de ella, y se ha ido hace un día y medio, y ustedes creen que abandonó la filmación para hacer turismo. ¿Interpreto bien?

—Es una persona adulta, señor McDaniels —dijo Gruber—. No sería la primera vez que una chica abandona un trabajo. Recuerdo a una joven, Gretchen, que se esfumó en Cannes el año pasado, y apareció en Montecarlo seis días después. —Habló como si estuviera en su oficina y le explicara pacientemente su trabajo a Levon—. Tenemos ocho chicas en este rodaje —añadió, y contó a cuánta gente tenía que supervisar y todos los aspectos con que debía lidiar, y que debía estar en el plató cada minuto o mirando las tomas de ese día...

Barbara sentía una presión creciente en la cabeza. Susan Gruber estaba cubierta de oro, pero no tenía sortija de bodas. ¿Tenía un hijo? ¿Sabía lo que era un hijo? Aquella mujer no entendía nada.

—Queremos a Kim —le dijo Carol Sweeney a Barbara—. Yo... yo pensaba que Kim estaba segura aquí. Estaba cenando con otra modelo. Kim es una chica tan buena y responsable que nunca creí que tuviéramos motivos para preocuparnos.

—Yo sólo le di la espalda un minuto —dijo Del Swann. Y rompió a llorar.

Barbara entendió por qué Gruber había traído a su gente a verles. A Barbara le habían enseñado a ser amable, pero ahora que había dejado de negar lo obvio, tuvo que decirlo:

—¿Ustedes no son responsables? ¿Por eso están todos aquí? ¿Para decirnos que no son responsables de Kim?

Nadie la miró a los ojos.

—Hemos dicho a la policía todo lo que sabemos —dijo Gruber.

Levon se levantó y apoyó la mano en el hombro de Barbara.

—Por favor, llámennos si se enteran de algo —le dijo a la gente de la revista—. Ahora quisiéramos estar solos. Gracias.

Gruber se levantó y cogió su bolso.

—Kim regresará —dijo—. No se preocupe.

—Más les vale que así sea. Ruegue por ello cada vez que respire —espetó Barbara.

19

Entre los reporteros reunidos frente a la entrada principal del Wailea Princess, un hombre esperaba el inicio de la rueda de prensa.

Se confundía con la muchedumbre, parecía un tío que vivía con lo puesto, que quizá dormía en la playa. Llevaba gafas de sol panorámicas que le cubrían la cara como un parabrisas, aunque el sol estaba cayendo, una gorra de los Dodgers sobre el pelo castaño, zapatillas Adidas, pantalones abolsados y arrugados, y en el frente de su barata camisa hawaiana colgaba una réplica perfecta de un pase de prensa que lo identificaba como Charles Rollins, fotógrafo de *Talk Weekly*, una revista que no existía.

Su cámara de vídeo era cara, una flamante Panasonic HD con micrófono estéreo y lente Leica, cuyo precio superaba los seis mil dólares.

Apuntó la lente a la suntuosa entrada del Wailea Princess, donde los McDaniels se estaban instalando detrás de un atril.

Mientras Levon ajustaba el micrófono, el supuesto Rollins silbó unas notas entre dientes. Disfrutaba del momento, pensando que ni siquiera Kim lo reconocería si hubiera estado con vida. Alzó la cámara sobre la cabeza y grabó a Levon saludando a los periodistas, pensando que los McDaniels le caerían simpáticos si llegaba a conocerlos. Qué diantre, ya le resultaban simpáticos. Era imposible que los McDaniels no ejercieran ese efecto.

«Míralos. La dulce y temperamental Barbara. Levon, con el corazón de un general con cinco estrellas. Ambos, la sal de la puta tierra.»

Estaban afligidos y aterrados, pero aun así se comportaban con dignidad, respondiendo preguntas insensibles, incluida la infaltable «¿Qué le diría a Kim si ella los estuviera escuchando?».

—Le diría: «Te queremos, tesoro. Por favor, sé fuerte» —respondió Barbara con voz trémula—. Y a quien nos escuche, por favor, ofrecemos veinticinco mil dólares por cualquier información que conduzca al regreso de nuestra hija. Si tuviéramos un millón, lo ofreceríamos...

Barbara se quedó sin aliento, y Rollins vio que respiraba con un inhalador. Las preguntas seguían lloviendo sobre los padres de la supermodelo.

—¡Levon, Levon! ¿Le han pedido rescate? ¿Qué fue lo último que le dijo Kim?

Él se inclinó hacia los micrófonos y respondió con paciencia.

—La gerencia del hotel ha puesto un número de emergencia —dijo al fin, y lo leyó en voz alta.

Rollins miró a los periodistas que brincaban como peces voladores, barbotando más preguntas mientras los McDaniels bajaban y se dirigían al vestíbulo.

Rollins miró por la lente, hizo un acercamiento a la nuca de los McDaniels y vio a alguien que se abría paso en la muchedumbre, una celebridad de segunda que él había visto en C-Span, publicitando sus libros. Era un tío apuesto de casi cuarenta años, periodista y autor de populares novelas de misterio, vestido con pantalones holgados y una camisa rosa arremangada. Le recordaba a Brian Williams enviando sus notas desde Bagdad. Quizás un poco más recio y enérgico.

Mientras Rollins observaba, el escritor estiró la mano para

tocar el brazo de Barbara McDaniels y ella se volvió para hablar con él.

Charlie vio una entrevista con un auténtico periodista en acción. «Sensacional —pensó—. Los Mirones quedarán encantados. Kim McDaniels alcanzará el estrellato.» Aquello se estaba transformando en gran noticia.

20

Un periodista con pantalones holgados y camisa rosa.

Sí, ése era yo.

Vi una oportunidad cuando los McDaniels se alejaron del atril y la muchedumbre estrechó filas, rodeándolos como un tornado.

Me abalancé y toqué el brazo de Barbara McDaniels, llamándole la atención antes de que desapareciera en el vestíbulo.

Yo quería esa entrevista, pero aunque hayas visto a muchos padres de gente perdida o secuestrada rogando por el regreso de sus hijos, es imposible no conmoverse. Los McDaniels me conmovieron en cuanto les vi la cara. Me mortificaba verlos tan doloridos.

Toqué el brazo de Barbara McDaniels. Ella se volvió, y yo me presenté y le entregué mi tarjeta. Por suerte para mí, conocía mi nombre.

—¿Es usted el Ben Hawkins que escribió *Rojo*?

—*Todo en trazos rojos*. Sí, ese libro es mío.

Dijo que le había gustado el libro, y su boca sonreía aunque su cara estaba rígida de angustia. En ese momento el personal de seguridad hizo un cordón con los brazos, un sendero a través de la muchedumbre, y entré en el vestíbulo con Barbara, que me presentó a Levon.

—Ben es un autor conocido, Levon. Recordarás que lo leímos para nuestro club del libro el otoño pasado.

—Estoy cubriendo la noticia de Kim para el *L.A. Times* —le dije a McDaniels.

—Si busca una entrevista, lo lamento —dijo Levon—. Estamos agotados y quizá sea mejor que no hablemos hasta habernos reunido con la policía.

—¿Aún no han hablado con ellos?

Levon suspiró y sacudió la cabeza.

—¿Alguna vez ha hablado con un contestador automático?

—Quizá pueda ayudarle —dije—. El *L.A. Times* tiene influencia aquí. Y yo fui policía.

—¿De veras? —McDaniels tenía los párpados caídos, la voz ronca y áspera. Caminaba como un hombre que acabara de correr una maratón, pero de pronto se interesó en mí. Se detuvo y me pidió que le dijera más.

—Estuve en el Departamento de Policía de Portland. Era detective. Ahora investigo crímenes para las crónicas policiales del *Times*.

La palabra «crímenes» no le gustó.

—De acuerdo, Ben. ¿Cree que puede echarnos una mano con la policía? Nos están volviendo locos.

Caminé con los McDaniels por el fresco vestíbulo de mármol con sus techos altos y sus vistas al mar hasta un lugar apartado que daba a la piscina. Las palmeras susurraban en la brisa isleña. Chicos mojados en traje de baño pasaron corriendo, riendo despreocupadamente.

—Llamé a la policía varias veces —dijo Levon—. Obtuve un menú: «Billetes de aparcamiento, pulse uno. Juzgado de guardia, pulse dos.» Tuve que dejar un mensaje. ¿Puede creerlo? Barbara y yo fuimos a la comisaría de este distrito. El horario estaba pegado en la puerta. «Lunes a viernes de nueve a dieciocho. Sábados de diez a dieciséis.» No sabía que las comisarías cerraban. ¿Usted lo sabía?

La expresión de Levon era desgarradora. Su hija había desaparecido y la comisaría estaba cerrada. ¿Cómo podía este lugar tener ese aspecto paradisíaco cuando ellos vadeaban un pantano infernal?

—Aquí la policía se dedica principalmente a supervisar el tráfico, arrestar a conductores ebrios, esas cosas —dije—. Violencia doméstica, hurtos.

Y recordé que años atrás una turista de veinticinco años fue atacada en la isla grande por tres matones lugareños que la violaron y mataron. Era alta, rubia y dulce, muy parecida a Kim. Había otro caso, más famoso, una animadora de la Universidad de Illinois que se había caído del balcón de la habitación del hotel y había muerto en el acto. Estaba de parranda con un par de muchachos a quienes no hallaron culpables de nada. Y había otra chica, una adolescente lugareña, que visitó a sus amigos después de un concierto en la isla, y no fue vista nunca más.

—La rueda de prensa fue buena idea. La policía tendrá que tomar a Kim en serio —le dije.

—Si no recibo una llamada, volveré allí por la mañana —dijo Levon McDaniels—. Ahora queremos ir al bar, ver el lugar donde estaba Kim antes de desaparecer. Si quiere, puede acompañarnos.

21

El Typhoon Bar estaba en el entresuelo, abierto a los vientos alisios, maravillosamente aromatizado con sacuanjoche. Había mesas y sillas alineadas en la balaustrada que daba sobre la piscina. Más allá, una fila de palmeras descendía hasta la arena. A mi izquierda había un piano de cola, aún tapado, y a nuestras espaldas una larga barra. Un barman estaba cortando mondaduras de limón y sacando platos de fruta seca.

—El gerente de turno nos dijo que Kim estaba sentada a esta mesa, la más cercana al piano —dijo Barbara, palmeando tiernamente la superficie de mármol.

Luego señaló una puerta a unos quince metros.

—Aquél es el famoso baño de caballeros adonde fue el director artístico. Cuando le dio la espalda sólo un minuto.

Me imaginé el bar tal como debía de estar aquella noche. Gente bebiendo. Muchos hombres. Yo tenía muchas preguntas. Centenares.

Empezaba a encarar esta historia como si aún fuera policía. Si éste fuera mi caso, empezaría por las cintas de seguridad. Quería ver quién se hallaba en la barra cuando Kim estaba allí, saber si alguien la estaba observando cuando se levantó de la mesa, y quién había pagado la cuenta cuando ella se fue.

¿Se había ido con alguien? ¿Quizás a la habitación de él? ¿O había caminado hacia el vestíbulo, seguida por ojos vigilantes mientras bajaba la escalera, ondeando su cabello rubio?

Entonces, ¿qué? ¿Había salido, dejando atrás la piscina y las cabañas? ¿Alguna de esas cabañas estaba ocupada a horas tardías de aquella noche? ¿Alguien la había seguido a la playa?

Levon limpió cuidadosamente las gafas, primero una lente y luego la otra, y las alzó para ver si habían quedado limpias. Cuando se las caló de nuevo, me vio mirando el pasaje cubierto que conducía a la playa.

—¿Qué piensa, Ben?

—Todas las playas de Hawai son públicas, así que allí no habrá vídeos de vigilancia.

Me preguntaba si bastaría con la explicación más sencilla. ¿Kim había ido a nadar? ¿Se había metido en el agua y una ola la había arrastrado? ¿Alguien había encontrado sus zapatos en la playa y se los había llevado?

—¿Qué podemos contarle sobre Kim? —me preguntó Barbara.

—Quiero saberlo todo —dije—. Si no les importa, me gustaría grabar la conversación.

Barbara asintió y Levon pidió gin-tonics para ambos. Yo rehusé el alcohol y opté por un refresco.

Ya había empezado a dar forma a la historia de Kim McDaniels en mi cabeza, pensando en esa hermosa muchacha del Medio Oeste, con cerebro y belleza, a punto de hacerse famosa en todo el país, que había llegado a uno de los lugares más hermosos del mundo y había desaparecido sin dejar rastro. Una exclusiva con los McDaniels superaba mis expectativas, y aunque aún no podía saber si esa historia daría para un libro, era ciertamente una gran oportunidad periodística.

Más que eso, los McDaniels me habían conquistado. Eran buena gente.

Quería ayudarlos, y los ayudaría.

En ese momento estaban agotados, pero resistían. La entrevista estaba en marcha.

Mi grabadora era nueva, con una cinta virgen y pilas flamantes. Apreté el botón de grabación, pero, mientras el aparato zumbaba suavemente sobre la mesa, Barbara McDaniels me sorprendió.

Fue ella quien empezó a hacer preguntas.

22

Se apoyó la mano en el mentón.

—¿Qué pasó con usted y la policía de Portland? Y por favor, no me repita lo que dice la biografía de la solapa del libro. Eso siempre está maquillado, ¿verdad?

Con su énfasis y determinación, Barbara me daba a entender que no tenía motivos para responder mis preguntas si yo no respondía las suyas. Yo estaba dispuesto a satisfacer su curiosidad, pues quería que los McDaniels confiaran en mí.

Ese interrogatorio directo me hizo sonreír, pero no había nada divertido en la historia que ella me pedía que contara. Una vez que remití mi memoria a esa época y lugar, los recuerdos afloraron sin interrupción, y ninguno de ellos era glorioso ni agradable.

Mientras las vívidas imágenes se proyectaban en la pantalla de mi mente, les hablé de un terrible accidente de coche ocurrido muchos años atrás; mi compañero Dennis Carbone y yo estábamos cerca y habíamos respondido a la llamada.

—Cuando llegamos al lugar, quedaba una media hora de luz diurna. Estaba oscuro con una llovizna persistente, pero había luz suficiente para ver que un vehículo se había salido de la carretera. Había derribado algunos árboles como una bola de bolera de dos toneladas, estrellándose fuera de control en el bosque. Pedí ayuda por radio. Luego me quedé allí para interrogar al testigo que conducía el otro coche, mientras mi compañero iba hasta el vehículo siniestrado para ver si había supervivientes.

Les conté a los McDaniels que el testigo conducía el coche que venía en dirección contraria, que el otro vehículo, una camioneta Toyota negra, había invadido su carril y se le echó encima a toda velocidad. Dijo que él había dado un volantazo, y también el Toyota. La camioneta se había salido de la carretera a gran velocidad y el testigo había logrado frenar su coche, dejando un rastro de goma quemada de cien metros en el asfalto.

—Acudieron vehículos de rescate —dije—. El personal auxiliar sacó el cuerpo de la camioneta. El conductor había muerto al chocar contra un abeto y no llevaba pasajeros. Mientras se llevaban el cadáver, busqué a mi compañero. Estaba a pocos metros de la carretera, y me miraba furtivamente. Eso me extrañó un poco.

Se oyó un súbito estallido de risas femeninas cuando una novia, rodeada por sus damas de honor, atravesó el bar rumbo a la sala. Era una rubia bonita y veinteañera. El día más feliz de su vida, como dicen.

Barbara miró el séquito un momento y luego volvió a centrarse en mi relato. Cualquiera que tuviera ojos podía ver cuáles eran sus sentimientos. Y sus esperanzas.

—Continúe, Ben —dijo—. Nos hablaba de su compañero.

Asentí. Dije que me había apartado de mi compañero porque alguien me llamó, y cuando volví a mirar Dennis estaba cerrando el maletero de nuestro coche.

—No le pregunté lo que hacía, porque ya estaba pensando en el trabajo que nos esperaba. Debíamos redactar informes, acabar ciertas tareas. Ante todo, teníamos que identificar a la víctima. Yo estaba cumpliendo con mi deber, Barbara. Creo que es bastante común negar las cosas que no queremos ver. Tendría que haberme enfrentado a mi compañero allí y entonces. Pero no lo hice. Y ese fugaz momento de vacilación acabó por cambiarme la vida.

23

Una camarera se acercó para preguntarnos si queríamos algo más, y me alegró verla. Tenía la garganta reseca y necesitaba una pausa. Había contado esta historia anteriormente, pero nunca es fácil superar la humillación.

Y menos cuando no es merecida.

—Sé que es difícil, Ben —me dijo Levon—. Pero le agradecemos que nos hable de usted. Es importante oírlo.

—Lo difícil viene ahora —respondí.

Él asintió, y aunque Levon quizá sólo me llevara diez años, noté su preocupación paternal.

Llegó mi segundo refresco y lo revolví con una pajita. Luego continué:

—Pasaron unos días. La víctima del accidente resultó ser un narcotraficante de poca monta, Robby Snow, y el análisis de sangre dio positivo en heroína. Y entonces nos llamó su novia, Carrie Willis. Estaba afligida por la muerte de Robby, pero algo más la angustiaba. Me preguntó qué había pasado con la mochila de Robby. Una mochila roja, con cinta reflectora plateada en el dorso, que contenía mucho dinero.

»Bien, no habíamos encontrado ninguna mochila roja, y hubo muchas bromas sobre el descaro de Carrie Willis, que le reclamaba a la policía dinero obtenido con las drogas. Pero la novia de Robby era convincente. Carrie no sabía que Robby era traficante. Sólo sabía que él estaba por comprar un terreno a orillas de un arroyo y el pago total por la propiedad, cien mil dólares, estaba en esa mochila porque él iba a ver al agente para cerrar el trato. Ella misma había puesto el dinero en la mochila. Su versión era coherente.

—Entonces le preguntó a su compañero por la mochila —dedujo Barbara.

—En efecto. Le pregunté, y él me respondió que no había visto ninguna mochila, ni roja ni verde ni de ningún color.

»Ante mi insistencia, fuimos al aparcamiento de vehículos incautados y registramos el coche a fondo, sin resultado. Luego fuimos a plena luz del día hasta el bosque donde se había producido el accidente y peinamos minuciosamente la zona. Al menos, yo lo hice. Me pareció que Dennis sólo movía ramas y pateaba hojarasca. Fue entonces cuando recordé aquella expresión furtiva que le había visto la noche del accidente.

»Aquella noche tuve una larga y seria charla conmigo mismo. Al día siguiente fui a ver a mi teniente para una conversación extraoficial. Le dije lo que sospechaba, que cien mil dólares en efectivo se habían hecho humo sin que nadie lo informara.

—No tenía opción —dijo Levon.

—Dennis Carbone era un sujeto agresivo, y yo sabía que procuraría vengarse si se enteraba de que yo había hablado con el teniente, pero corrí el riesgo. Al día siguiente Asuntos Internos estaba en el vestuario. Adivinen qué encontraron en mi taquilla.

—Una mochila roja —respondió Levon.

Bingo.

—Mochila roja, cinta reflectora plateada, documentos bancarios, heroína y diez mil dólares en efectivo.

—¡Santo cielo! —exclamó Barbara.

—Me dieron a elegir: o renunciaba o me enjuiciarían. Yo sabía que no podía ganar en los tribunales. Sería mi palabra contra la suya. Y las pruebas, al menos una parte de ellas, habían aparecido en mi taquilla. Para rematarlo, sospeché que me endilgaban ese asunto porque el teniente era cómplice de Dennis Carbone. Fue un día nefasto. Entregué mi placa, mi arma y parte de mi respeto por mí mismo. Pude haber luchado, pero no podía correr el riesgo de ir a la cárcel por algo que no había hecho.

—Es una historia muy triste, Ben —dijo Levon.

—Ya. Y usted conoce el desenlace. Me mudé a Los Ángeles. Conseguí un puesto en el *Times* y escribí algunos libros.

—No sea modesto —dijo Barbara, palmeándome el brazo.

—Escribir es mi trabajo, pero no es lo que soy.

—¿Y qué cree que es?

—En este momento, procuro ser un buen reportero. Vine a Maui para cubrir la historia de su hija, y al mismo tiempo, quiero que ustedes tengan un final feliz. Quiero verlo, informar al respecto, compartir los buenos sentimientos cuando Kim regrese a salvo. Ése soy yo.

—Gracias, Ben —dijo Barbara, y Levon cabeceó a su lado.

Como decía, buena gente.

24

Ámsterdam. Las cinco y veinte de la tarde. Jan van der Heuvel estaba en su despacho del quinto piso de un edificio clásico con gablete. Mataba el tiempo mirando por encima de los árboles la embarcación turística que surcaba el canal.

La puerta se abrió y entró Mieke, una guapa veinteañera de pelo corto y oscuro, de largas piernas desnudas hasta sus pequeñas botas acordonadas, que llevaba una falda diminuta y una chaqueta ceñida. Bajó los ojos y dijo que si él no la necesitaba se tomaría el resto del día libre.

—Que te diviertas —dijo Van der Heuvel.

La acompañó hasta la puerta, echó la llave, regresó a su asiento ante el gran escritorio y miró la calle que bordeaba el canal Keizersgracht hasta ver que Mieke subía al Renault de su novio y se alejaba.

Sólo entonces prestó atención a su ordenador. Faltaban cuarenta minutos para la teleconferencia, pero quería establecer contacto temprano para grabar la conversación. Pulsó teclas hasta que se comunicó y el rostro de su amigo apareció en la pantalla.

—Horst —dijo—. Aquí estoy.

A esa misma hora, una mujer rubia y cuarentona estaba en el puente de su yate de 35 metros de eslora, anclado en el Mediterráneo, en la costa de Portofino. Era un yate de diseño exclusivo, construido con aluminio de alta tensión, con seis camarotes, una suite y un centro de videoconferencias en el bar, que se convertía fácilmente en cine.

La mujer dejó a su joven capitán y bajó hasta el camarote, donde sacó una chaqueta Versace del armario y se la puso sobre el sujetador. Cruzó la cocina, fue hasta la sala de medios y encendió el ordenador. Cuando se estableció el contacto con la línea cifrada, le sonrió a la cámara web.

—Aquí Gina Prazzi, Horst. ¿Cómo estamos hoy?

A cuatro husos horarios de distancia, en Dubai, un hombre alto y barbudo con ropa tradicional de Oriente Próximo dejó atrás la mezquita y se metió en un restaurante calle abajo. Saludó al dueño y atravesó la cocina, que olía a ajo y romero. Apartó una gruesa cortina, bajó por la escalera hasta el sótano y abrió una puerta de madera maciza que conducía a una sala privada.

En Victoria Peaks, Hong Kong, un joven químico encendió su ordenador. Tenía poco más de veinte años y un cociente intelectual superior a 170. Mientras se cargaba el software, miró más allá de la pared de cerramiento, los rascacielos cilíndricos y las torres iluminadas de Hong Kong. El cielo estaba inusitadamente despejado para esa época del año. Su mirada se deslizaba hacia la gran bahía y las luces de Kowloon cuando el ordenador emitió un pitido y él se concentró en la reunión de emergencia de la Alianza.

En São Paulo, el cincuentón Raphael dos Santos llegó a su casa poco después del mediodía en su nuevo deportivo Weisman GT MF 5. El coche costaba 250.000 dólares, pasaba de cero a sesenta en menos de cuatro segundos y alcanzaba un máximo de 300 kilómetros por hora. Rafi, como lo llamaban, amaba ese coche. Se detuvo en la entrada del garaje subterráneo, le arrojó las llaves a Tomas y cogió el ascensor que llevaba directamente a su apartamento.

Allí cruzó varios cientos de metros cuadrados de entarimado, dejó atrás muebles ultramodernos y entró en una oficina con vistas a la reluciente fachada del Renaissance Hotel, en Alameda Campos. Apretó un botón del escritorio y una pantalla delgada subió verticalmente por el centro. Se preguntaba cuál era el propósito de esa reunión. Algo había salido mal. Pero ¿qué? Tocó el teclado y apoyó el pulgar en la pantalla de identificación.

Rafi saludó al jefe de la Alianza en portugués.

—Horst, viejo canalla. Espero que esto se justifique. ¡Tienes toda nuestra atención!

25

En los Alpes suizos, Horst Werner estaba sentado en el sillón tapizado de su biblioteca. Brincaban llamas en el hogar y lámparas diminutas iluminaban el modelo a escala de dos metros y medio de longitud del *Bismarck* montado por él mismo. Había anaqueles en todas las paredes pero ninguna ventana, y detrás de los paneles de sándalo había una muralla de acero forrada con plomo de ocho centímetros de grosor.

El centro de operaciones de Horst se conectaba con el mundo mediante sofisticados circuitos de Internet que daban la sensación de que esa cámara blindada era el centro del universo.

En ese momento, los doce integrantes de la Alianza se habían conectado con la red cifrada. Todos hablaban inglés en mayor o menor grado, y sus imágenes en vivo estaban en la pantalla. Después de saludarlos, Horst pasó rápidamente al objeto de la reunión.

—Un amigo americano ha enviado a Jan una película como entretenimiento. Estoy muy interesado en vuestra reacción.

Una luz blanca llenó doce pantallas conectadas y se aclaró a medida que la cámara enfocaba un *jacuzzi*. Dentro había una joven desnuda de tez morena, con pelo largo y negro, tendida de bruces en diez centímetros de agua. Estaba amarrada como la presa de un cazador, manos y pies a la espalda y una soga ceñida al cuello.

Había un hombre en el vídeo, de espaldas a la cámara.

—Henri —dijo uno de los miembros de la Alianza cuando el hombre giró un poco.

Henri estaba desnudo, sentado en el borde del *jacuzzi*, y una máscara de plástico claro le deformaba los rasgos.

—Como veis —dijo a la cámara—, hay muy poca agua, pero suficiente. No sé qué es más letal para Rosa. No sé si se ahogará con el agua o con la cuerda. Veamos qué pasa.

Henri se volvió y le habló en castellano a la muchacha, que sollozaba, y luego tradujo para la cámara.

—Le he dicho que mantuviera las piernas alzadas hacia la cabeza. Que si podía aguantar así otra hora, la dejaría vivir. Quizás.

Horst sonrió ante el descaro de Henri, el modo en que acariciaba la cabeza de la joven, calmándola.

—*Por favor, déjame ir. ¡Eres malvado!* —gritó ella sin resuello, agotada por el esfuerzo de sobrevivir.

—Me pide que la suelte —tradujo Henri para la cámara—. Dice que soy malvado. Bien, la amo de todos modos. Qué chica tan dulce.

Rosa siguió sollozando, aspirando aire cada vez que sus piernas se relajaban y la soga se tensaba en su garganta. Gimió «*Mamá*», bajó la cabeza, y su exhalación final hizo burbujear la superficie del agua.

Henri le tocó el costado del cuello y se encogió de hombros.

—Ha sido la cuerda —dijo—. Pero lo cierto es que se ha suicidado. Una hermosa tragedia. Tal como prometí.

Sonreía cuando el vídeo hizo un fundido en negro.

—Horst, esto es una violación del contrato, ¿verdad? —dijo Gina con indignación.

—En realidad, el contrato de Henri sólo dice que no puede aceptar trabajos que le impidan cumplir con sus obligaciones hacia nosotros.

—Es decir que técnicamente no lo ha violado. Sólo tiene otros chanchullos.

—Sí —dijo la voz de Jan por los altavoces—. Como veis, Henri intenta provocarnos. Esto es inaceptable.

—Ya, es un tío difícil —interrumpió Raphael—, pero concedamos que Henri tiene su genio. Tendríamos que trabajar con él. Darle un contrato nuevo.

—¿Que establezca qué, por ejemplo?

—Henri ha hecho películas cortas para nosotros, similares a la que acabamos de ver. Sugiero que le encarguemos un documental.

—Brillante, Rafi —intervino Jan, entusiasmado—. Las intimidades de Henri. «Un año en la vida de», *ja?* Sueldo y bonificaciones acordes con la calidad de la acción.

—Exacto. Y trabajará exclusivamente para nosotros —dijo Raphael—. Empieza ahora, en Hawai, con los padres de la muchacha del bikini.

Los miembros de la Alianza deliberaron sobre las condiciones e incluyeron algunas medidas drásticas en el contrato, penas por incumplimiento. Incumplimiento por impotencia, bromeó alguno, y rieron. Después de la votación, Horst hizo una llamada a Hawai.

26

Los McDaniels y yo aún estábamos en el Typhoon Bar cuando el ocaso cayó sobre la isla. Durante la última hora Barbara me había interrogado como una profesional y, tras cerciorarse de que podía confiar en mí, me contó sobre la vida de los McDaniels con apasionamiento y unas dotes para la narración que no habría supuesto en una profesora de Matemáticas y Ciencias de instituto.

Levon apenas podía hilvanar dos frases seguidas. No era por torpeza, sino por su estado: demasiado asustado y demasiado ansioso por su hija para concentrarse. Pero se expresaba vívidamente con sus gestos; apretaba los puños, desviaba la cara cuando asomaban las lágrimas, con frecuencia se quitaba las gafas y se apretaba los ojos con las palmas.

—¿Cómo se enteraron de la desaparición de Kim? —le pregunté a Barbara.

En ese momento sonó el móvil de Levon. Él miró la pantalla y caminó hacia el ascensor.

—¿Teniente Jackson? —le oí decir—. ¿Esta noche no? ¿Por qué no? De acuerdo. A las ocho de la mañana.

—Parece que tenemos una cita con la policía por la mañana. Ven con nosotros —dijo Barbara, tuteándome. Anotó mi número de teléfono, me palmeó la mano y me besó la mejilla.

Me despedí de ella y pedí otro refresco, sin lima ni hielo.

Me senté en un sillón confortable con vistas a ese paisaje de cien millones de dólares y en los siguientes quince minutos la atmósfera del Typhoon Bar se animó considerablemente. Gente guapa con bronceado reciente y ropa de colores chillones se sentó en las mesas junto a la balaustrada mientras los solteros ocupaban los taburetes de la larga barra. Las risas subían y bajaban como la brisa cálida que soplaba en ese amplio espacio abierto, agitando peinados y faldas.

El pianista abrió el Steinway, se ladeó en el asiento y acometió un viejo clásico de Peter Allen, deleitando al público mientras cantaba *Río de Janeiro*.

Reparé en las cámaras de seguridad que había sobre la barra, dejé diez dólares en la mesa, bajé la escalera y dejé atrás la piscina, ahora iluminada, de modo que parecía vidrio de color aguamarina.

Pasé por las cabañas, recorriendo el camino que Kim podría haber recorrido dos noches atrás.

En la playa casi no había gente, y el cielo aún tenía claridad suficiente para ver la línea costera que aureolaba Maui como el halo de un eclipse lunar.

Me imaginé caminando detrás de Kim el viernes por la noche. Tendría la cabeza gacha, el pelo le azotaría la cara, la fuerte rompiente ahogaría los demás ruidos.

Un hombre podría haberse acercado por detrás con una piedra o una pistola, o simplemente pudo haberla estrangulado.

Caminé por la arena apisonada, con hoteles a la derecha, tumbonas vacías y sombrillas arqueadas hasta donde podía ver.

Al cabo de medio kilómetro, salí de la playa y subí por un sendero que bordeaba la piscina del Four Seasons, otro hotel de cinco estrellas donde por ochocientos dólares la noche sólo se conseguía una habitación con vista al aparcamiento.

Atravesé el deslumbrante vestíbulo de mármol del hotel y salí a la calle. Quince minutos después estaba sentado en mi

Chevy alquilado, aparcado a la fresca sombra que rodeaba el Wailea Princess, escuchando el rumor de las cascadas.

Si hubiera sido un asesino, podría haber arrojado a mi víctima al mar o habérmela llevado al hombro hasta mi coche. Y haberme marchado de allí sin que nadie se diera cuenta.

Coser y cantar.

27

Puse el motor en marcha y seguí la luna hasta Stella Blue's, un alegre café de Kihei. Tiene techos altos y picudos y una barra en derredor, y con el fin de semana era un hervidero de lugareños y turistas recién desembarcados de sus cruceros. Pedí un Jack Daniels y *mahi-mahi* en la barra, y salí al patio para beber el trago en una mesa para dos.

Mientras la vela goteaba sebo en un vaso, llamé a Amanda.

Hace dos años que Amanda Diaz y yo estamos juntos. Es cinco años menor que yo, trabaja como chef y se describe como una motochica, lo cual significa que algunos fines de semana lleva a correr su antigua Harley por la carretera del Pacífico para aliviar el estrés que no puede descargar en la cocina. Amanda no sólo es lista y hermosa: cuando la miro, todas esas canciones de rock sobre corazones palpitantes y amor eterno cobran sentido.

En ese momento añoraba oír la voz de mi chica y ella no me defraudó, pues atendió al tercer tono. Después de saludarnos, le pregunté cómo había ido su jornada en Intermezzo.

—Un día demoledor, Ben. Remy ha despedido a Rocco, por enésima vez —dijo, e impostó su acento francés—. «¿Qué tengo que decirte para hacerte pensar como un chef? Esta confitura parece caca de paloma.» Dijo «caca» como un cacareo. —Se echó a reír—. Claro, volvió a contratarlo diez minutos después, como de costumbre. Y luego yo quemé la *crème brûlée*. «*Merde*, Amanda, *mon Dieu*. Me estáis volviendo loco.» —Rio de nuevo—. ¿Y tú, Ben? ¿Has conseguido material para ese artículo?

—Pasé buena parte del día con los padres de la chica desaparecida. Me han contado muchas cosas.

—Uf, qué deprimente.

Le resumí la entrevista con Barbara, y añadí que los McDaniels me caían bien, y que tenían otros dos chicos, dos varones adoptados en orfanatos rusos.

—El mayor se hallaba en tal estado de abandono que estaba casi catatónico cuando lo recogió la policía de San Petersburgo. Y el menor tiene síndrome de alcoholismo fetal. Kim decidió estudiar pediatría a causa de sus hermanastros.

—Ben, cariño.

—¿Se corta la comunicación?

—No; te oigo perfectamente. ¿Tú me oyes?

—Sí, muy bien.

—Entonces escucha: ten cuidado, por favor.

Sentí una leve irritación. Amanda era bastante intuitiva, pero yo no corría ningún peligro.

—¿Cuidado con qué?

—¿Recuerdas cuando dejaste tu maletín con todas tus notas sobre el caso Donato en un restaurante?

—¿De nuevo vas a recordarme lo del autobús?

—Pues ya que lo mencionas...

—Estaba bajo tu hechizo, so tonta. Te miraba a ti cuando fui a cruzar la calzada. Si estuvieras aquí ahora, podría pasar lo mismo.

—Sólo digo que ahora tienes el mismo tono que entonces.

—¿De veras?

—Sí. Así que abre los ojos, ¿de acuerdo? Presta atención. Mira a ambos lados.

A unos metros, una pareja brindó y se cogieron las manos sobre una mesa pequeña. «Recién casados», pensé.

—Te echo de menos —dije.

—Yo también. Te mantengo la cama caliente, así que regresa pronto.

Envié un beso inalámbrico a mi chica de Los Ángeles y me despedí.

28

A las siete y cuarto de la mañana del lunes, Levon vio que un sedán negro se detenía en la entrada del Wailea Princess. Levon subió al asiento delantero mientras Hawkins y Barbara ocupaban el trasero. Cuando todas las puertas estuvieron cerradas, le dijo a Marco que los llevara a la comisaría de Kihei.

Durante el trayecto, Levon escuchó los consejos que le susurró Hawkins acerca de cómo manejarse con la policía, diciéndole que fuera servicial, que tratara de amigarse con los agentes, que no fuera hostil si no quería ponerlos en su contra.

Levon asintió con gruñidos, pero estaba enfrascado en sus pensamientos y no habría podido describir el trayecto entre el hotel y la comisaría, pues iba concentrado en la inminente reunión con el teniente James Jackson.

Volvió al presente cuando Marco aparcó el coche en una pequeña galería comercial. Se apeó de un brinco antes de que el vehículo se hubiera detenido del todo. Se dirigió hacia la pequeña comisaría, flanqueada por un estudio de tatuajes y una pizzería.

La puerta de vidrio estaba cerrada, así que apretó el botón del interfono y dijo su nombre, anunciándole a la voz femenina que a las ocho tenía una cita con el teniente Jackson. Se oyó un zumbido, la puerta se abrió y entraron.

A Levon la comisaría le pareció la oficina de vehículos automotores de un pueblo. Las paredes estaban pintadas de verde burocrático, el suelo era de linóleo marrón, y la larga habitación estaba bordeada por hileras de sillas de plástico.

Al final de la angosta oficina había una ventanilla, con la persiana bajada, y al lado una puerta cerrada. Levon se sentó junto a Barbara, y Hawkins se sentó frente a ellos. Esperaron.

Poco después de las ocho, la ventanilla se abrió y entró gente que se dirigía a la ventanilla para pagar multas de aparcamiento y otros trámites. Tipos con peinado rasta, chicas con tatuajes complicados, jóvenes madres con críos chillones.

Levon sintió una punzada y pensó en Kim, ansiando saber si estaba bien, si padecía algún sufrimiento, y por qué había sucedido aquello.

Al rato se levantó y se paseó por la galería de fotos de personas buscadas, miró los ojos penetrantes de asesinos y delincuentes, y luego los retratos de niños desaparecidos, algunos de ellos alterados digitalmente para que aparentaran la edad que tendrían ahora, pues habían pasado años desde su desaparición.

—Qué barbaridad —le dijo Barbara a Hawkins—. ¿Cuánto hace que nos tienen esperando? Dan ganas de gritar.

Levon quería gritar, en efecto. ¿Dónde estaba su hija? Se inclinó para hablarle a la agente que atendía la ventanilla.

—¿El teniente Jackson sabe que estamos aquí?

—Sí, señor, claro que sí.

Levon se sentó junto a su esposa y se pellizcó entre los ojos, preguntándose por qué Jackson tardaba tanto. Y pensó en Hawkins, que había entablado una relación muy amigable con Barbara. Levon confiaba en el juicio de su esposa pese a que, como muchas mujeres, hacía amigos con facilidad. A veces con demasiada facilidad.

Observó cómo Hawkins escribía en su libreta y luego a unas adolescentes que se sumaron a la fila del escritorio del frente, cuchicheando con unas voces agudas que le pusieron los nervios de punta.

A las diez menos diez, la agitación de Levon era como el rugido de los volcanes que habían levantado aquella isla del mar prehistórico. Estaba a punto de estallar.

29

Yo estaba sentado en una silla de plástico junto a Barbara McDaniels cuando oí que se abría la puerta del extremo de aquella sala larga y estrecha. Levon se levantó abruptamente y se plantó delante del policía casi antes de que cerrara la puerta.

Era corpulento, treintañero, de espeso pelo negro y tez marrón. Parecía una mezcla de Jimmy Smits con Ben Affleck, y también de dios surfista isleño. De americana y corbata, llevaba una placa enganchada en el cinturón; dorada, lo cual significaba que era detective.

Barbara y yo nos acercamos y Levon nos presentó al teniente Jackson.

—¿Cuál es su relación con los McDaniels? —me preguntó Jackson.

—Amigo de la familia —respondió Barbara.

—Trabajo para el *L.A. Times* —dije al mismo tiempo.

Jackson soltó una risotada y me escrutó.

—¿Conoce a Kim? —preguntó.

—No.

—¿Tiene alguna información sobre su paradero?

—No.

—¿Usted conocía a estos señores? ¿O acaba de conocerlos?

—Acabamos de conocernos.

—Interesante —dijo Jackson con una sonrisa burlona. Se

volvió hacia los McDaniels—. ¿Ustedes entienden que el trabajo de este hombre consiste en vender periódicos?

—Lo sabemos —dijo Levon.

—Bien. Sólo quiero prevenirles que todo lo que le digan irá directamente a la primera plana del *L.A. Times*. Por mi parte, no me gusta su presencia. Señor Hawkins, tome asiento. Lo llamaré si lo necesito.

—Teniente —intervino Barbara—, mi esposo y yo hemos hablado de esto y de hecho confiamos en Ben. Él cuenta con la influencia del *L.A. Times*. Podría lograr mucho más que nosotros por nuestra cuenta.

Jackson resopló pero pareció asentir.

—Cualquier cosa que salga de mi boca —me advirtió— tiene que ser aprobada por mí antes de que se publique, ¿entiende?

Asentí.

El despacho de Jackson estaba en un rincón al fondo del edificio, tenía una ventana y un ruidoso aire acondicionado; había numerosas notas en las paredes azules, cerca del teléfono.

Jackson invitó a los McDaniels a asentarse y yo me apoyé en la jamba mientras él abría una libreta y anotaba los datos básicos. Luego pasó a las preguntas importantes, partiendo, me pareció, de la premisa de que Kim era una chica ligera de cascos, cuestionando sus hábitos nocturnos y preguntando sobre los hombres de su vida y el uso de drogas.

Barbara le respondió que su hija era una estudiante con excelentes calificaciones. Que había apadrinado a un bebé ecuatoriano a través de la Christian Children's Fund. Que era una chica muy responsable y que era inaudito que no hubiera devuelto las llamadas.

Jackson escuchó con cara de aburrimiento.

—Ya, estoy seguro de que es un ángel —dijo al fin—. Todavía no he visto el día en que alguien venga aquí para admitir que su hija es una drogadicta o una pelandusca.

Levon se puso de pie y Jackson también se levantó, pero

Levon le soltó un puñetazo en un hombro que lo lanzó contra la pared, que tembló con estrépito. Placas y fotos cayeron al suelo, lo que cabía esperar tras recibir el impacto de noventa kilos.

Jackson era más robusto y más joven, pero Levon era pura adrenalina. Sin más, cogió a Jackson por las solapas y le dio un empellón. La cabeza de Jackson resonó contra la pared. Se aferró al brazo de su silla, que se volcó, y él cayó por tercera vez.

Fue una escena estremecedora aun antes de que Levon diera el toque final.

—Maldita sea —le espetó a Jackson—, esto me ha hecho sentir bien, hijo de perra.

30

Una agente corpulenta irrumpió bruscamente mientras yo me quedaba allí petrificado, tratando de asimilar que Levon había atacado, empujado, tumbado e insultado a un policía en su propio despacho, y para colmo aseguraba que eso le hacía sentirse bien.

Jackson se levantó. Levon aún jadeaba.

—¿Qué ocurre aquí? —exclamó la mujer policía.

—No pasa nada, Millie —dijo Jackson—. Sólo he trastabillado. Necesitaré una nueva silla. —La despidió con un gesto y se volvió hacia Levon.

—¿Es que no lo entiende? —dijo éste—. Se lo dije anoche. Recibimos una llamada en Michigan. Un hombre dijo que tenía secuestrada a mi hija, y usted me insinúa que Kim es una cualquiera.

Jackson se ajustó la americana y la corbata y enderezó la silla. Tenía la cara enrojecida y el ceño fruncido. Movió la silla espasmódicamente.

—Usted está chiflado, McDaniels —le espetó—. ¿Se da cuenta de lo que acaba de hacer, imbécil? ¿Quiere que lo encierre? ¿Eso quiere? Se cree muy recio, ¿eh? ¿Quiere averiguar cuán recio soy yo? Podría arrestarlo y ponerlo entre rejas, por si no lo sabe.

—Sí, métame en la cárcel, maldición. Hágalo, porque quiero contarle al mundo cómo nos ha tratado. Usted es un energúmeno.

—Levon, cálmate —le rogó Barbara, tironeándole del brazo—. Basta, Levon. Contrólate. Pide disculpas al teniente, por favor.

Jackson se sentó y acercó la silla al escritorio.

—McDaniels, no vuelva a ponerme la mano encima —le advirtió—. Teniendo en cuenta que usted está como un cencerro, en mi informe minimizaré lo que acaba de ocurrir. Y ahora siéntese antes de que cambie de parecer.

Levon aún resollaba, pero Jackson señaló las sillas, y ambos esposos se sentaron.

El teniente se masajeó la nuca y se frotó el hombro.

—Casi siempre que desaparece un hijo —dijo al fin—, uno de los padres sabe lo que sucedió. A veces ambos. Yo necesitaba saber cuál era el caso de ustedes.

Levon y Barbara lo miraron boquiabiertos. Y todos entendimos. Jackson los había provocado para ver cómo reaccionaban.

Había sido un examen. Y habían aprobado. En cierto modo.

—Estamos investigando este caso desde ayer por la mañana. Como le dije cuando usted llamó —dijo Jackson, fulminando a Levon con la mirada—. Nos hemos reunido con la gente de *Sporting Life*, y también con el personal de la recepción y el bar del Princess. De momento no hemos descubierto nada.

Jackson abrió un cajón, cogió un móvil, uno de esos artilugios delgados y medio humanos que toman fotos, envían e-mails y avisan si le falta aceite al motor.

—Éste es el teléfono de Kim —dijo—. Lo encontramos en la playa detrás del Princess. Encontramos varias llamadas a Kim de un hombre llamado Doug Cahill.

—¿Cahill? —dijo Levon—. Doug Cahill salía con Kim. Vive en Chicago.

Jackson sacudió la cabeza.

—Llamaba a Kim desde Maui. Insistió una hora tras otra hasta que el buzón de ella se llenó y dejó de aceptar mensajes de voz. Localizamos a Cahill en Makena, y anoche lo interrogamos dos horas antes de que pidiera un abogado. Dijo que no había visto a Kim. Que ella se negaba a hablarle. Y no pudimos retenerlo porque no podíamos acusarlo de nada —añadió Jackson, guardando el móvil de Kim en el cajón—. McDaniels, resumamos la situación. Usted tiene una llamada de alguien que le dice que Kim cayó en malas manos. Y nosotros tenemos el móvil de Kim. Ni siquiera sabemos si se ha cometido un delito. Si Cahill aborda un avión, no podemos impedir que se vaya.

Vi que Barbara se sobresaltaba, asustada.

—Doug no lo hizo —dijo Levon.

Jackson enarcó las cejas.

—¿Y cómo lo sabe?

—Conozco la voz de Doug. El hombre que llamó no era Doug.

31

Estábamos de vuelta en el sedán negro, y esta vez yo iba en el asiento delantero, junto al conductor. Marco ajustó el espejo retrovisor e intercambiamos gestos, pero no había nada que decir. Lo importante sucedía en el asiento trasero, entre los McDaniels.

—Barbara —le explicaba Levon—, no te repetí literalmente lo que dijo ese cabrón porque nada se ganaba con ello. Perdóname.

—Soy tu esposa. No tenías derecho a ocultarme lo que dijo.

—«Cayó en malas manos», eso dijo, ¿vale? Fue lo único que no te conté, porque prefería que no lo supieras, pero tenía que decírselo a Jackson. Quería protegerte, cariño, quería protegerte.

—¿Protegerme? —sollozó ella—. Me mentiste, Levon. Me mentiste.

Él también rompió a llorar, y comprendí que ése era el motivo por el que estaba tan crispado y tenía aquella mirada vidriosa y distante. Alguien le había dicho que dañaría a su hija y Levon no se lo había contado a su esposa. Y ahora ya no podía seguir ocultándolo.

Quería darles cierta intimidad, así que bajé la ventanilla y contemplé las playas que iban quedando atrás, las familias que merendaban junto al mar, mientras los padres de Kim sufrían terriblemente. El contraste entre esos turistas y la pareja acongojada que tenía a mis espaldas era desgarrador.

Hice una anotación, me volví y traté de consolar a Levon.

—Jackson no es un hombre sutil, pero está investigando. Quizá sea buen policía.

Él me clavó los ojos.

—Ya, seguro que es buen policía. Él te caló en cinco segundos. Mírate, parásito, escribiendo tu artículo. Vendiendo periódicos a costa de nuestra aflicción.

Aquello me sentó como una patada en el vientre, pero había cierta verdad en ello. Me tragué el dolor y traté de ser compasivo con Levon.

—Tiene razón —le dije—, pero aunque sea como usted dice, la historia de Kim podría salirse de madre y hacerles mucho daño. Piense en los Ramsey, los Holloway, los McCann. Espero que Kim esté a salvo y que la encuentren pronto. Pero, pase lo que pase, le convendrá que yo esté con ustedes. Porque en lo que a mí concierne, no pienso avivar el fuego ni inventarme nada. Contaré la historia tal como es.

32

El conductor, «Marco», observó hasta que Hawkins y los McDaniels pasaron entre los estanques de carpas y entraron en el hotel. Después puso el coche en marcha, cogió por Wailea-Aluani Drive y se dirigió al sur.

Mientras conducía, palpó bajo el asiento, extrajo una bolsa de nailon y la puso a su lado. Luego metió la mano detrás del retrovisor, donde había instalado la flamante microcámara inalámbrica de alta resolución. Sacó la cinta y se la guardó en el bolsillo de la camisa.

Temía que la cámara se hubiera desplazado durante el viaje de regreso y el ángulo fuera inadecuado, pero aunque sólo grabara los llantos, tenía la banda de sonido para otra escena. Levon hablando de sus «malas manos», las de Marco. Para partirse de risa.

El astuto Marco.

«Imagínate su sorpresa cuando deduzcan la verdad. Si es que alguna vez la deducen.»

Sintió excitación al pensar en el dineral que le supondría el nuevo contrato, el grueso fajo de euros con posibilidades de duplicarse si la Alianza aceptaba la totalidad del proyecto.

Les haría erizar el pelo hasta las raíces, tan buena sería esta película, y sólo tenía que hacer lo que él sabía hacer. Sin duda resultaría su mejor trabajo.

Vio que se aproximaba al giro, puso el intermitente, viró hacia el carril derecho y entró en el aparcamiento de las tiendas de Wailea. Aparcó el Caddy en el sector sur, lejos de las cámaras de vigilancia de la galería comercial, junto a su insípido Taurus alquilado.

A salvo detrás de los cristales tintados del Caddy, el asesino se quitó el disfraz de Marco: gorra y peluca, bigote postizo, librea, botas de vaquero. Luego sacó a «Charlie Rollins» de la bolsa: la gorra de béisbol, las ajetreadas Addidas, las gafas panorámicas, el pase de periodista y ambas cámaras.

Se cambió rápidamente, guardó el disfraz de Marco e inició el viaje de regreso al Wailea Princess en el Taurus. Le dio al botones una propina de tres dólares, luego se registró en recepción, y tuvo la suerte de conseguir una habitación con cama grande y vistas al mar.

Henri, en su identidad de «Charles Rollins» se alejó de la recepción y se dirigió a la escalera en el extremo del deslumbrante vestíbulo de mármol. Vio a los McDaniels y a Ben Hawkins sentados ante una mesa de cristal, bebiendo café.

Sintió que se le aceleraba el corazón cuando Hawkins giró, lo miró y vaciló una fracción de segundo: tal vez su mente instintiva lo había identificado, antes de que la mente racional, engañada por el disfraz de Rollins, le hiciera desviar la mirada.

Todo podría haber terminado con aquella mirada, pero Hawkins no lo había reconocido, y él había estado sentado a su lado durante horas en el coche. Eso era lo más emocionante, exponerse al límite sin ser descubierto.

Así que Charlie Rollins, fotógrafo de la inexistente *Talk Weekly*, elevó la apuesta. Levantó su Sony («Sonreíd, amigos») y sacó tres fotos de los McDaniels.

«Os he pillado, mamá y papá.»

Su corazón aún palpitaba cuando Levon frunció el ceño y se inclinó hacia delante, impidiendo que la cámara registrara a Barbara.

Extasiado, el asesino subió a su habitación por la escalera, pensando en Ben Hawkins, un hombre que le interesaba aún más que los McDaniels. Hawkins era un gran escritor de misterio, y cada uno de sus libros era tan bueno como *El silencio de los corderos*. Pero Hawkins no había alcanzado la fama. ¿Por qué no?

Rollins insertó la tarjeta en la ranura, se encendió la luz verde y la puerta se abrió para mostrarle una escena de indolente magnificencia en la que él apenas reparó. Su cabeza era un hervidero de ideas, cavilando en cómo integrar a Ben Hawkins en su proyecto.

Sólo se trataba de encontrar el mejor modo de utilizarlo.

33

Levon bajó la taza de café y la porcelana tintineó contra el platillo. Sabía que Barbara, Hawkins y aquella turba de turistas japoneses que pasaban en tropel veían que le temblaban las manos. Pero no podía evitarlo.

¡Aquel *paparazzo* chupasangre apuntando su cámara hacia él y Barbara! Y todavía sentía las reverberaciones de su estallido en la oficina del teniente Jackson. Aún sentía el empellón en la palma de las manos, aún sentía mortificación al pensar que ahora podría estar en un calabozo. Pero qué diantre, lo había hecho y punto.

Lo bueno era que quizás hubiera motivado a Jackson para preocuparse un poco por el caso de Kim. De lo contrario, mala suerte. Ya no dependían totalmente de Jackson.

Levon notó que alguien se acercaba a sus espaldas y que Hawkins se levantaba.

—Allí viene —dijo.

Levon vio que un treintañero cruzaba el vestíbulo con pantalones holgados y una chaqueta azul sobre una colorida camisa estampada hawaiana, el pelo rubio decolorado con la raya en medio.

—Levon, Barbara —dijo Hawkins—, les presento a Eddie Keola, el mejor detective privado de Maui.

—El único detective privado de Maui —precisó Keola, y su sonrisa mostró que llevaba un aparato de ortodoncia.

«Cielos —pensó Levon—, no es mucho mayor que Kim. ¿Éste fue el detective que encontró a la chica de los Reese?»

Keola estrechó la mano de los McDaniels y se sentó en una de las sillas de junquillo.

—Encantado de conocerlos —dijo—. Y discúlpenme por anticiparme, pero ya he movido algunos hilos

—¿Ya? —preguntó Barbara.

—En cuanto Ben me llamó, puse manos a la obra. Nací a quince minutos de aquí y estuve en la policía unos años cuando salí de la Universidad de Hawai. Tengo una buena relación laboral con la poli. —No era una frase jactanciosa, sólo una presentación de credenciales—. Tienen un sospechoso —añadió.

—Lo conocemos —dijo Levon, y le contó que Doug Hill era el ex novio de Kim, y luego le habló de la llamada telefónica que había recibido en Michigan y había resquebrajado su universo como si fuera un huevo.

Barbara le pidió que les hablara de Carol Reese, la joven estrella del atletismo de Ohio desaparecida un par de años antes.

—La encontré en San Francisco —dijo Keola—. Tenía un novio violento e imprevisible, así que se secuestró a sí misma, se cambió el nombre y todo lo demás. Estaba furiosa conmigo por haberla encontrado. —Sonrió sacudiendo la cabeza.

—Dígame cómo lo hará en nuestro caso —pidió Levon.

Keola dijo que necesitaría hablar con el fotógrafo de *Sporting Life*, para verificar si había filmado a los curiosos durante el rodaje, y que hablaría con el personal de seguridad para ver las cintas del Typhoon Bar correspondientes a la noche en que Kim desapareció.

—Esperemos que Kim aparezca sola —continuó Keola—, pero en caso contrario habrá que hacer un riguroso trabajo detectivesco. Usted será mi único cliente. Pediré ayuda adicional a medida que la necesite y trabajaremos las veinticuatro horas. Mientras usted quiera continuar. Es mi modo de hacer las cosas.

Levon discutió los honorarios con Keola, pero en verdad no le importaba. Pensaba en los horarios exhibidos en la puerta de la comisaría de Kihei. De lunes a viernes de 8 a 17. Fines de semana y festivos, de 10 a 16. Mientras, Kim estaba en una mazmorra o una zanja, indefensa.

—Está contratado —dijo Levon—. El trabajo es suyo.

34

Mi teléfono sonó en cuanto abrí la puerta de mi habitación.

—¿Ben Hawkins? —preguntó una mujer con fuerte acento extranjero.

—El mismo. —Y esperé que me dijera quién era, pero no se identificó.

—Hay un hombre que se aloja en el Princess Hotel.

—Ajá.

—Se llama Nils Bjorn y usted debería hablar con él.

—¿Y por qué?

La mujer dijo que Bjorn era un empresario europeo que valía la pena investigar.

—Estaba en el hotel cuando desapareció Kim McDaniels. Quizás él sea... Usted debería hablar con él.

Abrí el cajón del escritorio, buscando papel y pluma.

—¿Por qué Nils Bjorn es sospechoso? —pregunté mientras anotaba el nombre.

—Hable con él. Ahora tengo que colgar —repuso la mujer. Y colgó.

Saqué una botella de Perrier de la nevera y salí al balcón. Yo me alojaba en el Marriott, a medio kilómetro de playa del mucho más costoso Wailea Princess, pero con la misma y deslumbrante vista del mar. Bebí mi agua y pensé en la pista que me habían dado. Para empezar, ¿cómo me había encontrado esa mujer? Sólo los McDaniels y Amanda sabían dónde me alojaba.

Crucé las puertas correderas, encendí mi ordenador portátil y busqué Nils Bjorn en Google.

El primer hallazgo fue un artículo publicado en el *London Times* un año antes, sobre un Nils Bjorn a quien habían arrestado en Londres como sospechoso de vender armas a Irán, posteriormente liberado por falta de pruebas.

Seguí consultando artículos, todos similares o idénticos al primero.

Abrí otra Perrier, seguí buscando, encontré otro artículo sobre Bjorn que se remontaba a 2005, una acusación de tentativa de violación. No se mencionaba el nombre de la mujer, sólo que era modelo y tenía diecinueve años, y tampoco esa vez Bjorn fue condenado.

Mi última parada en este viaje por Internet fue *Skol*, una revista europea dedicada a la alta sociedad. Había una foto tomada en la fiesta de recepción de un industrial sueco que había inaugurado una fábrica de municiones en las afueras de Gotenburgo.

Amplié la foto, estudié al hombre identificado como Bjorn, miré sus ojos luminosos como bombillas. Tenía rasgos regulares, cabello castaño claro, nariz recta, aparentaba poco más de treinta años y no presentaba ningún rasgo memorable.

Guardé la foto, llamé al Wailea Princess y pregunté por Nils Bjorn. Me dijeron que se había marchado el día anterior.

Pedí que me pusieran con los McDaniels.

Le comenté a Levon la llamada telefónica de la mujer y lo que sabía sobre Nils Bjorn: lo habían acusado de vender armas a un país terrorista, y también de intentar violar a una modelo. Ninguna de las dos acusaciones había podido comprobarse. Dos días atrás había sido huésped del Wailea Princess Hotel.

Traté de contener mi entusiasmo, pero se traslucía en mi voz.

—Ésta podría ser una buena pista —dije.

35

Levon esperaba al teniente Jackson. Después de cinco minutos de musiquilla ambiental, le dijeron que el teniente le devolvería la llamada. Colgó y encendió el televisor —un enorme aparato de plasma que ocupaba media pared— para ver las noticias.

Primero proyectaron la relampagueante presentación gráfica de *All Island News at Noon*, con Tracy Baker y Candy Ko'alani. Luego Baker habló de la «modelo aún desaparecida, Kim McDaniels», presentando una imagen de Kim en bikini, y luego apareció el rostro de Jackson con la leyenda «en directo».

Hablaba a los reporteros frente a la comisaría.

—¡Barbara, ven! —llamó Levon, subiendo el volumen.

Su mujer a su lado en el sofá.

«Estamos interrogando a una persona relevante para el caso —decía Jackson—, y esta investigación continúa. Pedimos que nos llame cualquiera que posea información sobre Kim McDaniels. Se respetará la confidencialidad. Es todo lo que puedo decir por el momento.»

—¿Han arrestado a alguien o no? —preguntó Barbara, aferrando la mano a su marido.

—Una persona relevante es un sospechoso. Pero no tienen suficientes pruebas, de lo contrario dirían que lo tienen retenido.

—Levon elevó el volumen un poco más.

«Teniente —dijo un reportero—, tenemos entendido que esa persona relevante es Doug Cahill.»

«Sin comentarios. Esto es todo lo que tengo que decir. Gracias.»

Jackson se alejó y los reporteros se agitaron. Tracy Baker volvió a la pantalla.

«Doug Cahill, defensa de los Bears de Chicago —dijo—, ha sido visto en Maui y fuentes bien informadas dicen que fue amante de Kim McDaniels.»

En la pantalla apareció una foto de Doug ataviado con el equipo de su club, el casco bajo el brazo, una ancha sonrisa, el pelo rubio cortado a cepillo, guapo al estilo huesudo del Medio Oeste.

—Me consta que la molestaba —dijo Barbara, mordiéndose el labio inferior, arrebatándole el mando a distancia a Levon para bajar el volumen—, pero ¿hacerle daño? No lo creo.

Sonó el teléfono. Levon atendió.

—Señor McDaniels, soy el teniente Jackson.

—¿Piensa arrestar a Doug Cahill? En tal caso, comete un error.

—Hace una hora apareció un testigo, un lugareño que pasaba por allí y dice haber visto a Cahill acosando a Kim después del rodaje.

—Pero Doug dijo que no había visto a Kim...

—En efecto. Pero quizá nos mintió, así que lo estamos interrogando. Todavía niega toda participación.

—Hay alguien más sobre quien usted debería saber —dijo Levon, y le refirió la reciente llamada de Hawkins concerniente a una pista sobre un empresario internacional llamado Nils Bjorn.

—Sabemos quién es Bjorn. No nos consta ningún vínculo entre Bjorn y Kim. No hay testigos. No hay nada en las cintas de vigilancia.

—¿Usted habló con él?

—Bjorn se marchó antes de que nadie se enterase de la desaparición de Kim. McDaniels, sé que usted no lo cree así, pero Cahill es nuestro hombre. Sólo necesitamos tiempo para que confiese.

36

Henri, con su disfraz de Charlie Rollins, almorzaba en el Sand Bar, el elegante restaurante playero del hotel. Relucían sombrillas amarillas y desde la playa subían adolescentes en cuyos cuerpos bronceados chispeaba el agua. Henri pensó que no sabía quiénes eran más hermosos, si los chicos o las chicas.

La camarera le llevó azúcar líquido para su té helado y un cesto de panecillos y le anunció que su ensalada saldría enseguida. Él asintió con una sonrisa, dijo que disfrutaba de la vista y que no tenía ninguna prisa.

Un camarero apartó una silla de la mesa contigua para que se sentara una bonita joven. Tenía el pelo negro y corto estilo varón, y llevaba un bikini blanco y pantalones cortos amarillos.

A pesar de las gafas Maui Jim, Henri sabía quién era.

—Julia, Julia Winkler —dijo cuando ella dejó el menú.

La chica alzó la vista.

—Disculpa, ¿te conozco?

—Yo te conozco a ti —dijo él, alzando la cámara para indicar que era del gremio—. ¿Estás aquí por un trabajo?

—Estaba. El rodaje terminó ayer. Mañana regreso a Los Ángeles.

—Ah, el rodaje de *Sporting Life*.

Ella asintió con cara triste.

—Me he quedado por aquí con la esperanza... Yo compartía habitación con Kim McDaniels.

—Regresará —dijo Henri, amablemente.

—¿En qué te basas para asegurarlo?

—Se ha tomado unas vacaciones. Suele suceder.

—Ya que eres vidente, dime dónde está.

—Está fuera del alcance de mis vibraciones, pero a ti te capto con toda claridad.

—Seguro. ¿Qué estoy pensando?

—Que te sientes triste y un poco sola y quisieras comer con alguien que te haga sonreír.

Julia sonrió y Henri llamó al camarero, le pidió que acomodara a la señorita Winkler a su mesa y la hermosa muchacha se sentó junto a él, ambos encarados al paisaje.

—Charlie —dijo él, extendiendo la mano—. Rollins.

—Hola, Charlie Rollins. ¿Qué almorzaré?

—Ensalada de pollo a la parrilla y una Coca light. Y ahora recibo otra señal. Piensas que te gustaría quedarte otro día porque un vecino se encarga de tu gato y este sitio es tan agradable que no tienes prisa por volver a casa.

Julia volvió a sonreír.

—*Bruno*. Es un rottweiler.

—Lo sabía —repuso Henri justo cuando la camarera le servía la ensalada y le preguntaba a Julia que tomaría.

Ella pidió pollo a la parrilla y un Mai Tai.

—Aunque me quedara otra noche, nunca salgo con fotógrafos —añadió luego, mirando la cámara apoyada en la mesa.

—¿Yo te he pedido que saliéramos?

—Lo harás.

Sus sonrisas acabaron en risas.

—Vale —dijo Rollins—, te pediré que salgamos. Y te tomaré una foto para que los tíos de Loxahatchee no crean que me lo inventé.

—De acuerdo, pero quítate las gafas. Quiero ver tu mirada.

—Muéstrame la tuya y te mostraré la mía.

37

Julia gritaba de deleite mientras el helicóptero surcaba el cielo color coral y la pequeña isla de Lanai se agrandaba a ojos vistas. Al fin se posaron suavemente en el pequeño helipuerto privado del linde del increíblemente verde campo de golf del vasto Island Breezes Hotel.

Charlie bajó el primero, ayudó a Julia a descender y ella mantuvo el cuello de la zamarra cerrado. Su pelo rizado se alborotó y sus mejillas se sonrojaron mientras corrían hacia el coche agazapados bajo las hélices.

—Veo que tienes una bien provista cuenta de gastos —dijo ella, sin aliento.

—En nuestra cita de ensueño invito yo, Julia.

—¿De veras?

—¿Qué clase de persona cargaría una cita contigo a su cuenta de gastos?

—Oh.

El chófer abrió las puertas y luego los condujo lentamente por un camino de guijarros hasta el hotel. Julia jadeó al entrar en el vestíbulo, puro azul verdoso aterciopelado, oro y borgoña, con mullidas alfombras chinas y estatuas antiguas. La luz del poniente se derramaba en el espacio abierto, casi apropiándose del espectáculo.

Julia y Charlie pidieron una sesión de masajes en una choza de bambú abierta al rítmico retumbo del mar sobre la costa. Los masajistas plegaron las sábanas que los cubrían, aromatizadas con fragancias vegetales, y les frotaron la piel con manteca de cacao antes de proceder a las largas caricias con los antebrazos del tradicional masaje *lomi-lomi*.

Julia, tendida de bruces, le sonrió perezosamente al hombre que acababa de conocer.

—Esto es magnífico —dijo—. No quiero que termine nunca.

—A partir de ahora sólo mejorará.

Horas después cenaron en el restaurante del piso principal. Columnas e iluminación tenue fueron el decorado de su festín: gambas y chuletas de cerdo *kurubuto* con mango al *chutney* y un excelente vino francés. Julia se dejó conducir dócilmente por Charlie en una conversación sobre sí misma. Y le contó cosas personales, hablándole de su crianza en una base militar de Beirut, su vuelo a Los Ángeles, su golpe de suerte.

Charlie pidió vino de postre y productos de confitería: *zucotto*, almendras confitadas con leche, mousse de chocolate, bananas de Lanai con caramelo preparado en la mesa por el camarero. La deliciosa fragancia del azúcar quemado volvía a abrirle el apetito. Contemplaba a la muchacha, que ahora parecía una niña dulce, vulnerable, disponible.

Cuatro mil dólares bien gastados, aunque todo acabase allí.

Pero no acabó allí.

Se pusieron los trajes de baño en una cabaña junto a la piscina y dieron un largo paseo por la playa. El claro de luna bañaba la arena y transformaba el mar en un encuentro mágico de sonidos susurrantes y espuma hirviente.

Julia se echó a reír.

—El último en llegar al agua es un vejestorio, y ¡ése serás tú! —dijo.

Corrió, gritó cuando el agua le lamió los muslos y Charlie

tomó algunas fotos antes de guardar la cámara en la bolsa y dejarla en la arena.

—Veremos quién es un vejestorio.

Brincó, se zambulló en las olas y al emerger atrapó a Julia entre sus brazos.

38

Regresé a mi habitación y revisé los mensajes. No tenía más llamadas de la mujer del acento extranjero, ni de nadie más. Encendí el ordenador y poco después envié una bonita nota de setecientas palabras a Aronstein en el *L.A. Times.*

Cumplida mi labor del día, encendí la televisión. La historia de Kim salió en los titulares de las noticias de las diez.

Apareció un letrero de «últimas noticias» y los locutores anunciaron que Doug Cahill era presunto sospechoso en el presunto secuestro de Kim McDaniels. La foto de Cahill apareció en la pantalla, con el equipo completo de los Bears de Chicago antes de un partido, el casco bajo el brazo, sonriéndole a la cámara como una estrella de cine, un corpachón de casi dos metros y más de ciento diez kilos.

Cualquiera podía sacar sus conclusiones: Cahill podía haber alzado fácilmente a Kim McDaniels, con sus cincuenta kilos, y llevarla bajo el brazo como un balón.

Entonces di un respingo.

Cahill estaba en pantalla, en un vídeo que se había filmado dos horas antes. Mientras yo comía pizza con Eddie Keola, la acción se había desarrollado frente la comisaría de Kihei.

Cahill estaba flanqueado por dos leguleyos, y reconocí a uno de ellos: Amos Brock, un abogado penalista de Nueva York, famoso por representar a celebridades y estrellas del deporte que se habían pasado al lado oscuro. Estaba muy elegante con su traje gris perla. Brock mismo era una estrella, y ahora defendía a Doug Cahill.

La emisora KTAU tenía las cámaras enfocadas en Cahill y Brock. Éste se acercó al micrófono.

«Mi cliente Doug Cahill —dijo— no está acusado de nada. Los cargos que se presentan contra él carecen de base legal. No existe la menor prueba para respaldar las pamplinas que han circulado, y por eso mi cliente no está acusado. Doug quiere hablar públicamente, por única vez.»

Cogí el teléfono y arranqué a Levon de lo que parecía un sueño profundo.

—Levon, soy Ben. Encienda la televisión. Canal Dos. Deprisa.

Cahill ocupó un primer plano. Estaba sin afeitar, y llevaba una camisa azul bajo una chaqueta deportiva de buena confección. Sin las almohadillas y el uniforme parecía relativamente dócil, como un estudiante de empresariales.

«Vine a Maui a ver a Kim —dijo con voz trémula, las lágrimas resbalándole por las mejillas—. La vi diez minutos hace tres días y ya no volví a verla. Yo no le hice ningún daño. Amo a Kim y me quedaré aquí hasta que la encontremos.»

Le devolvió el micrófono a Brock.

«Repito —dijo el abogado—: Doug no tiene nada que ver con la desaparición de Kim y emprenderé acciones legales contra cualquiera que lo difame. Es todo lo que tenemos que declarar por el momento. Gracias.»

—¿Qué piensas de eso? —me preguntó Levon al teléfono.

—Doug ha sido bastante convincente. O la ama o miente muy bien.

Pensé algo más, pero no se lo dije: las setecientas palabras que acababa de enviarle a Aronstein eran historia antigua.

39

Llamé a mi jefe de redacción para decirle que Doug Cahill se prestaría al circo mediático y por qué: un testigo misterioso le había visto hostigar a Kim, y Cahill estaba representado por Amos Brock, un peso pesado.

—Acabo de enviarte una nueva versión de mi nota —le dije a Aronstein—. No seré bueno, pero soy rápido.

Luego llamé al jefe de la sección deportiva, Sam Paulson. Paulson me tiene simpatía, pero no confía en nadie.

—Mira, Sam —le dije—, necesito saber qué clase de persona es Doug Cahill. Mi nota no afectará la tuya.

El regateo duró quince minutos. Sam Paulson protegía su posición como figura suprema de la crónica deportiva, yo trataba de sonsacarle algo que me indicara si Cahill era peligroso fuera del campo de juego.

Al fin Sam me dio una pista.

—Hay una chica de relaciones públicas. Yo le conseguí un puesto de trabajo en los Bears. Hawkins, no bromeo. Esto es extraoficial. Esa chica es amiga mía.

—Entiendo.

—Cahill la dejó encinta hace un par de meses. Ella habló con su madre al respecto. También nos lo contó a Cahill y a mí. Piensa darle a Cahill la oportunidad de hacer lo correcto, sea esto lo que sea.

—¿Salía con Kim cuando dejó preñada a esa otra mujer? ¿Estás seguro?

—Sí.

—¿Sabes si él tiene un historial de violencia?

—Todos lo tienen, por supuesto. Riñas en bares. Una bastante peliaguda cuando jugó en Notre Dame. Esas tonterías.

—Gracias, Sam.

—No hay de qué. Literalmente. Yo no te he dicho nada.

Me senté sobre esa bomba unos minutos, pensando qué significaba. Si Kim sabía que Cahill la había engañado, era motivo suficiente para plantarlo. Si él quería recuperarla, si estaba desesperado, una confrontación pudo haber derivado en una pelea de consecuencias imprevisibles.

Llamé a Levon y su reacción me dejó azorado.

—Doug es una máquina de testosterona —dijo—. Kim decía que era tozudo y todos sabemos cuán arrollador se mostraba en los partidos. ¿Cómo saber de qué es capaz? Barbara aún cree en él, pero yo empiezo a pensar que quizá Jackson tenga razón. Quizás hayan pillado al culpable, a fin de cuentas.

40

Julia se sentía ingrávida en los brazos de Henri, como un ángel. Sus largas piernas le ciñeron la cintura y él sólo tuvo que alzar las rodillas para que ella se le sentara encima.

Eso fue lo que hizo mientras se mecían en las olas, hasta que ella alzó la cara y le dijo:

—Charlie, esto ha sido el no va más, lo mejor.

—A partir de ahora mejorará —repitió él, su cantinela para esa cita.

Ella sonrió, lo besó suavemente y luego profundamente, un beso largo y salado, seguido por otro. Una electricidad cimbreante los rodeaba como el calor de un relámpago.

Él le desató el tirante del cuello y luego el de la espalda.

—Cuántos nudos para un simple bikini blanco.

—¿Qué bikini?

—Olvídalo —dijo él, mientras el sujetador se alejaba a la deriva, una cinta blanca en las olas negras hasta que desapareció sin que ella le diera importancia.

Estaba demasiado ocupada lamiéndole la oreja, con los pezones erectos como diamantes contra su pecho, gruñendo mientras él la movía para frotarla ávidamente contra su miembro.

Él pasó los dedos bajo el elástico de la braguita y tocó los puntos sensibles, haciéndola chillar y retorcerse como una niña.

Ella se bajó los pantalones cortos.

—Espera —dijo él—, pórtate bien.

—Pienso portarme muy mal —jadeó ella, besándolo, tirando de nuevo de los pantalones—. Me muero por ti.

Él le separó las piernas y tiró de la braguita. Luego salió de las olas llevando a la muchacha desnuda en los brazos. El agua les perlaba el cuerpo, plateado en el claro de luna.

—Aférrate a mí, pequeña —dijo Charlie.

La llevó hasta el lugar donde había dejado la bolsa de mano, junto a un montículo de roca de lava negra. Se agachó, la abrió y extrajo dos toallas playeras.

Todavía con la muchacha en brazos, extendió una toalla como pudo y depositó suavemente a Julia, para a continuación cubrirla con la segunda toalla.

Giró brevemente, puso la cámara Panasonic sobre la bolsa y la encendió, ladeándola un poco.

Luego se puso delante de Julia, se quitó el bañador y sonrió al ver que ella gemía de excitación. Se arrodilló entre sus piernas, lamiéndola hasta que ella gritó que no podía más, y entonces la penetró.

El rugido del océano tapó los gritos, tal como él había supuesto, y cuando terminaron, metió la mano en la bolsa y sacó un cuchillo de hoja dentada. Puso el cuchillo sobre la toalla.

—¿Para qué es eso? —preguntó Julia.

—Más vale ir con cuidado —dijo Charlie, restándole importancia—. Por si algún chico malo anda merodeando. —Le acarició el pelo corto, le besó los ojos y la abrazó—. Duérmete, Julia —dijo—. Conmigo estás a salvo.

—¿Mejorará todavía más? —bromeó ella.

—Quizá se ponga más guarro.

Ella rio, se acurrucó contra su pecho y Charlie le cubrió los ojos con la toalla. Julia pensó que le hablaba a ella cuando él le dijo a la cámara:

—¿Todos satisfechos?

—Totalmente satisfechos —suspiró ella.

41

Otras desgarradoras veinticuatro horas pasaron para Levon y Barbara, y yo me sentía incapaz de aliviar su desesperación. Los canales de noticias repetían las mismas informaciones cuando me acosté esa noche, y estaba en medio de un sueño perturbador cuando sonó el teléfono.

—Ben —me dijo Eddie Keola—, espérame frente a tu hotel en diez minutos, pero no llames a los McDaniels.

El jeep de Keola estaba en ralentí cuando salí a la noche tibia y me encaramé al asiento delantero.

—¿Adónde vamos? —le pregunté.

—A una playa llamada Makena Landing. Parece que la policía ha encontrado algo. O a alguien.

Diez minutos después, Eddie aparcó en el arcén curvo entre seis coches patrulla, camiones del Equipo Especial y de la Oficina del Forense. A nuestros pies había un semicírculo de playa, una caleta ahusada rodeada por dedos de roca de lava.

Un ruidoso helicóptero revoloteaba sobre nosotros, perfilando con su foco la silueta de los policías que se desplazaban por la costa.

Keola y yo bajamos a la playa; en la arena había un vehículo del Departamento de Bomberos. Había botes inflables en el agua y unos submarinistas se disponían a zambullirse.

Sentí náuseas de sólo pensar que el cuerpo de Kim estuviera sumergido allí y me despedí de la idea de que, como esa otra chica que Keola había descubierto, Kim hubiera desaparecido para escapar de un viejo novio.

Keola interrumpió mis reflexiones para presentarme a un tal detective Palikapu, un joven corpulento con chaqueta del Departamento de Policía de Maui.

—Aquellos turistas dieron aviso —dijo Palikapu, señalando un apiñamiento de niños y adultos en el otro extremo del muelle de lava—. Durante el día vieron algo que flotaba.

—Un cuerpo, quieres decir —repuso Keola.

—Al principio pensaron que era un tronco o basura. Vieron tiburones rondando, así que no se metieron en el agua. Luego las mareas lo llevaron bajo la burbuja de roca y lo dejaron ahí. Allí están ahora los buzos.

Keola me explicó que la burbuja de roca era una plataforma de lava con un interior cóncavo. A veces la gente se internaba nadando en esas cavernas con la marea baja, no se percataba de la llegada de la marea alta y se ahogaba.

¿Eso le había pasado a Kim? De pronto parecía muy posible.

Llegaban furgonetas de la televisión, y fotógrafos y reporteros bajaban a la playa. Los policías trataban de tender las cintas amarillas para preservar la escena.

Un fotógrafo se me acercó y se presentó como Charlie Rollins. Dijo que era independiente y que si yo necesitaba fotos para el *L.A. Times* él podía proveerlas.

Acepté su tarjeta, y al volverme vi que los primeros submarinistas salían del agua. Uno de ellos cargaba un bulto en los brazos.

—Tú estás conmigo —dijo Keola, y soslayamos la cinta amarilla. Estábamos en la orilla cuando llegó el bote.

El foco brillante del helicóptero iluminó el cuerpo que el buzo traía en brazos. Era menuda, una adolescente, quizás una niña. Su cuerpo estaba tan hinchado por el agua que no se distinguía la edad, pero tenía las manos y los pies atados con cuerdas.

El teniente Jackson se acercó y con una mano enguantada apartó el largo pelo negro, revelando la cara de la chica.

Me alivió que no fuera Kim; no tendría que hacer una funesta llamada a los McDaniels. Pero mi alivio fue sofocado por una pena abrumadora. Era evidente que otra muchacha, la hija de otras personas, había sido asesinada brutalmente.

42

Se oyó el alarido de una mujer por encima del bramido del helicóptero. Me giré, vi a una mujer morena, un metro sesenta, quizá cuarenta y cinco kilos, corriendo hacia la cinta amarilla.

—*¡Rosa, Rosa!* —gritaba en español—. *¡Madre de Dios, no!*

—¡Isabel, no vayas ahí! —le gritaba un hombre que la seguía de cerca—. ¡No, Isabel!

La alcanzó y la estrechó en sus brazos, y la mujer lo golpeó con los puños, tratando de zafarse.

—*¡No, no, no!* —gritaba—. *¡Mi niña, mi niña!*

Los policías rodearon a la pareja y los gritos frenéticos de la mujer se apagaron mientras se la llevaban de allí. Una manada de reporteros corrió hacia los padres de la chica muerta. Sus ojos lobunos parecían relucir. Patético.

En otras circunstancias, yo habría formado parte de esa manada, pero ahora estaba con Eddie Keola, subiendo por la costa rocosa donde estaban emplazadas las cámaras de los medios. Los corresponsales de la televisión local hablaban ante las cámaras mientras una camilla llevaba el maltrecho cuerpo a la furgoneta del forense. Cerraron las puertas y el vehículo se alejó.

—Se llamaba Rosa Castro —me dijo Keola mientras subíamos al jeep—. Tenía doce años. ¿Has visto esas ligaduras? Los brazos y las piernas sujetos a la espalda.

—Sí, lo he visto.

Había visto violencia durante casi la mitad de mi vida, y había escrito sobre ella, pero el asesinato de esa niña me trajo imágenes tan horrorosas que sentí náuseas. Me tragué la bilis y cerré la portezuela del jeep.

Keola enfiló hacia el norte.

—Por eso no quería que llamaras a los McDaniels —me dijo—. Si hubiera sido Kim... —Su móvil lo interrumpió. Rebuscó en el bolsillo de la chaqueta y se apoyó el teléfono en la oreja—. Hola, Levon —dijo—, no, no es Kim. Sí, he visto el cadáver. Estoy seguro. No es vuestra hija.

Añadió que pasaríamos por su hotel y diez minutos después estábamos en la entrada del Wailea Princess.

Barbara y Levon estaban en la galería, y el céfiro les hacía ondear el pelo y el nuevo atuendo hawaiano. Se cogían de las manos fuertemente y tenían el semblante pálido de fatiga.

Caminamos con ellos hasta el vestíbulo y Keola explicó que la niña muerta había sido asfixiada, sin entrar en los detalles truculentos.

Barbara preguntó si podía haber una relación entre la muerte de Rosa y la desaparición de Kim, un modo de pedir una tranquilidad que nadie podía darle. Aun así, yo lo intenté. Dije que los asesinos en serie tenían preferencias y sería raro que uno de ellos matara a una niña y también a una mujer. «Raro, pero no inaudito», pensé.

No sólo le decía a Barbara lo que ella quería oír, sino que me confortaba a mí mismo. En ese momento no sabía que el asesino de Rosa Castro tenía un apetito voraz y variado para torturar y asesinar.

Y jamás se me pasó por la cabeza que ya lo conocía, que había hablado con él.

43

Horst saboreó el Domaine de la Romanée-Conti; en 2001 Sotheby's lo vendía a 24.000 dólares la botella. Le dijo a Jan que acercara la copa. Era una broma. Jan estaba a muchos kilómetros de distancia, pero la conexión por cámara web creaba la impresión de que estaban en el mismo cuarto.

El motivo de la reunión: Henri Benoit le había escrito a Horst diciendo que esperase la descarga de un archivo a las nueve de la noche, y Horst invitó a Jan, su amigo de muchos años, a ver el estreno del flamante vídeo antes de enviarlo al resto de la Alianza.

El ordenador emitió un pitido y Horst se dirigió al escritorio. Le dijo a su amigo que se estaba efectuando la descarga y reenvió el e-mail a la oficina de Jan en Ámsterdam.

Las imágenes aparecieron simultáneamente en ambas pantallas.

El trasfondo era una playa iluminada por la luna. Una bonita muchacha yacía desnuda de espaldas sobre una toalla grande. Tenía caderas delgadas, pechos pequeños y pelo corto estilo varón. Los contornos y sombras en blanco y negro daban a la película un aire melancólico, como si la hubieran filmado en los años cuarenta.

—Hermosa composición —dijo Jan—. El hombre tiene criterio.

Cuando Henri entró en el cuadro, su rostro estaba digitalmente pixelado para parecer un borrón, y la voz también estaba alterada electrónicamente. Henri le habló a la muchacha con voz traviesa, llamándola «monita» y a veces diciendo su nombre.

—Interesante, ¿no? —comentó Horst a Jan—. La chica no siente el menor temor. Ni siquiera parece drogada.

Julia le sonreía a Henri, extendiendo los brazos y abriendo las piernas. Él se quitó el bañador, mostrando un miembro robusto y erecto, y la muchacha se tapó la boca y alzó la vista. «Dios mío, Charlie», exclamó.

Henri le dijo juguetonamente que era una golosa. Le vieron arrodillarse entre los muslos de la muchacha, alzarle las nalgas y bajar la cara para lamerla hasta que la muchacha se retorció, meneando las caderas, hundiendo los dedos de los pies en la arena, gritando «¡Charlie, por favor, no aguanto más!».

—Creo que Henri la está enamorando —dijo Jan a Horst—. Tal vez él también se está enamorando. Eso sería digno de verse.

—¿Crees que Henri puede sentir amor?

Mientras los dos hombres observaban, Henri acariciaba a la muchacha, la estimulaba y la penetraba, diciéndole que era hermosa y que se entregara a él, hasta que los gritos se convirtieron en sollozos. Ella le echó los brazos al cuello, y Henri la estrechó y le besó los ojos, las mejillas y la boca. Luego su mano se acercó a la cámara, bloqueando un poco la imagen de la muchacha, y se retiró empuñando un cuchillo de caza. Puso el cuchillo junto a la muchacha en la toalla.

Horst se inclinó para observar la escena, pensando: «Sí, primero la ceremonia, y ahora el sacrificio supremo.» Entonces Henri volvió su cara borrosa hacia la cámara.

«¿Todos satisfechos?», preguntó.

«Totalmente satisfechos», respondió la muchacha, y la imagen se ennegreció.

—¿Qué ocurre? —preguntó Jan, despertando de lo que era casi un estado de trance.

Horst rebobinó el vídeo, volvió a ver los últimos momentos y comprendió que había terminado. Al menos para ellos.

—Jan, nuestro chico nos excita también a nosotros. Nos hace esperar el producto terminado. Un chico listo. Muy listo.

Jan suspiró.

—Qué gran vida lleva a nuestras expensas.

—¿Hacemos una apuesta sólo entre tú y yo?

—¿Sobre qué?

—Sobre cuánto falta para que pillen a Henri.

44

Eran casi las cuatro de la mañana y no lograba conciliar el sueño. En mi mente aún ardían las imágenes del cuerpo torturado de Rosa Castro, y todavía pensaba en lo que le habían hecho antes de que su vida terminara bajo una roca en el mar.

Pensé en sus padres y los McDaniels, buena gente que pasaba por un infierno que El Bosco no podría haber imaginado ni siquiera en sus momentos de mayor inspiración. Quería llamar a Amanda, pero me contuve. Temía cometer un desliz y decirle lo que pensaba: «Gracias a Dios que no tenemos hijos.»

Me levanté y encendí las luces. Saqué de la nevera una lata de POG, un refresco de piña, naranja y guayaba, y encendí el ordenador. Mi correo se había llenado de *spam* desde mi última revisión, y la CNN me había enviado un alerta noticioso sobre Rosa Castro. Eché un rápido vistazo a la nota y comprobé que mencionaban a Kim en el último párrafo.

Escribí el nombre de Kim en la casilla de búsqueda para ver si la CNN había introducido alguna noticia en su sitio web. Nada.

Abrí una lata de patatas fritas, comí una, preparé café en la cafetera y seguí trabajando en Internet.

Encontré imágenes de Doug Cahill en YouTube: vídeos del club universitario, travesuras en el vestuario, un vídeo de Kim sentada en las gradas durante un partido de fútbol, aplaudiendo y meneándose. La cámara iba y venía entre ella y tomas de Doug Cahill jugando brutalmente contra los Giants de Nueva York. Traté de imaginarme a Cahill matando a Kim y hube de admitir que un tío que podía arremeter contra jugadores de ciento diez kilos era alguien que podía abofetear a una muchacha que se resistiera y, por accidente o adrede, desnucarla. Pero en el fondo creía que las lágrimas de Cahill eran genuinas, que amaba a Kim. Además, si él la hubiera matado, contaba con recursos para perderse en cualquier parte del mundo.

Busqué el nombre que me había soplado aquella mujer por teléfono, el sospechoso de tráfico de armas, Nils Bjorn, cuyo primer apellido era Ostertag. La búsqueda arrojó los mismos resultados del día anterior, pero esta vez abrí los artículos redactados en sueco.

Usando un diccionario *on line* mientras leía, traduje las palabras suecas que significaban «municiones» y «blindaje protector» y luego encontré otra foto de Bjorn fechada tres años antes. Era una foto directa del hombre, con sus rasgos regulares y olvidables, saliendo de un Ferrari en Ginebra. Vestía un elegante traje de rayas blancas bajo un sobretodo de buena confección, y empuñaba un maletín Gucci. En esa foto Bjorn no se veía igual que en la cena de gala, porque ahora tenía el pelo rubio. Casi blanco.

Pinché el último artículo sobre Nils Ostertag Bjorn y otra foto llenó mi pantalla, esta vez un joven de uniforme militar. Aparentaba unos veinte años, tenía los ojos muy separados y la barbilla cuadrada. Pese al mismo nombre no se parecía a las otras fotos de Nils Bjorn.

Leí el pie de foto y distinguí las palabras suecas que significaban «Golfo Pérsico» y «fuego enemigo», y entonces comprendí.

Estaba leyendo una necrológica.

Aquel Nils Ostertag Bjorn había muerto quince años atrás.

Fui a ducharme y dejé que el agua caliente me masajeara la

cabeza mientras trataba de unir las piezas. ¿Se trataba sólo de dos hombres con el mismo nombre, un nombre poco habitual? ¿O alguien que usaba la identidad del muerto se había registrado en el Wailea Princess?

En tal caso, ¿había secuestrado y asesinado a Kim McDaniels?

45

Henri Benoit despertó entre sábanas suaves y blancas en la elegante cama con baldaquino de su habitación del Island Breezes Hotel de Lanai.

Julia roncaba suavemente bajo su brazo, la cara tibia contra su pecho. El sol de la mañana se filtraba por las cortinas transparentes, y el ancho Pacífico estaba sólo a cincuenta metros.

Aquella chica. Aquel ambiente. Aquella luz inimitable. Era el sueño de un fotógrafo de cine.

Con los dedos, apartó el pelo de los ojos de la muchacha. La dulce criatura estaba bajo el hechizo del *kava kava*, más la generosa dosis de Valium que él le había echado en la copa. Había dormido profundamente, pero era hora de despertarla para su primer plano.

—Despierta, despierta, carita de mono —le dijo, sacudiéndole suavemente el brazo.

Julia entreabrió los ojos.

—¿Charlie? ¿Qué? ¿Ya es la hora de mi vuelo?

—Todavía no. ¿Quieres dormir diez minutos más?

Ella asintió y se acurrucó contra su hombro.

Henri se levantó y se puso a trabajar, encendiendo lámparas, reemplazando la tarjeta de la cámara por una nueva, apoyando la cámara en la cómoda, enfocando la escena. Satisfecho, desató los cordeles con borlas de las cortinas, dejando que la gruesa colgadura se cerrara.

Julia murmuró una queja mientras él la ponía de bruces.

—Está todo bien —la tranquilizó él.

Le sujetó las piernas a los postes del pie de la cama, haciendo un nudo ballestrinque con los cordeles, y luego le ató los brazos al cabezal, usando un exótico nudo japonés que salía espectacular en una filmación.

Julia suspiró mientras caía en otro sueño.

Henri hurgó su bolsa, se puso la máscara de plástico clara y los guantes de látex azul, y finalmente desenvainó el cuchillo de caza.

Enmascarado y enguantado, pero desnudo, Henri apoyó el cuchillo en la mesilla y se arrodilló detrás de Julia. Le acarició la espalda antes de alzarle las caderas y penetrarla por detrás. Ella gimió en sueños, sin despertar mientras él la embestía. Entonces el placer se impuso a la razón y Henri le dijo que la amaba.

Después se desplomó junto a ella, apoyándole el brazo en la espalda hasta que su respiración se calmó. Luego se puso a horcajadas de la muchacha dormida, le revolvió el pelo corto con los dedos de la mano izquierda, y le alzó la cabeza.

—Ay —dijo Julia, abriendo los ojos—. Me lastimas, Charlie.

—Lo lamento. Tendré más cuidado.

Esperó un instante antes de rozar con la hoja la nuca de Julia, dejando una línea roja y delgada.

Julia sólo dio un respingo, pero con el segundo corte abrió los ojos de par en par. Volvió la cabeza, y agrandó los ojos al ver la máscara, el cuchillo, la sangre.

—Charlie, ¿qué estás haciendo? —gritó.

Henri se enfadó. Estaba lleno de amor por esa chica y ahora ella se rebelaba, arruinando la toma, arruinándolo todo.

—Por favor, Julia, actúa con elegancia.

Julia gritó y forcejeó contra las amarras. Su cuerpo tenía más capacidad de movimiento del que Henri esperaba. Le dio un codazo en la mano, haciendo volar el cuchillo. Julia inspiró hondo y soltó un largo y ondulante alarido de terror.

No le dejaba opción. No era de buen gusto, pero a fin de cuentas era el mejor medio para un fin. Cerró las manos sobre la garganta de Julia y apretó. Ella se sofocó y se revolvió desesperada mientras él le sacaba el aire, controlaba cada segundo final de su vida, soltando el cuello y volviendo a apretarlo, una y otra vez, hasta que se quedó tiesa. Porque estaba muerta.

Henri se levantó jadeando y caminó hacia la cámara.

Se acercó a la lente, se apoyó las manos en las rodillas.

—Mejor de lo que planeaba —dijo con una sonrisa—. Julia no respetó el guión y terminó nuestro idilio con un gesto grandilocuente. La amo. ¿Todos satisfechos?

46

Henri salía de la ducha cuando llamaron a la puerta. ¿Alguien había oído los gritos de Julia?

—Servicio de limpieza —dijo una voz.

—¡Váyase! —espetó—. ¿No sabe leer? En el letrero pone «No molestar».

Se ajustó el cinturón de la bata, caminó hacia las puertas de vidrio del otro extremo de la habitación, las abrió y salió al balcón.

La belleza del terreno se extendía ante él como el Jardín del Edén. Gorjeaban aves en los árboles, crecían piñas en los canteros. Corrían niños alrededor de la piscina mientras el personal del hotel instalaba tumbonas. Más allá de la piscina, el mar estaba azul brillante y el sol alumbraba otro perfecto día hawaiano.

No había sirenas ni policías a la vista. Todo despejado.

Henri cogió el móvil y llamó al helicóptero. Luego fue hasta la cama y cubrió el cuerpo de Julia con las mantas. Después limpió la habitación meticulosamente y encendió la televisión mientras se vestía de Charlie Rollins. La cara de Rosa Castro le sonrió desde la pantalla, una dulce niña, y luego siguió una nota sobre Kim McDaniels. Ninguna noticia, pero la búsqueda continuaba.

¿Dónde estaba Kim? ¿Dónde podía estar?

Henri metió sus cosas en la bolsa de viaje y luego repasó

de nuevo la habitación por si había pasado por alto algún detalle. Una vez conforme, se puso las gafas panorámicas de Charlie y la gorra, se echó la bolsa al hombro y salió.

Camino del ascensor pasó frente al carro de la mujer de la limpieza, una mujer robusta y morena que pasaba la aspiradora.

—Estoy en la 412.

—¿Ahora puedo limpiar? —preguntó ella.

—No, aún no. Por la tarde, por favor. Le he dejado algo en la habitación —añadió.

—Gracias —respondió ella.

Henri le guiñó el ojo, bajó por la escalera hasta aquel vestíbulo maravilloso que parecía un joyero, con aves que entraban volando por un lado y salían por el otro.

Pagó su cuenta en recepción y pidió que lo llevaran al helipuerto. Elaboró sus planes mientras el coche eléctrico atravesaba el campo de golf. El viento arrastraba nubes hacia el mar.

Le dio una propina al conductor y corrió hacia el helicóptero sujetándose la gorra.

Al ajustarse el cinturón, intercambió saludos breves con el piloto. Se puso el auricular y mientras el helicóptero despegaba tomó fotos de la isla con su Sony, lo que haría cualquier turista. Pero todo era para disimular. La magnificencia de Lanai no conmovía a Henri.

Cuando el helicóptero descendió en Maui, hizo una llamada importante.

—¿Señor McDaniels? Usted no me conoce. Me llamo Peter Fisher —dijo con leve acento australiano—. Debo decirle algo sobre Kim: tengo su reloj de pulsera, un Rolex.

47

El albergue Kamehameha se había construido a principios del siglo XX, y para Levon tenía aspecto de haber sido una pensión, con sus pequeños bungalós y la playa más allá de la carretera. En el horizonte, los surfistas se agazapaban sobre sus tablas, hendiendo las olas, patinando sobre el agua, esperando la Gran Ola.

Levon y Barbara pasaron junto a unos mochileros mientras subían la escalera del edificio principal. El oscuro vestíbulo de madera tenía un olor mohoso, a humedad con una pizca de marihuana.

El recepcionista parecía haber recalado en esas playas cien años atrás: ojos inflamados, el pelo recogido en una trenza blanca más larga que la de Barbara, y una camiseta manchada que rezaba «Creo en Estados Unidós» y un nombre: «Gus.»

Levon le dijo que él y su mujer tenían una reserva por una noche y Gus le respondió que tenía que pagarle al contado antes de recibir las llaves, que así eran las normas.

Levon le entregó noventa dólares en efectivo.

—No hay reembolsos y deberá dejar la habitación al mediodía.

—Estamos buscando a un huésped llamado Peter Fisher —dijo Levon—. Tiene acento australiano o sudafricano. ¿Sabe cuál es su habitación?

El empleado hojeó el libro de registros.

—No todos firman —dijo—. Si vienen en grupo, sólo necesito la firma del que paga. No veo a ningún Peter Fleisher.

—Fisher.

—Da igual, no lo veo. La mayoría de la gente cena en nuestro comedor. Seis dólares, tres platos. Pregunte más tarde y quizá lo encuentre. —Gus miró a Levon con atención—. Yo les conozco. Ustedes son los padres de esa modelo que mataron en Maui.

Levon sintió que su presión sanguínea subía. Se preguntó si ése sería el día en que sufriría un infarto de miocardio fatal.

—¿Dónde ha oído eso? —rugió.

—¿Cómo que dónde? En la tele y en los periódicos.

—Ella no ha muerto —espetó Levon.

Cogió las llaves y subió hasta el tercer piso seguido por Barbara. La habitación daba pena: dos camas pequeñas, con sábanas roñosas perforadas por los muelles del colchón, la ducha sucia de moho, años de mugre en las persianas, humedad en la alfombra, la tapicería y la moqueta.

Un letrero sobre el fregadero rezaba: «Por favor, limpie usted mismo. Aquí no hay camarera.»

Barbara miró a su esposo con desaliento.

—Dentro de un rato bajaremos a cenar y hablaremos con la gente. No tenemos que quedarnos aquí. Podemos regresar.

—Después de encontrar al tal Fisher.

—Ya —dijo Levon, pero se preguntó si Fisher no se habría marchado de ese tugurio, si ese asunto no era un timo, como el teniente Jackson le había advertido el día que se conocieron.

48

Henri no se basaba sólo en el disfraz: las botas de vaquero, las cámaras y las gafas panorámicas. El atrezo era importante, pero el arte del disfraz consistía en los gestos y la voz, además del factor X. El elemento que distinguía a Henri Benoit como camaleón de primera era su talento para transformarse en el hombre que fingía ser.

A las seis y media de esa tarde, Henri entró en el tosco comedor del albergue Kamehameha. Vestía tejanos, un suéter ligero de cachemir azul con las mangas recogidas, mocasines italianos sin calcetines, reloj de oro y sortija de matrimonio. Su cabello entrecano estaba peinado hacia atrás y sus gafas sin montura enmarcaban el semblante de un hombre refinado y rico.

Echó un vistazo a la rústica sala, las filas de mesas y sillas plegadas y la larga mesa de comidas. Se sumó a la fila y recibió la bazofia que le ofrecieron antes de dirigirse al rincón donde Barbara y Levon aguardaban frente a unos platos que no habían tocado.

—¿Puedo sentarme con ustedes? —preguntó.

—Estamos por marcharnos —dijo Levon—, pero si usted tiene la valentía de comer eso, siéntese, por favor.

—¿Qué demonios cree que es esto? —preguntó Henri, acercando una silla a Levon—. ¿Animal, vegetal o mineral?

—Me dijeron que era guisado de carne —rio Levon—, pero no confíe en mi palabra.

Henri extendió la mano.

—Andrew Hogan —se presentó—. De San Francisco.

Levon le estrechó la mano y le correspondió.

—Aquí somos los únicos que tenemos más de cuarenta —dijo—. ¿Usted sabía cómo era este antro cuando reservó habitación?

—En realidad no me alojo aquí. Estoy buscando a mi hija. Laurie acaba de terminar sus estudios en Berkeley —dijo con modestia—. Le dije a mi esposa que Laurie lo estaría pasando bomba, acampando con un grupo de jóvenes, pero hace varios días que no llama a casa. Una semana, para ser preciso. Así que mi mujer está muy nerviosa, a causa de esa pobre modelo que desapareció en Maui.

Henri revolvió el guisado con el tenedor.

—Es nuestra hija, Kim —dijo Barbara, y Henri alzó la vista—. La modelo desaparecida.

—Caramba, lo lamento. Lo lamento muchísimo. No sé qué decir... ¿Cómo lo llevan?

—Es horrendo —respondió Barbara, sacudiendo la cabeza, la mirada gacha—. Rezamos y tratamos de dormir. Procuramos conservar la lucidez.

—Nos aferramos a cada hilo de esperanza —dijo Levon—. Estamos aquí porque recibimos una llamada de alguien llamado Peter Fisher. Dijo que estuvo con Kim la noche que desapareció, que ella dejó su reloj y que si nos reuníamos con él nos daría el reloj y nos hablaría de Kim. Sabía que mi hija usaba un Rolex. Usted se llama Andrew, ¿no?

Henri asintió.

—La policía nos dijo que la llamada debía de ser falsa, que hay chiflados que juegan con el dolor ajeno. Lo cierto es que aquí hemos hablado con todos y nadie conoce a Peter Fisher. No se ha registrado en el maravilloso Kamehameha Hilton.

—No les conviene quedarse aquí, además —dijo el hombre de azul—. Escuche, he alquilado una casa a diez minutos de aquí, tres habitaciones y dos baños, y está limpia. ¿No quieren alojarse allí esta noche? Me harán compañía.

—Muy amable de su parte, señor Hogan —dijo Barbara—, pero no queremos molestar.

—Llámeme Andrew. Y me harían un favor. ¿Les gusta la comida tailandesa? Hay un restaurante a poca distancia de aquí. ¿Qué me dicen? Nos largamos de este tugurio y por la mañana vamos a buscar a nuestras hijas.

—Gracias, Andrew —dijo Barbara—. Es un ofrecimiento muy amable. Si nos permite, lo invitamos a cenar y hablamos de ello.

49

Barbara despertó en la oscuridad presa de un terror profundo.

Tenía los brazos atados a la espalda y le dolían. Tenía las piernas amarradas en las rodillas y tobillos. Estaba ovillada en posición fetal contra el rincón de un compartimiento estrecho que se movía.

¿Estaba ciega o estaba demasiado oscuro? Por Dios, ¿qué estaba pasando?

—¡Levon! —gritó.

Algo se movió a sus espaldas.

—¿Barbara? ¿Estás bien?

—Ah, cariño, gracias a Dios estás aquí. ¿Te encuentras bien?

—Estoy atado. Maldición. ¿Qué diablos es esto?

—Creo que estamos en el maletero de un coche.

—¡Por Dios! ¡Un maletero! Es Hogan. Hogan nos ha hecho esto.

Oyeron una música sofocada a través del asiento trasero contra el cual iban acurrucados como gallinas en un cesto.

—Me estoy volviendo loca —gimió Barbara—. No entiendo nada. ¿Qué quiere de nosotros?

Levon pateó la tapa del maletero.

—¡Oiga! ¡Déjenos salir!

La patada ni siquiera movió la tapa. Los ojos de Barbara se acostumbraron a la oscuridad.

—¡Levon, mira! ¿Ves eso? La palanca para abrir el maletero.

Los dos giraron dolorosamente, raspándose mejillas y codos contra la alfombra. Barbara se quitó los zapatos y tiró de la palanca con los dedos de los pies. La palanca se movió sin encontrar resistencia y el cerrojo no cedió.

—Por favor, Dios —gimió Barbara, con un acceso de asma. Su voz se perdió en un jadeo y luego en un estallido de tos.

—Los cables están cortados —dijo Levon—. El asiento trasero. Podemos patear el asiento trasero.

—¿Y después qué? ¡Estamos maniatados! —jadeó Barbara.

Aun así lo intentaron, y patearon sin poder aprovechar toda la fuerza de sus piernas, pero no consiguieron nada.

—Está trabado, maldición —dijo Levon.

Barbara respiraba en resuellos, tratando de calmarse para impedir un ataque total. ¿Por qué Hogan les hacía eso? ¿Por qué? ¿Qué pensaba hacerles? ¿Qué ganaba con secuestrarlos?

—Leí en alguna parte que, si apagas las luces traseras y sacas la mano, puedes agitarla hasta que alguien te vea —dijo Levon—. Con sólo apagar las luces, quizás un policía detenga el coche. Hazlo, Barbara. Inténtalo.

Ella pateó y el plástico se resquebrajó.

—¡Ahora tú! —jadeó.

Mientras Levon metía la mano por el hueco de la luz de su lado, Barbara giró, de modo que su cara quedó cerca de las astillas y los cables. Podía ver el asfalto que pasaba bajo los neumáticos. Si el coche se detenía, gritaría. Ya no estaban desvalidos. ¡Aún estaban con vida y presentarían batalla!

—¿Qué es ese sonido? ¿Un móvil? —preguntó Levon—. ¿Aquí en el maletero?

Barbara vio la pantalla iluminada de un teléfono a sus pies.

—Saldremos de aquí, cariño. Hogan ha cometido un gran error.

Forcejeó para acomodar las manos mientras sonaba el segundo tono, palpando los botones a ciegas a su espalda.

—¡Sí, sí! —aulló Levon—. ¿Quién llama?

—Señor McDaniels, soy yo. Marco. Del Wailea Princess.

—¡Marco! Gracias a Dios. Tienes que encontrarnos. Nos han secuestrado.

—Lo lamento. Sé que están incómodos ahí atrás. Pronto les explicaré todo.

Y la comunicación se cortó.

El coche se detuvo.

50

Henri sintió que la sangre bombeaba en sus venas. Estaba tenso del mejor modo, con adrenalina, mentalmente alerta, preparado para la escena siguiente.

Registró de nuevo la zona, echando un vistazo a la carretera y a la curvada costa. Tras cerciorarse de que el paraje estaba desierto, sacó su bolsa del asiento trasero, la arrojó bajo una maraña de arbustos y regresó al coche.

Caminando alrededor del sedán con tracción a las cuatro ruedas, se detuvo ante cada neumático, reduciendo la presión del aire de ochenta a veinte libras, golpeando el maletero al pasar, abriendo la puerta del lado del pasajero. Metió la mano en la guantera, arrojó el contrato de alquiler al suelo y sacó su cuchillo de caza. Parecía formar parte de su mano.

Cogió las llaves y abrió el maletero. El claro de luna alumbró a Barbara y a Levon.

—¿Todos bien en clase turista? —preguntó.

Ella gritó a todo pulmón hasta que Henri se agachó para apoyarle el cuchillo en la garganta.

—Barbara, Barbara, deja de gritar. Nadie puede oírte salvo Levon y yo, así que olvidemos la histeria, por favor. No me agrada.

El grito de la mujer se transformó en un jadeo y un sollozo.

—¿Qué demonios hace, Hogan? —preguntó Levon, moviendo el cuerpo para ver el rostro de su captor—. Soy un hombre razonable. Explíquese.

Henri se puso dos dedos bajo la nariz, imitando un bigote, bajó y engrosó la voz.

—Cómo no, señor McDaniels. Usted es mi máxima prioridad.

—Santo cielo. ¿Usted es Marco? ¡Sí, es él! No puedo creerlo. ¿Cómo ha podido asustarnos así? ¿Qué quiere?

—Quiero que te comportes, Levon. Tú también, Barbara. Si os ponéis traviesos, deberé tomar medidas drásticas. Si os portáis bien, os paso a primera clase. ¿Vale?

Henri cortó las cuerdas de nailon que ceñían las piernas de la mujer y la ayudó a salir del coche y acomodarse en el asiento trasero. Luego fue por el hombre, cortó las cuerdas, lo llevó al asiento trasero y sujetó a ambos con los cinturones de seguridad.

Luego subió al asiento delantero. Trabó las puertas, encendió la luz del techo, estiró la mano hasta la cámara que estaba detrás del espejo retrovisor y la activó.

—Si queréis, podéis llamarme Henri —les dijo a los McDaniels, que lo miraban con los ojos desorbitados. Metió la mano en el bolsillo de la zamarra, sacó un elegante reloj que parecía un brazalete y lo sostuvo frente a ellos.

—¿Veis? Lo prometido. El reloj de Kim. El Rolex. ¿Lo reconocéis? —Y lo metió en el bolsillo de la chaqueta de Levon—. Bien —dijo Henri—, me gustaría contaros qué está pasando y por qué tengo que mataros. A menos que tengáis alguna pregunta.

51

Cuando desperté esa mañana y puse las noticias locales, Julia Winkler estaba en todas partes. Su rostro bellísimo llenaba la pantalla, con un titular bajo su foto: «Supermodelo asesinada.»

¿Cómo podía haber muerto Julia Winkler?

Me erguí en la cama, subí el volumen y miré la foto siguiente. Kim y Julia posaban juntas para los archivos de *Sporting Life*, uniendo sus rostros adorables, risueños, radiantes de vida.

Los locutores repetían la gran noticia «para aquellos que acaban de sintonizarnos».

Me quedé mirando el aparato, asociando los asombrosos detalles; el cuerpo de Julia Winkler había aparecido en una habitación del Island Breezes, un hotel de cinco estrellas de Lanai. La encargada de la limpieza había corrido por los pasillos gritando que había una mujer estrangulada con magulladuras en el cuello, que había sangre en las sábanas.

Luego entrevistaron a Emma Laurent, una camarera. La noche anterior había atendido las mesas del Club Room y había reconocido a Julia Winkler. Cenaba con un hombre guapo de unos treinta años. Era blanco y robusto, de cabello castaño. «Sin duda hace ejercicio.»

El acompañante de Winkler había cargado la cuenta a un número de habitación, la 412, registrada a nombre de Charles

Rollins. Éste dejó una buena propina y Julia le había dado el autógrafo a la camarera. Personalizado: «Para Emma, de Julia.» Emma mostró la servilleta firmada a la cámara.

Saqué un refresco de la nevera y lo bebí viendo tomas en directo frente al Island Breezes Hotel. Había coches patrulla por doquier, las radios de la policía crepitaban de fondo. La cámara se centró en un reportero de la filial local de la NBC.

Kevin de Martine era respetado y había trabajado con una unidad militar en Irak en 2004. Ahora daba la espalda a una valla con forma de herradura y la lluvia le mojaba la cara barbada, mientras las palmeras se cimbraban detrás de él.

«Esto es lo que sabemos —dijo De Martine—: Julia Winkler, supermodelo de diecinueve años, ex compañera de habitación de la supermodelo Kimberly McDaniels, que aún sigue desaparecida, ha sido hallada muerta esta mañana en una habitación registrada a nombre de Charles Rollins, de Loxahatchee, Florida.»

De Martine explicó que Charles Rollins no estaba en su habitación, que lo habían buscado para interrogarlo, y que cualquier dato sobre él debía informarse al número de teléfono que aparecía en la parte inferior de la pantalla.

Traté de asimilar aquella espantosa historia. Julia Winkler había muerto y el único sospechoso había desaparecido.

52

El teléfono sonó junto a mi oído, sobresaltándome. Cogí el auricular.

—¿Levon? —pregunté.

—Soy Dan Aronstein. El que te paga el sustento. Hawkins, ¿estás enterado del caso Winkler?

—Sí, jefe, estoy en ello. Siempre que cuelgues y me dejes trabajar, ¿vale?

Volví a mirar la televisión. Los locutores locales, Tracy Baker y Candy Ko'olani, habían añadido una nueva cara procedente de Washington.

«¿Las muertes de Rosa Castro y Julia Winkler podrían estar relacionadas? —le preguntó Baker a John Manzi, ex investigador del FBI—. ¿Estamos ante un asesino en serie?»

Una expresión aterradora. Asesino en serie. La historia de Kim recorría el mundo entero, y éste estaría pendiente de Hawai y el misterio de la muerte de dos bellas muchachas.

El ex agente Manzi se tiró del lóbulo de la oreja, dijo que los asesinos en serie solían dejar una impronta inequívoca en su manera de matar.

«Rosa Castro fue estrangulada, pero con cuerdas. Su deceso se produjo por ahogo. Sin hablar con el forense, sólo puedo basarme en los informes de testigos, según los cuales Julia Winkler murió a manos de alguien que la estranguló. Es prematuro afirmar que estas muertes sean obra de la misma persona, pero sí puedo adelantar que la estrangulación manual revela un toque personal. El asesino disfruta más porque la víctima tarda en morir. No es como dispararle.

Kim. Rosa. Julia. ¿Era coincidencia? Ansiaba hablar con Levon y Barbara, comunicarme con ellos antes de que vieran la noticia de Julia, para prepararlos de algún modo, pero no sabía dónde estaban.

Barbara había llamado el día anterior por la mañana para avisarme de que ella y su marido irían a Oahu para verificar lo que quizá fuera una pista falsa, y desde entonces no tenía noticias de ellos.

Bajé el volumen del televisor y llamé al móvil de Barbara. No obtuve respuesta, así que colgué y llamé a Levon. Él tampoco respondió. Tras dejar un mensaje, llamé al conductor, y me enviaron al buzón de voz de Marco, así que le dejé mi número de teléfono y le dije que mi llamada era urgente.

Me duché y me vestí deprisa, ordenando mis ideas, sintiendo una inquietud difusa pero apremiante. Algo me molestaba, pero no lograba precisar qué era. Parecía un mosquito que no puedes aplastar. O ese tenue olor a gas cuyo origen desconoces. ¿Qué era?

Llamé de nuevo a Levon y le dejé un mensaje. Luego llamé a Eddie Keola; él tenía que saber cómo encontrar a los McDaniels.

Era su trabajo.

53

Keola ladró su nombre al auricular.

—Eddie, soy Ben Hawkins. ¿Has visto las noticias?

—Peor que eso. He visto la realidad.

Keola había estado en el Island Breezes desde que la noticia sobre Julia Winkler había circulado por la radio policial. Había estado allí cuando sacaron el cuerpo y hablado con los policías presentes en la escena del crimen.

—Era la compañera de habitación de Kim —dijo—. ¿Puedes creerlo?

Le conté que no había podido comunicarme con los McDaniels ni con su chófer, y le pregunté si sabía dónde se alojaban.

—En un tugurio de la costa este de Oahu. Barbara me dijo que no conocía el nombre.

—Quizá yo esté paranoico, pero esto me preocupa. Ellos no suelen desaparecer tanto tiempo sin telefonear.

—Nos vemos en su hotel dentro de una hora —me dijo Keola.

Llegué al Wailea Princess poco antes de las ocho. Me dirigía a la recepción cuando oí que Eddie Keola me llamaba. Cruzó el vestíbulo de mármol a paso rápido. Su pelo plateado estaba húmedo y revuelto, y tenía ojeras de fatiga.

El gerente de turno era un joven con una elegante corbata

de cien dólares, una americana de gabardina azul con una identificación en la que ponía «Joseph Casey».

Cuando dejó el teléfono, Keola y yo le explicamos nuestro problema: que no podíamos localizar a dos huéspedes y tampoco al chófer contratado por el hotel. Le dije que nos preocupaba la seguridad de los McDaniels.

El gerente sacudió la cabeza.

—No tenemos chóferes en el personal, y no contratamos a nadie para conducir a los McDaniels. Y menos a alguien llamado Marco Benevenuto. No lo hacemos y nunca lo hemos hecho.

Me quedé atónito.

—¿Por qué ese hombre les diría a los McDaniels que era un chófer del hotel? —preguntó Keola.

—No conozco a ese hombre. No tengo ni idea. Tendrán que preguntarle a él.

Keola le enseñó su identificación, diciendo que era empleado de los McDaniels y quería ver su habitación.

Tras consultar al jefe de seguridad, Casey accedió. Llevé una guía telefónica a una silla del vestíbulo. Había cinco servicios de limusinas en Maui, y ya los había llamado a todos cuando Eddie Keola se dejó caer en la silla de al lado.

—Nadie ha oído hablar de Marco Benevenuto —le dije—. No figura en ninguna guía de Hawai.

—Y la habitación de los McDaniels está vacía. Como si nunca hubieran estado allí.

—¿Qué diantre pasa? ¿Barbara y Levon se fueron de aquí y no sabías adónde iban?

Parecía una acusación. No era mi propósito, pero mi pánico se había disparado. Hawai tenía una tasa de delincuencia baja. Y ahora teníamos dos chicas muertas, la desaparición de Kim, la desaparición de los padres de ésta y el chófer, todo en una semana.

—Le dije a Barbara que yo debía encargarme de esa pista en Oahu —dijo Keola—. Esos antros para mochileros están alejados y son bastante precarios. Pero Levon me disuadió. Me dijo que quería que yo dedicara mi tiempo a buscar a Kim aquí.

Keola jugueteaba con su reloj de pulsera y se mordía el labio. Los dos, ex policías sin ninguna autoridad, tratábamos desesperadamente de comprender lo incomprensible.

54

El vestíbulo del Wailea Princess se estaba transformando en un circo de tres pistas. Una fila de turistas alemanes se alineaba ante la recepción, un grupo de chiquillos pedía al jardinero que les dejara alimentar a las carpas, y a diez metros se desarrollaba una presentación sobre atracciones turísticas, con diapositivas, películas y música nativa.

Eddie Keola y yo parecíamos invisibles. Nadie se dignaba mirarnos.

Empecé a analizar los datos, asociando a Rosa con Kim, a Kim con Julia y el chófer, Marco Benevenuto, que les había mentido a los McDaniels y a mí, y la desaparición de los McDaniels.

—¿Qué te parece, Eddie? ¿Ves la conexión? ¿O estoy atizando las llamas de mi calenturienta imaginación?

Keola suspiró.

—Te diré la verdad, Ben: esto me supera. No pongas esa cara. Yo me encargo de infidelidades y reclamaciones de seguros. ¿Qué crees? ¿Que Maui es Los Ángeles?

—¿Por qué no presionas a tu amigo, el teniente Jackson?

—Lo haré. Insistiré para que se comunique con la policía de Oahu y los convenza de buscar a Barbara y a Levon. Si se pone difícil, pasaré por encima de él. Mi padre es juez.

—Eso puede ser útil.

—Ya lo creo.

Keola dijo que me llamaría, y luego me dejó con el teléfono en el regazo. Miré el mar esmeralda desde el vestíbulo abierto. A través de la niebla matinal veía el contorno de Lanai, la pequeña isla donde se había extinguido la vida de Julia Winkler.

En Los Ángeles eran las cinco de la mañana, pero tenía que hablar con Amanda.

—¿Qué cuentas, florecilla? —canturreó en el teléfono.

—Cosas malas, abejorro.

Le comenté la última noticia, y mi sensación de lúgubre desasosiego. Le aclaré que en los últimos tres días no había bebido nada más fuerte que zumo de guayaba.

—Kim ya habría aparecido si pudiera —le dije a Amanda—. No conozco el quién, el dónde, el porqué, el cuándo ni el cómo, pero te juro que creo conocer el qué.

—«Un asesino en serie en el paraíso.» La gran nota que esperabas. Quizás un libro.

Apenas oí sus palabras. El dato elusivo que me había molestado desde que había encendido el televisor dos horas antes centelleó en mi cabeza como un letrero de neón rojo. Charles Rollins. El nombre del sujeto al que habían visto con Julia Winkler.

Yo conocía ese nombre.

Le pedí a Amanda que aguardara, saqué la billetera del bolsillo trasero y con una mano trémula ojeé las tarjetas reunidas en la funda transparente.

—Amanda.

—Sigo aquí. ¿Y tú?

—Un fotógrafo llamado Charles Rollins se me acercó en la escena del crimen de Rosa Castro. Trabajaba para la revista *Talk Weekly*, de Loxahatchee, Florida. La policía cree que puede haber sido la última persona que vio a Julia Winkler con vida. Y no aparece por ninguna parte.

—¿Hablaste con él? ¿Podrías identificarlo?

—Quizá. Necesito tu ayuda.

—¿Enciendo el ordenador?

—Por favor.

Aguardé, apretando el móvil contra la oreja, y oí el ruido del retrete en Los Ángeles. Al fin, la voz de mi amada reapareció en la línea.

Se aclaró la garganta.

—Ben —dijo—, hay cuarenta páginas de Charles Rollins en Google, tiene que haber dos mil tíos con ese nombre, cien de ellos en Florida. Pero no aparece ninguna revista *Talk Weekly*. Ni en Loxahatchee ni en ninguna parte.

—Sólo por probar, mandémosle un e-mail.

Le pasé la dirección electrónica de Rollins y le dicté un mensaje.

—Me lo han devuelto, Ben —dijo Amanda segundos después—. Dirección desconocida. ¿Y ahora qué?

—Te llamo después. Tengo que ir a la policía.

55

Henri iba sentado a dos filas de la cabina en un vuelo chárter casi sin pasaje. Miró por la ventanilla mientras el elegante y pequeño avión despegaba de la pista y se elevaba al ancho cielo azul y blanco de Honolulú.

Bebió champán y tomó caviar y tostadas que le ofreció la azafata, y cuando el piloto lo permitió, Henri abrió el ordenador en la mesilla.

Había tenido que sacrificar la minicámara instalada en el espejo retrovisor, pero antes de ser destruida por el mar, había enviado el vídeo a su ordenador.

Henri se moría por ver la nueva grabación.

Se puso los auriculares y abrió el archivo MPV.

Tuvo ganas de soltar un hurra. Las imágenes que aparecían en la pantalla eran bellísimas. El interior del coche relucía bajo la luz del techo.

Una tenue luminosidad bañaba a Barbara y Levon, y la calidad del sonido era excelente.

Como Henri estaba en el asiento delantero, no aparecía en la toma, y eso le gustaba. Ninguna máscara. Ninguna distorsión. Sólo su voz al desnudo, a veces como Marco, a veces como Andrew, siempre razonando con las víctimas.

«Le dije a Kim cuán bella era, Barbara, mientras hacía el amor con ella. Le di algo para beber, para que no sintiera dolor.

Tu hija era una persona encantadora, muy dulce. No pienses que hizo algo por lo que mereciera morir.»

«No puedo creer que usted la haya matado —dijo Levon—. Usted es un enfermo. ¡Un embustero compulsivo!»

«Te di su reloj, Levon... De acuerdo, mirad esto.»

Henri abrió el móvil y les mostró la foto de su mano sosteniendo la cabeza de Kim por las raíces del cabello rubio y desmelenado.

«Tratad de entender —dijo, por encima de los gemidos y sollozos de los McDaniels—. Esto es un negocio. La organización para la que trabajo paga mucho dinero por ver a gente que muere.»

Barbara se sofocaba con su llanto, le pedía que se callara, pero Levon pasaba por otra clase de infierno, y obviamente trataba de equilibrar su dolor y su horror con el ansia de salvar la vida de ambos.

«Vamos, Henri. Ni siquiera sabemos quién es usted —le dijo—. No podemos perjudicarlo.»

«No es que yo quiera mataros, Levon. Se trata del dinero. Sí, ganaré mucho dinero con vuestra muerte.»

«Puedo conseguir el dinero —dijo Levon—. ¡Puedo hacerle una oferta mejor!»

Y ahora, en la pantalla, Barbara suplicaba por sus hijos, y Henri la silenciaba, diciéndole que ya tenía que irse.

Había acelerado, y los neumáticos blandos habían rodado suavemente por la arena. Cuando el coche tuvo buen impulso, Henri se apeó y caminó junto al vehículo hasta que el agua cubrió el parabrisas.

En el interior, la cámara había grabado los ruegos de los McDaniels, el agua que chapoteaba contra las ventanillas, elevando los asientos donde los brazos de los McDaniels estaban amarrados a la espalda, los cuerpos sujetos con los cinturones de seguridad.

Aun así, les había dado esperanzas.

«Dejaré la luz encendida para que podáis grabar vuestra

despedida —se oyó decir en la pantalla del ordenador—. Y alguien podría veros desde la carretera. Os podrían rescatar. No desechéis esa posibilidad. En vuestro lugar, yo rezaría por eso.»

Les había deseado suerte y había subido a la playa. Se había quedado bajo los árboles mirando el coche, que se hundió por completo en sólo tres minutos. Más rápido de lo que esperaba. Piadoso. Quizás existiera Dios, a fin de cuentas.

Cuando el coche desapareció, se cambió de ropa y caminó carretera arriba hasta que consiguió que alguien lo llevara.

Ahora, cerró el ordenador y terminó el champán mientras la camarera le entregaba el menú. Escogió pato a la naranja, se puso los auriculares Bose y escuchó música de Brahms. Sedante, bella, perfecta.

Los últimos días habían sido excepcionales, un drama tras otro, un período singular de su vida.

Sin duda todos estarían satisfechos.

56

Horas después, Henri Benoit estaba en el lavabo de la sala de espera de primera clase de LAX. El primer tramo del vuelo había sido un placer, y esperaba lo mismo en su viaje a Bangkok.

Se lavó las manos, examinó su nueva personalidad en el espejo, la de un empresario suizo oriundo de Ginebra. Su cabello rubio platino era corto, la montura de carey de sus gafas le daba un aire erudito, y vestía un traje de cinco mil dólares con finos zapatos ingleses.

Había enviado algunas tomas de los últimos momentos de los McDaniels a los Mirones, sabiendo que al día siguiente habría muchos euros más en su cuenta bancaria de Ginebra.

Salió del lavabo, se dirigió a la zona principal de la sala, apoyó el maletín a su lado y se distendió en un mullido sillón gris. Por la televisión pasaban las últimas noticias, un especial, y la locutora Gloria Roja describía un crimen que, según decía, suscitaba «horror e indignación».

«El cuerpo de una joven decapitada se halló en una cabaña alquilada en una playa de Maui —dijo Roja—. Fuentes cercanas al Departamento de Policía dicen que la víctima había fallecido varios días atrás.»

Roja se volvió hacia la gran pantalla que tenía detrás y presentó a una reportera local, Kai McBride, que informaba desde Maui.

«Esta mañana —dijo McBride a la cámara—, la señorita Maura Aluna, propietaria de este cámping playero, encontró la cabeza y el cuerpo decapitado de una joven. La señorita Aluna reveló a la policía que había alquilado la cabaña telefónicamente y que la tarjeta de crédito del cliente estaba aprobada. En cualquier momento, esperamos declaraciones del teniente Jackson, de la policía de Kihei.»

McBride se apartó brevemente de la cámara.

«Gloria —dijo—, el teniente Jackson está saliendo de la cabaña.»

McBride echó a correr seguida por el cámara y la imagen bailó.

«Teniente Jackson —llamó McBride—, ¿puede concedernos un minuto?»

El cámara enfocó al teniente.

«De momento no tengo ninguna información para la prensa.»

«Una sola pregunta, teniente.»

Henri se inclinó en el asiento de la sala de espera, cautivado por la dramática escena que se proyectaba en la gran pantalla. Estaba presenciando el final del juego en tiempo real. Era demasiado bueno para ser cierto. Luego descargaría esa emisión del sitio web de la emisora y la incluiría en su vídeo. Tenía toda la saga hawaiana, principio, nudo y estupendo final. Y ahora, este epílogo.

Henry sofocó el impulso de decirle al hombre que estaba a dos asientos: «Mire a ese poli, por favor. Ese teniente Jackson. Tiene la piel verde. Creo que va a vomitar.»

En pantalla, la reportera insistió.

«Teniente Jackson, ¿es Kim? ¿El cuerpo que ha encontrado pertenece a la supermodelo Kim McDaniels?»

«Sin comentarios. Estamos en medio de una investigación. ¿Quiere apagar esa cosa? Nunca hacemos comentarios sobre una investigación en curso, McBride, y usted lo sabe.»

Kai McBride giró hacia la cámara.

«Me arriesgaré a sacar una conclusión y diré que la renuencia del teniente Jackson ha sido una confirmación, Gloria. Ahora todos esperamos una identificación que corrobore que la víctima era Kim McDaniels. Aquí Kai McBride, desde Maui.»

57

Esa mañana, con la marea baja, un corredor había visto el techo de un coche que parecía la concha de una gigantesca tortuga de mar. Había llamado a la policía, que había acudido con varios vehículos de emergencias.

Ahora la grúa depositaba el coche anegado en la playa. La dotación de bomberos, el personal de rescate y policías de las dos islas formaban corrillos en la arena, mirando el agua del Pacífico que chorreaba del chasis.

Un policía abrió una de las puertas traseras.

—Dos cuerpos con los cinturones abrochados —exclamó—. Los reconozco. Santo cielo, son los McDaniels. Los padres de la modelo.

Me estremecí y espeté una serie de amargos juramentos para no ponerme violento ni vomitar.

Eddie Keola estaba junto a mí al lado de la cinta amarilla que iba desde un tronco arrojado por el mar hasta un trozo de roca de lava a treinta metros. Keola no sólo era mi billete para conseguir información policial y entrar en las escenas del crimen, sino que empezaba a considerarlo el hermano menor que no había tenido.

No nos parecíamos en nada, salvo que ambos éramos piltrafas en ese momento.

Se aproximaron más vehículos, algunos con sirena, y se

detuvieron en el asfalto lleno de baches que corría paralelo a la playa, una carretera cerrada por reparaciones.

Estos nuevos aditamentos a la flota de la ley eran vehículos utilitarios negros, y los hombres que se apearon de ellos llevaban chaquetas con la leyenda «FBI».

El amigo policía de Eddie se nos acercó.

—Lo único que puedo deciros —comentó— es que se vio a los McDaniels cenando hace dos noches en el albergue Kamehameha. Estaban con un hombre blanco, un metro ochenta y pico, pelo cano y gafas. Salieron con él, y eso es todo lo que tenemos. Con esa descripción, el sujeto que cenó con ellos pudo ser cualquiera.

—Gracias —dijo Eddie.

—De nada, pero ahora tendréis que iros.

Eddie y yo subimos por una rampa arenosa hasta el jeep. Me alegré de irme.

No quería ver los cadáveres de esas dos buenas personas a las que había cobrado tanto afecto. Eddie me llevó de vuelta al Marriott y nos quedamos un rato en el aparcamiento, rumiando lo sucedido.

Las muertes de todas las víctimas de esa orgía sangrienta habían sido premeditadas, calculadas, casi artísticas, la obra de un asesino muy listo y experto que no dejaba pistas. Compadecí a los investigadores que tuvieran que resolver el caso. Y ahora Aronstein ponía fin a mis vacaciones en Hawai con todos los gastos pagados.

—¿Cuándo sale tu vuelo? —preguntó Keola.

—Alrededor de las dos.

—¿Quieres que te lleve?

—Te lo agradezco, pero de todos modos tengo que devolver el coche.

—Lamento que esto haya salido así.

—Éste será uno de esos casos sin resolver. Y si alguna vez se resuelve, será dentro de muchos años. La confesión de un moribundo o una componenda con un presidiario.

Poco después me despedí de Eddie, recogí mis cosas y me marché del hotel. Regresaba a Los Ángeles insatisfecho y angustiado, con la sensación de haber sufrido un desgarrón. Lo habría apostado todo a que la historia había terminado, al menos para mí.

Una vez más, me equivocaba.

TERCERA PARTE

Recuento de víctimas

58

El guapo caballero rubio cruzó un pasillo rojo con cortinas de seda que terminaba en un vestíbulo recorrido por una
suave brisa. Un mostrador de piedra se erguía en un extremo
de la estancia y un joven recepcionista recibió al huésped con
una sonrisa tímida.

—Su suite ya está preparada, señor Meile. Una vez más,
bienvenido al Pradha Han.

—Encantado de estar aquí —dijo Henri. Se apoyó las gafas en la coronilla mientras firmaba el talón de la tarjeta de
crédito—. ¿Has mantenido tibias las aguas del golfo, Raphee?

—Desde luego. No defraudaríamos a un apreciado huésped como usted.

Henri abrió la puerta de la suite de lujo, se desvistió en el
suntuoso dormitorio y arrojó la ropa a la enorme cama cubierta por el mosquitero. Se puso una bata de seda y probó
bombones y mango seco mientras miraba BBC World, disfru-
tando de las noticias sobre «la racha de asesinatos en Hawai
que sigue desconcertando a la policía».

Estaba pensando que eso haría felices a los Mirones cuando la campanilla de la puerta anunció la llegada de sus amigos
especiales.

Aroon y Sakda, adolescentes menudos de pelo corto y
piel dorada, se inclinaron para saludar al hombre que cono-

cían como Paule Meile, y luego, riendo, lo rodearon con los brazos mientras él los llamaba por su nombre.

Instalaron la mesa de masajes en el balcón privado que daba a la playa. Mientras los chicos alisaban las sábanas y sacaban aceites y lociones, Henri instaló la cámara de vídeo y encuadró la escena.

Aroon lo ayudó a quitarse la bata y Sadka dispuso las sábanas sobre la parte inferior del cuerpo, y luego los chicos iniciaron la especialidad del *spa* Pradha Han, el masaje de cuatro manos.

Henri suspiró mientras los chicos trabajaban a la vez, sobándole los músculos, frotándolo con la crema *hmong*, disolviendo las tensiones de la semana anterior. En la selva graznaban cálaos y el aire olía a jazmín. Era una experiencia sensorial deliciosa, y por eso iba a Hua Hin al menos una vez al año.

Los chicos le hicieron dar la vuelta y le tiraron de los brazos y manos al mismo tiempo, luego hicieron otro tanto con las piernas y los pies, le acariciaron la frente, hasta que Henri abrió los ojos.

—Aroon —dijo en tailandés—, ¿me traerías el billetero? Está en la cómoda.

Cuando Aroon regresó, Henri sacó un fajo de billetes, mucho más que los pocos centenares de bahts que costaba el masaje. Agitó el dinero frente a los chicos.

—*Yak ja yoo len game tor mai?* —preguntó—. ¿Os gustaría quedaros para jugar un poco?

Los chicos rieron entre dientes y ayudaron al rico caballero a incorporarse en la mesa de masajes.

—¿A qué quieres jugar, papá? —preguntó Sakda.

Henri se lo explicó y ellos asintieron y batieron las palmas, al parecer muy contentos de proporcionarle satisfacción. Les besó las palmas, uno por vez.

Amaba a esos dulces chicos.

Era un auténtico deleite estar con ellos.

59

Henri despertó a solas al oír el campanilleo.

—Adelante —dijo.

Entró una muchacha con una flor roja en el cabello, se inclinó y le sirvió el desayuno en una bandeja de cama: *nahm prik*, tallarines de arroz con salsa de chile y cacahuate, fruta fresca y un cuenco de té cargado.

La mente de Henri era un hervidero mientras comía, pensando en la noche anterior, disponiéndose a editar su vídeo para la Alianza.

Llevó el té a la mesa, examinó la filmación en su ordenador y echó un vistazo a la escena del masaje. Pasó a la escena del agua que caía en la tina bajo el ojo redondo de la claraboya y puso un título sobre el agua corriente: «*Ochibashigure.*»

La escena siguiente era una toma larga y morosa que empezaba con la cara inocente de los chicos y luego un pasaje por sus cuerpos jóvenes y desnudos, demorándose en la ropa que se habían quitado.

Cuando su propia cara apareció en la pantalla, Henri usó la herramienta de distorsión para deformar sus rasgos mientras alzaba a los niños para meterlos en la bañera. Esa toma era una belleza.

Cortó y pegó la secuencia siguiente, cerciorándose de que el montaje diera una impresión de impecable continuidad: un primer plano de sus manos sosteniendo a los chicos mientras forcejeaban y pataleaban, las burbujas que salían de sus bocas, ángulos de los cuerpos flotantes, *ochiba shigure*. En japonés: «como hojas flotando en un estanque».

A continuación, un plano de la cara desencajada de Sadka, las gotas de agua que se adherían al pelo y la piel. Luego la cámara retrocedía para revelar a ambos chicos muertos sobre las tumbonas junto a la tina, los brazos y las piernas extendidos como en una danza.

Una mosca aterrizó en la mejilla húmeda de Sadka.

La cámara se aproximó, la pantalla se ennegreció. En *off*, Henri susurró su frase característica: «¿Todos satisfechos?»

Pasó la película de nuevo, la trabajó y la redujo a diez minutos de hermosa videografía para Horst y su pandilla de pervertidos, un anticipo para que esperaran con ansia el siguiente rodaje.

Preparó un e-mail y adjuntó una foto fija del vídeo; ambos chicos con los ojos abiertos, bajo el agua, las caras contraídas de terror.

«Para placer de vuestra vista, os ofrezco a dos jóvenes príncipes por el precio de uno», escribió. Envió el e-mail cuando sonaba la campanilla de la puerta.

Se ciñó el cinturón de la bata y abrió. Los chicos le sonrieron y se echaron a reír.

—¿Así que estamos muertos, papá? —dijo Aroon—. No nos sentimos muertos.

—No; estáis rozagantes. Mis dos niños buenos y vivarachos. Vamos a la playa —dijo Henri, apoyándoles las manos en los esbeltos hombros para salir por la puerta trasera de la villa—. El agua se ve maravillosa.

—¿Sin juegos, papá?

Revolvió el pelo del chico y Sadka le sonrió.

—No, sólo nadar y chapalear. Y luego volveremos aquí para mi masaje.

60

Las merecidas vacaciones de Henri continuaron en Bang-kok, una de sus ciudades favoritas.

Conoció a la chica sueca en el mercado nocturno, donde ella procuraba convertir los bahts a euros para comprar un pequeño elefante de madera. Él sabía bastante sueco, así que le habló en ese idioma, hasta que dijo riendo:

—He agotado todo mi sueco.

—Probemos el inglés —repuso ella, en un inglés perfecto de acento británico. Se presentó como Mai-Britt Olsen, y le dijo que estaba de vacaciones con sus compañeras de estudios de la Universidad de Estocolmo.

Era una muchacha despampanante, de diecinueve o veinte años, un metro ochenta de estatura. Llevaba el pelo claro recortado sobre los hombros, llamando la atención sobre su adorable garganta.

—Tienes unos bonitos ojos azules —dijo él.

—Oh —dijo ella, y agitó las pestañas cómicamente. Henri rio. Ella le enseñó el pequeño elefante y dijo—: También estoy buscando un mono.

Cogió el brazo de Henri y caminaron por los pasillos entre tenderetes de luces coloridas que vendían frutas, baratijas y golosinas.

—Mis amigas y yo fuimos al polo de elefantes hoy —le

dijo Mai-Britt—, y mañana estamos invitadas al palacio. Somos jugadoras de voleibol. Las Olimpíadas de 2008.

—¿De veras? Magnífico. Me han dicho que el palacio es estupendo. En cuanto a mí, mañana por la mañana estaré amarrado a un proyectil que apuntará a California.

Mai-Britt rio.

—Déjame adivinar. Vuelas a Los Ángeles por negocios.

Henri sonrió.

—Bingo. Pero eso es mañana, Mai-Britt. ¿Has comido?

—Sólo un bocadillo en el mercado.

—Cerca de aquí hay un lugar que pocos conocen. Muy exclusivo y un poco atrevido. ¿Te apetece una arriesgada aventura?

—¿Me estás invitando a cenar? —preguntó la chica.

—¿Estás aceptando?

La calle estaba bordeada por restaurantes al aire libre, pabellones con tejado que se asomaban al golfo de Tailandia. Dejaron atrás los bulliciosos bares y locales nocturnos de la calle Selekam para llegar a un portal casi escondido que llevaba a un restaurante japonés, el Edomae.

El *maître* los acompañó al interior reluciente, bordeado de vidrio verde, dividido por estrechos acuarios que iban del suelo al techo y en los que había peces que parecían gemas.

De pronto Mai-Britt cogió el brazo de Henri y lo hizo detenerse para mirar con atención.

—¿Qué están haciendo?

Señaló con la barbilla a la muchacha desnuda que estaba tendida grácilmente en el bar de sushi, y al cliente que bebía del recipiente formado por la hendidura de sus muslos cerrados.

—Se llama *Wakesame* —explicó Henri—. Significa «algas flotantes».

—Oh. Esto es nuevo para mí. ¿Has hecho eso, Paul?

Henri le guiñó el ojo y acercó una silla para su compañera, que no sólo era hermosa sino que tenía un temperamento osado y estaba dispuesta a probar el *sashimi* de carne de caballo y el *edomae*, el pescado crudo marinado que daba nombre al restaurante.

Henri casi se había enamorado de ella cuando notó que un hombre lo miraba fijamente desde otra mesa. Quedó pasmado, como si alguien le hubiera echado hielo en la espalda. Carl Obst. Un hombre que Henri había conocido muchos años atrás, y ahora estaba sentado con un travesti elegante, un prostituto de lujo.

Henri se dijo que su aspecto había cambiado mucho y que Obst no lo reconocería. Pero sería muy inconveniente que lo reconociera. Obst volvió a fijarse en su travesti y Henri desvió la mirada, aliviado, pero su ánimo se había enfriado.

La encantadora joven y el exótico y hermoso ambiente se esfumaron mientras él evocaba una época en que estaba muerto y sin embargo respiraba de algún modo.

61

Henri le había dicho a Marty Switzer que estar en una celda aislada era como estar dentro de tus propias tripas. Era oscura y hedionda, pero allí terminaba la analogía. Porque nada que Henri hubiera visto, oído nombrar o imaginado se podía comparar con aquel agujero inmundo.

Para Henri había empezado antes del derrumbe de las Torres Gemelas, cuando fue contratado por Brewster-North, una empresa privada especializada en contratos militares, más sigilosa y mortífera que Blackwater.

Había realizado una misión de reconocimiento con otros cuatro analistas de inteligencia. Como lingüista, Henri era el elemento crucial.

Su unidad estaba descansando en un refugio cuando el guardia fue destripado ante la puerta que vigilaba. El resto del equipo fue capturado, aporreado sin piedad y encerrado en una cárcel sin nombre.

Al final de su primera semana en el infierno, Henri conocía a sus captores por nombre, tics y preferencias: el Violador, que cantaba mientras colgaba a sus prisioneros como arañas, con los brazos encadenados encima de la cabeza durante horas; Fuego, a quien le gustaba quemar con cigarrillos; Hielo, que ahogaba a los prisioneros en agua fría. Henri tuvo largas conversaciones con un soldado, el Tentador, que hacía tentadoras ofertas de llamadas telefónicas, cartas a casa y una posible libertad.

Estaban los brutos y los refinados, pero todos los guardias eran sádicos. Había que reconocerles ese mérito. Todos disfrutaban de su trabajo.

Un día cambiaron la rutina de Henri.

Lo sacaron de su celda y lo llevaron a patadas al rincón de una habitación sin ventanas, junto con los tres hombres restantes de su unidad, todos ensangrentados, con magulladuras supurantes, quebrantados.

Se encendieron luces brillantes, y cuando Henri pudo ver, descubrió las cámaras y una media docena de hombres encapuchados alineados contra una pared.

Uno de esos hombres arrastró a su compañero de celda y amigo, Marty Switzer, hasta el centro de la habitación y lo obligó a levantarse.

Switzer respondió las preguntas. Dijo que era canadiense, que tenía veintiocho años, que sus padres y su novia vivían en Ottawa, que realizaba operaciones militares. Sí, era un espía.

Mintió tal como se esperaba, reconociendo que lo trataban bien. Luego uno de los encapuchados lo arrojó al suelo, le alzó la cabeza por el pelo y le pasó un cuchillo dentado por la nuca. Brotó sangre y se oyó el coro del *takbir*: *Alahu Akbar*. Alá es grande.

Henri quedó fascinado por la facilidad con que habían tronchado la cabeza de Switzer con pocos tajos, un acto definitivo y veloz al mismo tiempo.

Cuando el verdugo mostró la cabeza a la cámara, la expresión de angustia de Switzer estaba fija en su rostro. Henri había pensado en decirle algo, como si Marty aún pudiera escucharlo.

Hubo otra cosa que Henri no olvidaría nunca. Mientras aguardaba la muerte, sintió un torrente de excitación. No entendía esa emoción, ni podía definirla. Mientras yacía en el suelo, se había preguntado si estaba eufórico porque pronto lo liberarían del sufrimiento.

O quizás acababa de comprender quién era en verdad, y lo que había en su médula.

Disfrutaba de la muerte, incluso de la propia.

62

En el Edomae le sirvieron más té y Henri regresó al presente; le dio las gracias a la camarera mecánicamente. Sorbió el té, pero no podía desprenderse del recuerdo.

Pensó en el tribunal de encapuchados, el cuerpo decapitado de un hombre que había sido su amigo, el suelo pegajoso de sangre. En ese momento sus sentidos estaban tan agudizados que oía el zumbido de la electricidad en las lámparas.

Había clavado los ojos en los restantes hombres de su unidad mientras los separaban del montón: Raymond Drake, ex marine de Alabama, que gritaba pidiendo ayuda a Dios; el otro chico, Lonnie Bell, ex SEAL de Luisiana, que estaba en estado de shock y nunca decía una palabra, ni siquiera gritaba.

Ambos hombres fueron decapitados en medio de gritos exultantes, y luego arrastraron a Henri del pelo hasta el ensangrentado centro de la habitación. Una voz salió de la oscuridad más allá de las luces.

—Di tu nombre a la cámara. Di de dónde eres.

—Estaré armado y aguardando en el infierno —respondió en árabe—. Saluda a Saddam con mi mayor desprecio.

Se rieron y se burlaron de su acento. Sintió tufo a excremento cuando le vendaron los ojos. Esperaba que lo empujaran al suelo, pero en cambio le arrojaron una manta tosca sobre la cabeza.

Debía de haberse desmayado porque cuando despertó estaba amarrado con sogas y arqueado en la parte trasera de un vehículo donde viajó durante horas. Luego lo arrojaron en la frontera siria.

Tenía miedo de creerlo, pero era cierto.

Estaba vivo. ¡Vivo!

—Cuenta a los americanos lo que hemos hecho, infiel. Y lo que haremos. Al menos tú tratas de hablar nuestro idioma.

Una bota le pateó la espalda y el vehículo se alejó.

Regresó a Estados Unidos a través de una cadena clandestina de organizaciones amigas entre Siria y Beirut, donde obtuvo nueva documentación, y en un avión de carga de Beirut a Vancouver. Hizo autoestop hasta Seattle, robó un coche y logró llegar a un pueblo minero de Wisconsin. Pero Henri no se comunicó con su controlador de Brewster-North.

No quería volver a ver a Carl Obst, nunca.

Pero Brewster-North había hecho cosas magníficas por Henri. Habían borrado su pasado al contratarlo, eliminado su verdadero nombre, sus huellas digitales, todo su historial de los registros. Y ahora lo daban por muerto.

Contaba con eso.

Frente a él, ahora, en un exclusivo restaurante japonés de Tailandia, la adorable Mai-Britt había notado que la mente de Henri se había alejado.

—¿Te encuentras bien, Paul? —preguntó—. ¿Te molesta que ese hombre me esté mirando?

Siguieron a Carl Obst con los ojos mientras él salía del restaurante con su travesti. Obst no miró atrás.

—No, no me molesta —dijo Henri con una sonrisa—. Todo está bien.

—Perfecto, porque me preguntaba si podríamos continuar la velada más íntimamente.

—Oye, lo lamento. Ojalá pudiera —le dijo Henri a aquella muchacha que tenía el cuello más elegante desde la segunda esposa de Enrique VIII—. Ojalá dispusiera de tiempo

—añadió, asiéndole la mano—. Pero tengo un vuelo de madrugada.

—Al cuerno con los negocios —bromeó Mai-Britt—. Esta noche estás de vacaciones.

Él se inclinó sobre la mesa y le besó la mejilla.

Se imaginó acariciando ese cuerpo desnudo, pero se contuvo. Ya estaba pensando en el asunto que lo aguardaba en Los Ángeles, y se reía para sus adentros al pensar en la sorpresa que se llevaría Ben Hawkins.

63

Henri pasó un fin de semana largo en el Sheraton del aeropuerto de Los Ángeles, moviéndose anónimamente entre los demás viajeros de negocios. Aprovechó el tiempo para releer las novelas de Ben Hawkins y cada artículo periodístico que Ben hubiera escrito. Había comprado provisiones y había hecho viajes de ensayo hasta Venice Beach y la calle donde vivía Ben, muy cerca de Little Tokio.

Poco después de las cinco de la tarde del lunes llevó su coche de alquiler hasta la autopista 105. Las amarillentas paredes de cemento que bordeaban los ocho carriles estaban iluminadas por una luz dorada, salpicada de espinosas matas de buganvillas rojas y moradas y góticos grafitos de pandillas latinas que daban a la sórdida carretera un sabor caribeño, al menos para él.

Henri siguió la 105 hasta la salida de la 110 en Los Angeles Street, y enfiló en medio de un tráfico lento hasta Alameda, una arteria importante que llegaba al centro de la ciudad.

Era la hora punta, pero Henri no tenía prisa. Estaba entusiasmado con una idea que había rumiado en las tres últimas semanas y cuyo desenlace espectacular podía cambiarle la vida.

El plan se centraba en Ben Hawkins, periodista, novelista y ex detective.

Henri había pensado en él desde aquella noche en Maui, frente al Wailea Princess, cuando Ben había estirado la mano para tocar a Barbara McDaniels.

Esperó el semáforo, y cuando se encendió la luz verde viró a la derecha hacia Traction, una calleja paralela al río Los Ángeles cerca de las vías de la Union Pacific.

Siguiendo el coche abollado que lo precedía, Henri recorrió el acogedor vecindario de Ben, con sus restaurantes elegantes y exclusivas tiendas de ropa, y encontró un sitio para aparcar frente al edificio de ladrillo blanco y ocho pisos donde vivía Ben.

Se apeó del coche, abrió el maletero y sacó una americana de la bolsa. Se metió una pistola en la cintura de los pantalones, se abotonó la americana y se echó hacia atrás el pelo castaño estriado de plata.

Luego volvió al coche, encontró una buena emisora de música y pasó veinte minutos escuchando Beethoven y Mozart, mirando a los peatones que recorrían esa calle agradable, hasta que vio al hombre al que aguardaba.

Ben, vestido con pantalones holgados y un jersey, llevaba un elegante maletín de cuero en la mano derecha. Entró en el restaurante Ay Caramba, y Henri aguardó pacientemente a que saliera con su cena mexicana en un recipiente de plástico.

Henri cerró su coche y siguió a Ben por Traction hasta el corto tramo de escaleras. Ben estaba insertando la llave en la cerradura.

—Perdón —dijo—, ¿el señor Hawkins?

Ben se volvió con expresión alerta.

Henri sonrió, se abrió la chaqueta y le mostró su arma.

—No quiero lastimarte —dijo.

Ben habló con una voz que aún apestaba a polizonte.

—Tengo treinta ocho dólares encima. Cógelos. Mi billetera está en mi bolsillo trasero.

—No me reconoces, ¿verdad?

—¿Debería?

—Piensa en mí como tu padrino, Ben —dijo Henri, con más acento—. Voy a hacerte una oferta...

—¿Que no puedo rehusar? Sé quién eres. Eres Marco.

—Correcto. Invítame a pasar, amigo. Tenemos que hablar.

64

—¿Qué diantre es esto, Marco? —grité—. ¿De pronto tienes información sobre los McDaniels?

Marco no respondió, ni siquiera se mosqueó.

—Hablo en serio, Ben —dijo, y dando la espalda a la calle sacó la pistola de la cintura y me apuntó al vientre—. Abre la puerta.

Me quedé paralizado. Había conocido un poco a Marco Benevenuto, había pasado un par de horas sentado junto a él en un coche, y ahora se había quitado la gorra de chófer, el bigote, se había puesto una americana de seiscientos dólares y me tenía a su merced.

Yo estaba avergonzado y confundido.

Si me negaba a dejarlo entrar en mi edificio, ¿me dispararía? No podía saberlo, pero intuía que me convenía dejarlo entrar.

Mi curiosidad superaba ampliamente mi cautela, pero quería satisfacer esa curiosidad empuñando una pistola. Mi bien aceitada Beretta estaba en mi mesilla, y confiaba en poder echarle mano una vez hubiéramos entrado.

—Guarda esa cosa —dije, encogiéndome de hombros ante su media sonrisa burlona. Abrí la puerta, y subí los tres tramos de escaleras con el ex chófer de los McDaniels a mi zaga.

Aquel edificio era uno de esos ex almacenes que se habían usado con fines residenciales en los últimos diez años. Me encantaba el lugar. Una unidad por piso, techos altos, paredes gruesas. Ningún vecino entrometido. Ningún sonido molesto.

Abrí los gruesos candados de la puerta del frente y lo dejé pasar. Él cerró la puerta.

Apoyé el maletín en el suelo de cemento.

—Siéntate —dije, y me dirigí a la cocina. El anfitrión perfecto—. ¿Qué quieres beber, Marco?

—Gracias —dijo él detrás de mi hombro—. Por ahora, nada.

Reprimí el reflejo de abalanzarme sobre él, saqué una naranjada de la nevera y lo conduje a la sala de estar, donde me senté en un extremo del sillón de cuero. Mi «invitado» eligió el sofá.

—¿Quién eres en verdad? —le pregunté mientras él echaba un vistazo a mi vivienda, mirando las fotos enmarcadas, los viejos periódicos del rincón, los títulos de los libros. Tuve la sensación de estar en presencia de un espía sumamente observador.

Al fin apoyó la Smith & Wesson en la mesilla, a tres metros de donde yo estaba, fuera de mi alcance. Hurgó en el bolsillo del pecho, extrajo una tarjeta con los dedos y la deslizó por la mesa de vidrio.

Leí el nombre impreso y el corazón me dio un vuelco.

Conocía la tarjeta. La había leído antes: «Charles Rollins. Fotógrafo. *Talk Weekly.*»

Mi mente hurgaba en el pasado. Me imaginé a Marco sin bigote, y traté de recordar la cara de Charles Rollins mientras rescataban del mar el cuerpo de Rosa Castro. Aquella noche, cuando Rollins me había dado su tarjeta, llevaba una gorra de béisbol y quizá gafas. Había sido otro disfraz.

El cosquilleo de mi nuca me decía que aquel tío guapo y elegante sentado en mi sofá había estado muy cerca de mí en las dos semanas que yo había pasado en Hawai. Casi desde mi llegada.

Me había estado vigilando.

Y yo no había reparado en él.

Pero ¿qué pretendía?

65

El hombre sentado en mi sofá de cuero favorito me escrutó la cara mientras yo procuraba armar el rompecabezas.

Recordé aquel día en Maui en que los McDaniels habían desaparecido y Eddie Keola y yo habíamos intentado encontrar a Marco, el chófer que no existía.

Recordé que, después del hallazgo del cuerpo de Julia Winkler en un hotel de Lanai, Amanda había tratado de ayudarme a localizar a un *paparazzo* llamado Charles Rollins, porque era la última persona que había estado con Winkler.

Recordé el nombre de Nils Bjorn, otro fantasma que se había alojado en el Wailea Princess en la misma época que Kim McDaniels. Nadie había interrogado a Bjorn, pues había desaparecido convenientemente.

La policía no había creído que Bjorn tuviera nada que ver con el secuestro de Kim, y cuando investigué a Bjorn, tuve la certeza de que usaba el nombre de un muerto.

Estos datos me indicaban que el hombre sentado en mi sofá era por lo menos un embaucador, un maestro del disfraz. Si eso era cierto, si Marco, Rollins y Bjorn eran la misma persona, ¿qué significaba?

Luché contra el maremoto de pensamientos lúgubres que me invadieron. Destapé la botella de naranjada con mano trémula, preguntándome si había besado a Amanda por última vez.

Pensé en mi vida embarullada, el artículo atrasado que Aronstein estaba esperando, el testamento que nunca redactaría, mi seguro de vida (¿había pagado la prima?).

No sólo estaba asustado sino furioso. Pensaba que ése no podía ser el último día de mi vida. Necesitaba tiempo para ordenar mis puñeteros asuntos.

¿Podía tratar de llegar a mi arma?

No, imposible.

Marco/Rollins estaba a medio metro de su Smith & Wesson. Y actuaba con una calma irritante. Tenía las piernas cruzadas, el tobillo sobre la rodilla, mirándome como si yo estuviera en la pantalla del televisor.

Dediqué ese momento aterrador a memorizar la cara blanda y simétrica de aquel cabrón. Por si llegaba a escapar. Por si tenía la oportunidad de describirlo a la policía.

—Puedes llamarme Henri —dijo.

—¿Henri qué?

—No tiene importancia. No es mi verdadero nombre.

—¿Y ahora qué, Henri?

Sonrió.

—¿Cuántas veces te han dicho: «Deberías escribir un libro sobre mi vida»? —preguntó.

—Por lo menos una vez por semana. Todos creen que tienen una vida digna de un best seller.

—Ajá. ¿Y cuántas de esas personas eran asesinos a sueldo?

66

El teléfono sonó en el dormitorio. Quizá fuera Amanda. Henri me indicó que no contestara con un gesto, así que dejé que la voz de mi amada enviara sus saludos al contestador automático.

—Tengo mucho que contarte, Ben —dijo él—. Ponte cómodo. Concéntrate sólo en el presente. Podríamos estar aquí largo rato.

—¿Te molesta que traiga la grabadora? Está en mi dormitorio.

—Ahora no. Sólo cuando hayamos llegado a un acuerdo.

—Vale, cuéntame —le dije, preguntándome si hablaba en serio, si un asesino quería hacer un trato conmigo. Pero la pistola estaba al alcance de su mano. Yo sólo podía seguirle el juego hasta que pudiera hacer algo.

Las peores autobiografías de aficionados empiezan con «Nací...», así que me recliné en el sillón y me preparé para una saga.

Y Henri no me defraudó. Inició su historia incluso antes de haber nacido.

Me dio una pequeña lección de historia, diciendo que en 1937 había un judío francés que poseía una imprenta en París, que era un especialista en viejos documentos y tintas. Contó que ese hombre había comprendido desde el principio el auténtico peligro del Tercer Reich y que él y otros huyeron antes de que los nazis tomaran París. Ese hombre, ese impresor, había huido a Beirut.

—Este joven judío se casó con una libanesa —dijo—. Beirut es una ciudad grande, el París de Oriente Medio, y él se adaptó muy bien. Abrió otra imprenta, tuvo cuatro hijos, vivió una buena vida. Nadie lo cuestionaba. Otros refugiados, amigos de amigos de amigos, acudían a él. Necesitaban papeles, documentos falsos, y este hombre los ayudaba para que pudieran iniciar una nueva vida. Su trabajo es excelente.

—¿Es? ¿En presente?

—Todavía vive, aunque no en Beirut. Estaba trabajando para el Mossad, y ellos lo trasladaron para protegerlo. No hay manera de encontrarlo. Concéntrate en el presente, amigo, no divagues.

»Te hablo de este falsificador porque trabaja para mí. Yo le llevo comida a la mesa. Guardo sus secretos. Y él me ha dado a Marco, Charlie, Henri y otros personajes. Puedo transformarme en otro nada más salir de esta habitación.

El relato continuó durante horas.

Encendí las luces y regresé a mi sillón, tan enfrascado en la historia de Henri que me había olvidado del miedo.

Henri me contó que había sobrevivido a un brutal encarcelamiento en Iraq y que había decidido que ya no se dejaría restringir por la ley ni la moralidad.

—¿Y sabes cómo es mi vida ahora, Ben? No me privo de ningún placer, y hay muchos placeres que ni siquiera imaginas. Pero para eso necesito mucho dinero. Ahí es donde entran en escena los Mirones. Y también tú.

67

La automática de Henri me retenía en mi asiento, pero estaba tan fascinado por su relato que casi me había olvidado del arma.

—¿Quiénes son los Mirones? —pregunté.

—Ahora no. Te lo revelaré la próxima vez. Cuando regreses de Nueva York.

—¿Qué piensas hacer? ¿Meterme en un avión por la fuerza? No podrás llevar el arma.

Henri sacó un sobre del bolsillo y lo deslizó por la mesa. Lo abrí y saqué un fajo de fotos.

Se me secó la boca. Eran instantáneas de Amanda de gran calidad, y recientes. Estaba patinando a sólo una calle de su apartamento, con el top blanco y los pantalones cortos rosados que llevaba cuando habíamos desayunado el día anterior.

Yo también aparecía en una foto.

—Guárdalas, Ben. Creo que son bastante bonitas. Lo cierto es que puedo llegar a Amanda en cualquier momento, así que nada de acudir a la policía. Es sólo un modo de suicidarte, y de paso matar a Amanda. ¿Entiendes?

Un escalofrío me bajó por la espalda desde la nuca. Una amenaza de muerte, con una sonrisa. Acababa de advertirme que podía matar a Amanda, y lo había dicho como si me invitara a almorzar.

—Espera un minuto —le dije. Dejé las fotos y extendí las manos como si empujara a Henri y su arma y su maldita biografía lejos de mí—. No soy el hombre indicado. Necesitas un biógrafo, alguien que haya escrito este tipo de libro y lo considere un trabajo de ensueño.

—Ben, es un trabajo de ensueño y tú eres mi autor. Recházame si quieres, pero tendré que aplicar la cláusula de rescisión, para mi propia protección. ¿Entiendes? —Y añadió con afabilidad, vendiéndome la parte positiva mientras me apuntaba al pecho con su arma—: Mira el lado bueno. Seremos socios. Este libro será un éxito. Hace un rato hablabas de best sellers. Pues eso es lo que pongo en tus manos.

—Aunque quisiera, no puedo... Mira, Henri, soy sólo un escritor. No tengo tanto poder como crees. Maldición, tío, no tienes idea de lo que me pides.

—Te he traído algo que puedes usar como argumento de venta —dijo con una sonrisa—. Noventa segundos de inspiración.

Metió la mano en la americana y extrajo un adminículo que colgaba de un cordel alrededor del cuello. Era una memoria USB, un dispositivo para guardar y transferir datos.

—Si una imagen vale más que mil palabras, calculo que esto vale, no sé, ochenta mil palabras y varios millones de dólares. Piénsalo, Ben. Podrías llegar a ser rico y famoso, o podrías morir. Me gustan las opciones claras. ¿Y a ti?

Se palmeó las rodillas y se levantó. Me pidió que lo acompañara hasta la puerta y luego que me pusiera de cara a la pared. Obedecí.

Cuando desperté un rato después, estaba tendido en el frío suelo. Tenía un chichón doloroso en la nuca y una jaqueca fatal.

El hijo de perra me había dado un culatazo antes de irse.

68

Me levanté penosamente y trastabillé contra las paredes mientras me dirigía al dormitorio. Abrí el cajón de la mesilla. El corazón me resonó en el pecho hasta que cerré los dedos sobre la culata de mi pistola. Me remetí la Beretta en la cintura y fui hasta el teléfono.

Amanda atendió al tercer tono.

—No le abras la puerta a nadie —dije, aún jadeando y sudoroso. ¿Esto había sucedido de veras? ¿Henri había amenazado con matarnos a Amanda y a mí si yo no escribía su libro?

—¿Ben?

—No le abras la puerta a ningún vecino, ni siquiera a una niña exploradora. A nadie, ¿entiendes? Tampoco a la policía.

—¡Ben, me estás matando del susto! ¿Qué pasa, cariño?

—Te lo contaré cuando te vea. Salgo ya.

Fui tambaleándome hasta la sala de estar, guardé las cosas que Henri había dejado y enfilé hacia la puerta. Aún veía la cara de Henri y oía su amenaza: «Tendré que aplicar la cláusula de rescisión... y de paso matar a Amanda, ¿entiendes?»

Sí, entendía.

La calle Traction estaba oscura, pero llena de bocinazos, turistas que hacían compras o se juntaban alrededor de un músico que tocaba en la acera.

Abordé mi vetusto Beeper y me dirigí a la autopista 10.

Pensé en el peligro que corría Amanda. ¿Cuánto tiempo había estado inconsciente? ¿Dónde estaba Henri? Era un sujeto guapo que podía pasar por ciudadano modelo, y sus rasgos maleables le permitían adoptar cualquier tipo de disfraz. Me lo imaginé como Charlie Rollins, cámara en mano, tomando fotos de Amanda y de mí.

Usaba la cámara como un arma.

Pensé en la gente asesinada en Hawai. Kim, Rosa, Julia, mis amigos Levon y Barbara, todos torturados y despachados con destreza, sin dejar una sola huella ni rastro para la policía.

Eso no era obra de un principiante.

¿A cuántas personas más había matado Henri?

La autopista desembocaba en la calle Cuatro y Main Street. Viré a la derecha, hacia Pico, dejé atrás los restaurantes y talleres de reparaciones, los horrendos apartamentos de dos pisos, el gran payaso de Main y Rose, y entré en otro mundo, Venice Beach, un patio de juegos para los jóvenes y despreocupados, un refugio para los indigentes.

Tardé unos minutos más en rodear Speedway hasta encontrar un sitio a una calle de la vivienda de Amanda, una casa familiar dividida en tres apartamentos.

Caminé calle arriba alerta a los coches que se acercaban, al sonido de mocasines italianos en la acera.

Quizás Henri me estuviera observando, disfrazado de mendigo, o quizá fuese ese tío barbado que aparcaba el coche. Pasé frente a la casa de Amanda, miré el tercer piso y vi luz en la cocina.

Caminé otra calle antes de retroceder. Llamé al timbre, muerto de preocupación hasta que oí su voz detrás de la puerta.

—¿Contraseña?

—Emparedado de queso. Déjame entrar.

69

Amanda abrió y la abracé, cerré la puerta de un puntapié y la estreché con fuerza.

—¿Qué pasa, Ben? ¿Qué ha sucedido? Por favor, cuéntame qué ocurre.

Se zafó de mi abrazo, me cogió por los hombros y me estudió la cara.

—Tienes sangre en el cuello. Estás sangrando, Ben. ¿Te han atracado?

Aseguré la puerta, apoyé la mano en la espalda de Amanda y la conduje a la pequeña sala. La senté en el sillón y yo ocupé la mecedora.

—Habla de una vez, por favor.

No sabía cómo suavizarlo, así que se lo conté sin rodeos.

—Un sujeto se ha acercado a mi puerta con una pistola. Ha dicho que era un asesino a sueldo.

—¿Qué?

—Me ha inducido a creer que él mató a toda esa gente en Hawai. ¿Recuerdas cuando te pedí que me ayudaras a encontrar a Charlie Rollins, de la revista *Talk Weekly*?

—¿El Charlie Rollins que fue el último en ver a Julia Winkler? ¿Ese hombre ha ido a verte?

Le mencioné los otros nombres y disfraces de Henri, y que no sólo lo había conocido como Rollins, sino también como Marco Benevenuto, el chófer de los McDaniels. Le conté que horas atrás él se había sentado en mi sofá, apuntándome con un arma, contándome que era un asesino profesional a sueldo y que había matado muchas veces.

—Quiere que escriba su autobiografía. Y que Raven-Wofford la publique.

—Eso es increíble —dijo Amanda.

—Lo sé.

—No me entiendes. Digo que es increíble porque creo que nadie confesaría semejantes crímenes. Tienes que llamar a la policía, Ben.

—Me ha advertido que no lo haga.

Le entregué el fajo de fotos y noté que su incredulidad inicial se transformaba en pasmo y después en rabia.

—Vale, ese cabrón tiene un teleobjetivo —dijo—. Tomó algunas fotos. No prueba nada.

Saqué la memoria USB del bolsillo y la columpié con el cordel.

—Me ha dado esto. Dice que es un argumento de venta y que me inspirará.

70

Amanda salió de la sala y regresó con el ordenador portátil bajo el brazo, sosteniendo dos copas y una botella de *pinot*. Encendió la máquina mientras yo servía, y cuando el ordenador empezó a zumbar, inserté la memoria de Henri en el puerto USB.

Empezó a proyectarse un vídeo.

Durante un minuto y medio, Amanda y yo quedamos sobrecogidos por las escenas más horripilantes y obscenas que habíamos visto. Ella me aferró el brazo con tal fuerza que me dejó magulladuras. Cuando terminó, se desplomó en la silla, lagrimeando.

—Dios mío, Amanda, qué imbécil soy. Lo lamento. Debí mirarlo primero.

—No podías saberlo. Y yo no lo habría creído si no lo hubiera visto.

—Lo mismo digo.

Me guardé la memoria en el bolsillo y fui al baño a refrescarme la cara y la cabeza con agua fría. Cuando alcé la vista, Amanda estaba en la puerta.

—Quítate todo —me dijo.

Me ayudó con la camisa ensangrentada, se desvistió y abrió la ducha. Me metí en el plato y ella me siguió; me abrazó mientras el agua caliente llovía sobre ambos.

—Ve a Nueva York y habla con Zagami —dijo—. Haz lo que dice Henri. Zagami no puede rechazar esto.

—Lo dices con mucha convicción.

—Así es. Hay que mantener entretenido a Henri mientras pensamos qué hacer.

—No pienso dejarte sola aquí.

—Sé cuidarme. Ya sé que suena a tópico, pero sé cuidarme, de veras.

Salió de la ducha y desapareció tanto tiempo que cerré el agua, me envolví en una toalla y fui a buscarla.

La encontré en el dormitorio, de puntillas, estirando el brazo hacia el anaquel más alto del armario. Bajó una escopeta y me la mostró.

La miré estúpidamente.

—Sí, sé usarla —me dijo.

—¿Y piensas llevarla en la cartera?

Cogí el arma y la guardé bajo la cama. Luego descolgué el teléfono, pero no llamé a la policía, pues sabía que no podía protegernos. No tenía huellas dactilares y mi descripción de Henri no serviría de nada. Uno ochenta, pelo castaño, ojos castaños: podía ser cualquiera.

La policía vigilaría mi casa y la de Amanda durante una semana y luego estaríamos de nuevo por nuestra cuenta, vulnerables a la bala de un francotirador o a cualquier cosa que Henri optara por hacernos.

Me lo imaginé agazapado detrás de un coche, o de pie a mis espaldas en Starbucks, o vigilando el apartamento de Amanda con una mira telescópica.

Amanda tenía razón. Necesitábamos tiempo para trazar un plan. Si yo colaboraba con Henri, si él se sentía cómodo conmigo, quizá cometiera un desliz, quizá me diera pruebas condenatorias, algo que la policía o el FBI pudieran usar para encerrarlo.

Dejé un mensaje en el contestador de Leonard Zagami, diciendo que era urgente que nos reuniéramos. Luego reservé billetes para Amanda y para mí, ida y vuelta Los Ángeles-Nueva York.

71

Cuando Leonard Zagami me aceptó como autor, yo tenía veinticinco años y él cuarenta, y Raven House era una editorial prestigiosa que publicaba una veintena de libros al año. Desde entonces Raven se había fusionado con la gigantesca Wofford Publishing y la nueva Raven-Wofford ocupaba los seis pisos superiores de un rascacielos que daba sobre Bloomingdales.

Leonard Zagami también había crecido. Ahora era director ejecutivo y presidente, la flor y nata, y la nueva editorial publicaba doscientos libros al año.

Al igual que la competencia, Raven-Wofford perdía dinero o salía pareja con la mayor parte del catálogo, pero tres autores (yo no era uno de ellos) generaban más ingresos que los otros ciento noventa y siete juntos.

Leonard Zagami ya no me veía como un autor lucrativo, pero yo le gustaba y no le costaba nada mantenerme a bordo. Yo esperaba que después de nuestra reunión me viera de otra manera, que oyera cajas registradoras tintineando de Bangor a Yakima.

Y Henri retiraría su amenaza de muerte.

Tenía mi discurso preparado cuando llegué a la moderna y elegante sala de espera de Raven-Wofford a las nueve. Al mediodía, la secretaria de Leonard cruzó la moqueta rayada para decirme que el señor Zagami tenía quince minutos para mí. La seguí.

Cuando traspuse el umbral, Leonard se puso de pie, me estrechó la mano y me palmeó la espalda. Dijo que se alegraba de verme, pese a mi pésimo aspecto.

Se lo agradecí y le dije que había envejecido un par de años mientras esperaba nuestra reunión de las nueve.

Leonard rio, se disculpó, dijo que había hecho lo posible para recibirme y me invitó a sentarme. Con un metro sesenta, menudo detrás del enorme escritorio, Leonard Zagami irradiaba poder y una astucia indudable.

Me senté.

—¿De qué trata este libro, Ben? La última vez que hablamos no tenías nada en mente.

—¿Has seguido el caso de Kim McDaniels?

—¿La modelo de *Sporting Life*? Claro. Ella y otras personas fueron asesinadas en Hawai hace... Oye, ¿tú cubrías esa nota? Ah, entiendo.

—La cubrí durante dos semanas, y traté con algunas de las víctimas...

—Mira, Ben —me interrumpió Zagami—, mientras no pillen al asesino la prensa sensacionalista no soltará el hueso. Todavía no es un libro.

—No es lo que crees, Leonard. Ésta es una revelación total en primera persona.

—¿Quién es la primera persona? ¿Tú?

Relaté mi historia como si la vida me fuera en ello.

—El asesino me abordó de incógnito —dije—. Es un maníaco muy frío e inteligente. Quiere hacer un libro sobre los homicidios que ha cometido y pretende que lo escriba yo. No está dispuesto a revelar su identidad, pero sí a contar cómo cometió los crímenes y por qué.

Esperaba que Zagami dijera algo, pero permanecía impávido. Crucé los brazos sobre el escritorio tapizado de cuero, me aseguré de que mi viejo amigo me mirase a los ojos.

—Leonard, ¿me has oído? Este sujeto podría ser el hombre más buscado del país. Es listo. Está suelto. Y mata con las manos. Está emperrado en que yo escriba sobre lo que ha hecho porque quiere el dinero y la notoriedad. Sí. Quiere que lo admiren por haber hecho bien su trabajo. Y si no escribo el libro, me matará. También podría matar a Amanda. Así que necesito un simple sí o no, Leonard. ¿Estás interesado o no?

72

Leonard Zagami se reclinó en la silla, se meció un par de veces y, alisándose el poco pelo blanco que conservaba, me miró. Luego habló con desgarradora sinceridad, y eso fue lo que más dolió.

—Sabes que te tengo simpatía, Ben. Hemos estado juntos... ¿cuánto? ¿Diez años?

—Doce.

—Doce buenos años. Somos amigos, así que no te vendré con paparruchas. Mereces la verdad.

—Vale —dije, pero mi pulso latía con tanto estruendo que apenas oía sus palabras.

—Yo sólo digo en voz alta lo que pensaría cualquier buen empresario, así que no me malinterpretes, Ben. Has tenido una carrera prometedora pero tranquila. Ahora crees tener un libro que te quitará de la lista de los perdedores, elevará tu perfil en Raven-Wofford y en la industria editorial. ¿Me equivoco?

—¿Crees que es una maniobra publicitaria? ¿Crees que estoy tan desesperado? ¿Me tomas el pelo?

—Déjame concluir. Tú sabes lo que pasó cuando Fritz Keller publicó la presunta historia real de Randolph Graham.

—Un escándalo, sí.

—Primero las «maravillosas reseñas», luego Matt Lauer y Larry King. Oprah puso a Graham en su club del libro, y luego empezó a saberse la verdad. Graham no era un asesino. Era sólo un matón y un escritor bastante bueno que adornó bastante su biografía. Y cuando estalló, la explosión arruinó a Fritz Keller.

Y añadió que Keller recibía amenazas por la noche en su casa, que los productores de televisión lo llamaban a su teléfono móvil, que las acciones de su empresa se habían ido a pique, que Keller había sufrido un infarto.

Mi propio corazón empezó a fibrilar. O bien Leonard pensaba que Henri mentía o que yo estaba inflando exageradamente un artículo periodístico. En ambos casos la respuesta era negativa. ¿Leonard no me había escuchado? Henri había amenazado con matarnos a Amanda y a mí. Leonard hizo una pausa, así que aproveché el momento.

—Leonard, voy a decir algo muy importante.

—Dilo, porque lamentablemente sólo tengo cinco minutos más.

—Yo también dudé. Me pregunté si Henri era de verdad un asesino, o si sólo era un embaucador talentoso que veía en mí el timo de su vida.

—Exacto.

—Bien, Henri es lo que dice. Y te lo puedo demostrar.

Puse la memoria USB en el escritorio.

—¿Qué es eso?

—Todo lo que necesitas saber y más. Quiero que conozcas a Henri personalmente.

La pantalla del ordenador de Leonard mostró una habitación crepuscular, con velas ardiendo y una cama centrada en una pared. La cámara se acercó a una joven delgada que estaba tendida de bruces en la cama. Tenía el pelo rubio y largo, llevaba un bikini rojo y zapatos negros con suelas rojas, y tenía las muñecas atadas a los barrotes con sogas intrincadamente anudadas. Parecía drogada o dormida, pero rompió a llorar cuando el hombre entró en el cuadro. El hombre estaba desnudo, salvo por una máscara de plástico y guantes de látex azules.

Yo no quería ver el vídeo de nuevo. Fui hasta la pared de vidrio de la oficina, que daba a la fuente del atrio, y cuarenta y tres pisos más abajo gente diminuta cruzaba la plaza de la planta baja.

Oí las voces que venían del ordenador, oí la exclamación de Leonard. Me volví y vi que corría hacia la puerta. Cuando regresó minutos después, estaba blanco como la cera y había cambiado.

73

Leonard se desplomó en su silla, sacó la memoria y la miró como si fuera la serpiente del Jardín del Edén.

—Llévate esto —dijo—. Convengamos en que nunca lo he visto. No quiero tener ningún tipo de complicidad o lo que sea. ¿Has hecho la denuncia a la policía? ¿Al FBI?

—Henri dijo que si hacía eso me mataría, y también a Amanda. No puedo correr ese riesgo.

—Ahora entiendo. ¿Estás seguro de que la chica de ese vídeo es Kim McDaniels?

—Sí, es Kim.

Leonard cogió el teléfono, canceló su reunión de las doce y media y se reservó el resto de la tarde. Pidió bocadillos a la cocina y nos sentamos en los sillones del otro lado de la oficina.

—Bien, empieza por el principio —dijo—. No omitas un solo punto ni una sola coma.

Empecé por el principio. Le hablé de esa minúscula noticia de Hawai que se había transformado en un asesinato misterioso multiplicado por cinco. Le conté que había trabado amistad con Barbara y Levon McDaniels y que Henri me había engañado con sus disfraces: Marco Benevenuto y Charlie Rollins.

La emoción me quebró la voz cuando hablé de los cadáveres, y también cuando le conté que Henri había entrado en mi apartamento a punta de pistola y me había mostrado las fotos que le había tomado a Amanda.

—¿Cuánto quiere Henri por su historia? ¿Te dio una cifra?

Le dije que Henri hablaba de varios millones, y el editor no se alteró. En la última hora había dejado de lado su escepticismo y mostraba un gran interés. Por el fulgor de sus ojos, pensé que había evaluado el mercado para ese libro y veía que su bache presupuestario quedaría tapado por una montaña de dinero.

—¿Cuál es el paso siguiente? —me preguntó.

—Henri dijo que permanecería en contacto. Estoy seguro de que así será. De momento es todo lo que sé.

Leonard llamó a Eric Zohn, principal abogado de Raven-Wofford, y pronto un cuarentón alto, delgado y nervioso se reunió con nosotros.

Leonard y yo le informamos sobre «el legado del asesino», y Zohn presentó objeciones.

Zohn citó la ley «hijo de Sam», que sostenía que un homicida no podía ganar dinero con sus delitos. Él y Leonard hablaron de Jeffrey McDonald, que había entablado pleito a su escritor, y del libro de O. J. Simpson, pues la familia Goldman había reclamado las ganancias del libro para costear su pleito civil contra el autor.

—Me temo que seremos económicamente responsables ante las familias de las víctimas —dijo Zohn.

No me prestaban atención mientras deliberaban sobre los resquicios legales, pero noté que Leonard peleaba por el libro.

—Eric —dijo—, no digo esto a la ligera. Éste es un best seller garantizado en ciernes. Todos quieren saber qué hay en la mente de un asesino, y este asesino hablará sobre crímenes que todavía no están resueltos. Ben no tiene un libro sobre los delirios de un maníaco, sino sobre un maníaco que ha cometido estos actos.

Zohn quería más tiempo para estudiar las implicaciones

jurídicas, pero Leonard se valió de su prerrogativa como ejecutivo.

—Ben, por ahora eres el escritor anónimo de Henri. Si alguien comenta que te vio en mi oficina, dile que viniste a presentar una nueva novela. Que la rechacé. Cuando Henri te llame, dile que estamos afinando una oferta que le gustará.

—¿Eso es un sí?

—Lo es. Tienes mi aprobación. Éste es el libro más escalofriante que he abordado, y quiero publicarlo.

74

A la noche siguiente, de vuelta en Los Ángeles, aún me sentía en un mundo irreal. Amanda preparaba una cena de cuatro estrellas en su cocina minúscula mientras yo exploraba Internet sentado a su escritorio. En mi mente tenía imágenes indelebles de la ejecución de Kim McDaniels que me llevaron a muchos sitios web que comentaban trastornos de la personalidad. Pronto me centré en la descripción de los asesinos en serie.

Media docena de expertos convenían en que estos homicidas casi siempre aprenden de sus errores. Evolucionan. Toman distancia y no sienten el dolor de las víctimas. Siguen aumentando el peligro para realzar la emoción.

Entendía por qué Henri estaba tan feliz y satisfecho. Le pagaban por hacer lo que le encantaba hacer, y ahora un libro sobre su pasión sería una especie de desfile de la victoria.

Llamé a Amanda, que vino a la sala con una cuchara de madera en la mano.

—La salsa se quemará.

—Quiero leerte algo. Esto es de un psiquiatra, un veterano de Vietnam que ha escrito mucho sobre asesinos en serie. Aquí está. Escucha, por favor: «Todos tenemos algo de asesino en nosotros, pero cuando llegamos al proverbial borde del abismo, podemos retroceder un paso. Los sujetos que matan una y otra vez han saltado al abismo y han vivido en él durante años.»

—No diré «Ten cuidado con lo que deseas», Ben, porque eso no basta para describir lo que será trabajar con esta... criatura.

—Si pudiera alejarme de esto, Amanda, echaría a correr. A correr.

Ella me besó la coronilla y siguió removiendo su salsa. Poco después sonó el teléfono.

—Aguarde, lo llamaré —dijo Amanda.

Me entregó el teléfono con una expresión que sólo puedo describir como horror puro.

—Es para ti.

—¿Sí? —dije al auricular.

—¿Cómo ha ido nuestra gran reunión en Nueva York? —me preguntó Henri—. ¿Tenemos un contrato?

Mi corazón dio un brinco. Hice lo posible por conservar la calma.

—Estamos trabajando en ello —dije—. Hay que consultar a mucha gente, con la cantidad de dinero que pides.

—Lamento oír eso.

Yo tenía la aprobación de Zagami y se lo podía haber dicho, pero estaba escrutando el crepúsculo por la ventana, preguntándome dónde se encontraba Henri, cómo sabía que Amanda y yo estábamos allí.

—Haremos ese libro, Ben —dijo—. Si Zagami no está interesado, se lo llevaremos a otro. Pero, de cualquier modo, recuerda tus opciones. Escribir o morir.

—Henri, no me he expresado con claridad. Tenemos un acuerdo. Están trabajando en el contrato. Papeleo. Abogados. Hay que llegar a una cifra y hacer una oferta. Es una empresa enorme, Henri.

—Perfecto, entonces. Descorchemos el champán. ¿Cuándo tendremos esa oferta en firme?

Le dije que esperaba noticias de Zagami en un par de

días y que luego habría que redactar un contrato. Era la verdad, pero aun así sentí vértigo. Iniciaría una sociedad con un gran tiburón blanco, una máquina de matar que no dormía nunca.

Henri nos observaba en ese preciso momento, ¿o no?

Nos observaba continuamente.

75

Henri no me había aclarado el destino final cuando me describió el trayecto.

—Coge la Diez y ve hacia el este —dijo—. Después te diré qué hacer.

Tenía los papeles en el maletín, el contrato de Raven House, las cesiones, las líneas punteadas de «Firmar aquí». También tenía una grabadora, libretas, ordenador, y en el bolsillo con cremallera del dorso del maletín, junto al equipo de recarga del ordenador, mi pistola. Esperaba tener oportunidad de usarla.

Subí al coche y me dirigí a la autopista. No era gracioso, pero la situación era tan extravagante que sentía ganas de reírme.

Tenía un contrato para un «best-seller garantizado» que había soñado durante años, sólo que este contrato tenía una cláusula de rescisión bastante drástica.

Escribir o morir.

¿Algún autor de la historia moderna firmó un contrato sujeto a la pena de muerte? Estaba seguro de que esto era único, y era todo mío.

Era un sábado soleado de mediados de julio. Eché a andar por la autopista, mirando el espejo retrovisor a cada instante, esperando que me siguieran, pero no vi a nadie. Me detuve para repostar gasolina, compré café y un donut, y volví a la carretera.

Al cabo de cien kilómetros y dos horas, sonó mi teléfono móvil.

—Coge la Ciento once a Palm Springs —dijo Henri.

La aguja del velocímetro había subido cuando vi la salida para la 111. Cogí la rampa y seguí por la autopista hasta que se transformó en Palm Canyon Drive, una calle de una sola dirección.

El teléfono volvió a sonar y recibí más instrucciones de mi «socio».

—Cuando llegues al centro, vira a la derecha en Tabquitz Canyon, y a la izquierda en Belardo. No cuelgues el teléfono.

Hice los dos giros, presintiendo que estaba cerca del sitio de reunión.

—Ya tienes que verlo —dijo Henri—. El Bristol Hotel.

Nos reuniríamos en un edificio público.

Eso era bueno. Era un alivio. Sentí un estallido de euforia.

Llegué a la entrada del hotel, le di las llaves al mozo del tradicional y famoso *spa*, conocido por su refinamiento y sus servicios.

Henri me habló al oído:

—Ve al restaurante que está junto a la piscina. La reserva está a mi nombre. Henri Benoit. Espero que tengas hambre, Ben.

Eso era positivo: me había dado un apellido. No sabía si era real o ficticio, pero me pareció una muestra de confianza.

Atravesé el vestíbulo y me dirigí al restaurante, pensando que todo iba a ser muy civilizado.

«Descorchemos el champán.»

76

El restaurante Desert Rose estaba bajo un dosel largo y azul cerca de la piscina. La luz rebotaba en el patio de piedra blanca y tuve que taparme los ojos para protegerme del resplandor. Le dije al *maître* que almorzaría con Henri Benoit.

—Usted es el primero en llegar —me dijo.

Me condujo a una mesa con una vista perfecta de la piscina, del restaurante y un sendero que serpenteaba alrededor del hotel y conducía al aparcamiento. Estaba de espaldas a la pared, con el maletín a mi derecha.

La camarera vino a la mesa, me habló de las diversas bebidas, que incluían la especialidad de la casa, un cóctel de granadina y zumo de frutas. Pedí una botella de Pellegrino y, cuando llegó, empiné una copa entera, la llené y esperé la llegada de Henri.

Miré la hora: sólo llevaba esperando diez minutos. Tenía la sensación de haber esperado el doble. Siempre alerta, llamé a Amanda y le dije dónde estaba. Luego usé el teléfono para hacer una búsqueda en Internet de cualquier mención de Henri Benoit.

No encontré nada.

Llamé a Nueva York para hablar con Zagami y le dije que estaba esperando a Henri. Maté otro minuto mientras le describía a Leonard el viaje al desierto, el hermoso hotel, mi estado de ánimo.

—Empiezo a entusiasmarme con esto —dije—. Sólo espero que firme el contrato.

—Sé cauto —dijo Zagami—. Guíate por el instinto. Me sorprende que llegue tarde.

—A mí no. No me gusta pero no me sorprende.

Fui al servicio y luego regresé a la mesa con precipitación. Me temía que Henri hubiera llegado mientras yo no estaba y estuviera sentado frente a mi silla vacía.

Me preguntaba qué apariencia tendría hoy. Si habría sufrido otra metamorfosis. Pero no había llegado.

La camarera se acercó, dijo que el señor Benoit había telefoneado para decir que se retrasaría y yo tendría que empezar sin él.

Pedí el almuerzo. La sopa de habichuelas a la toscana con col negra estaba bien. Probé algunos *penne* con desgana, sin saborear lo que me imaginaba era una gastronomía excelente. Acababa de pedir un *espresso* cuando sonó mi móvil.

Lo miré un instante.

—Hawkins —respondí, tratando de fingir que no estaba hecho un manojo de nervios.

—¿Estás preparado, Ben? Tienes que conducir un poco más.

77

Coachella, California, situado a cuarenta kilómetros al este de Palm Springs, tiene una población de 25.000 personas. Un par de días al año, en abril, ese número casi se duplica durante el festival anual de música, un Woodstock en miniatura, sin el lodo.

Cuando termina el concierto, Coachella vuelve a ser una planicie agrícola en el desierto, hogar de jóvenes familias latinas y jornaleros, un lugar de paso para los camioneros que usan esa localidad como parada.

Henri me había dicho que buscara el Luxury Inn, y fue fácil encontrarlo. Estaba aislado en un largo tramo de carretera, y era un clásico motel con forma de U y piscina.

Dirigí el coche hacia el fondo, como me había dicho, busqué el número de habitación que me había dado, el 229.

Había dos vehículos en el aparcamiento. Uno era un Mercedes negro de modelo reciente, un coche alquilado. Supuse que Henri lo habría llevado allí. El otro era una camioneta Ford azul enganchada a una vieja caravana de nueve metros. Plateada con rayas azules, aire acondicionado, matrícula de Nevada.

Apagué el motor, cogí el maletín y abrí la puerta.

Un hombre apareció en el balcón. Era Henri, con la misma apariencia que la última vez que lo había visto; el cabello castaño peinado hacia atrás, rasurado, sin gafas, un sujeto guapo de cabeza bien proporcionada que podía adoptar otra identidad con un bigote, un parche en el ojo o una gorra de béisbol.

—Ben, deja el maletín en el coche —dijo.

—Pero el contrato...

—Yo buscaré tu maletín. Pero ahora sal del coche y por favor deja el móvil en el asiento. Gracias.

Una parte de mí gritaba: «Lárgate de aquí. Enciende el motor y márchate.» Pero una voz interior opuesta insistía en que, si abandonaba en ese momento, no habría ganado nada. Henri seguiría suelto y podría matarnos en cualquier momento, y sólo porque le había desobedecido.

Aparté la mano del maletín y lo dejé en el coche junto con el móvil. Henri bajó corriendo la escalera y me dijo que apoyara las manos en el capó. Luego me cacheó con pericia.

—Pon las manos a la espalda, Ben —dijo con amable tranquilidad. Sólo que me apoyaba el cañón de una pistola en la columna vertebral.

La última vez que le di la espalda a Henri, él me había dejado fuera de combate de un culatazo en la nuca. Ni siquiera pensé demasiado, sólo usé el instinto y el entrenamiento. Me moví al costado, dispuesto a girar para desarmarlo, pero lo que vino a continuación fue una oleada de dolor.

Los brazos de Henri me estrujaron como un tornillo de banco y me derribó. Fue una caída violenta y dolorosa, pero no tenía tiempo para examinar mi estado. Henri estaba encima de mí, su pecho sobre mi espalda, sus piernas entrelazadas con las mías. Me enganchó con los pies de tal modo que nuestros cuerpos quedaron unidos y su peso me aplastaba contra la calzada. Sentí la presión del cañón del arma en la oreja.

—¿Alguna otra idea? —dijo—. Venga, Ben, ¿quieres intentarlo de nuevo?

78

Esa llave me había dejado tan inmovilizado como si me hubieran partido la columna vertebral. Ningún cinturón negro aficionado podría haberme derribado así.

—Podría desnucarte en un santiamén —dijo—. ¿Entiendes?

Asentí con un jadeo, y él se levantó, me aferró el antebrazo y me ayudó a incorporarme.

—Trata de hacerlo bien esta vez. Da media vuelta y pon las manos a la espalda.

Entonces me esposó y luego subió las esposas, y casi me dislocó los hombros.

Me empujó contra el coche y puso mi maletín en el techo. Lo abrió, encontró mi pistola, la arrojó al suelo del vehículo. Luego aseguró las puertas y me llevó hacia la caravana.

—¿Qué demonios es esto? —pregunté—. ¿Adónde vamos?

—Lo sabrás cuando lo sepas —dijo el monstruo.

Abrió la puerta y entré a trompicones.

Era una caravana vieja y maltrecha. A mi derecha estaba la cocina: una mesa unida a la pared, dos sillas atornilladas al suelo. A mi derecha había un sofá que podía usarse como cama plegable. Un gabinete albergaba un retrete y un catre.

Henri me condujo a una de las sillas y me obligó a sentarme con un golpe detrás de las rodillas. Me puso un saco de tela negra en la cabeza y me ciñó la pierna con una argolla. Oí el rechinar de una cadena y el chasquido de un cerrojo.

Estaba engrillado a un gancho del suelo.

Henri me palmeó el hombro.

—Cálmate, no quiero lastimarte. No me interesa matarte sino que escribas el libro. Ahora somos socios, Ben. Trata de confiar en mí.

Yo estaba encadenado y prácticamente ciego. No sabía adónde me llevaba Henri. Y sin duda no confiaba en él.

Oí que atrancaba la puerta, y luego puso en marcha la camioneta. El aire acondicionado bombeaba una brisa fría a través de un conducto del techo.

Anduvimos sin traqueteos durante media hora, luego viramos a la derecha por una carretera irregular. Siguieron otros giros. Traté de aferrarme al liso asiento de plástico con los muslos, pero repetidamente me golpeaba contra la pared y la mesa.

Al rato perdí la cuenta de los virajes y de la hora. Me deprimía que Henri me hubiera dominado totalmente. Era la pura y sencilla verdad.

Henri estaba al mando. Él tenía la voz cantante. Yo sólo seguía el tirón de la traílla.

79

Al cabo de una hora y media el vehículo se detuvo y abrieron la puerta. Henri me arrancó la capucha.

—Última parada, amigo. Estamos en casa.

A través de la puerta abierta vi un desierto llano y hostil; dunas de arena hasta el horizonte, yucas desgreñadas y gallinazos surcando el cielo en círculos.

Mi mente también volaba en círculos alrededor de un pensamiento: «Si Henri me mata aquí, nunca encontrarán mi cuerpo.» A pesar del aire refrigerado, el sudor resbalaba por mi cuello cuando él se apoyó en la angosta mesa de formica.

—Hice un poco de investigación sobre las colaboraciones literarias —dijo—. La gente dice que se requieren unas cuarenta horas de entrevistas para obtener material para un libro. ¿Es correcto?

—Quítame las esposas, Henri. De aquí no puedo fugarme.

Abrió la pequeña nevera y vi que estaba aprovisionada con agua, Gatorade, alimentos envasados. Sacó dos botellas de agua y apoyó una en la mesa.

—Si trabajamos ocho horas por día, estaríamos aquí cinco días.

—¿Dónde es aquí?

—El parque Joshua Tree. Un campamento cerrado por reparaciones viales, pero el equipo eléctrico funciona —dijo.

El parque nacional Joshua Tree consiste en 400.000 hectáreas de desierto, kilómetros de nada salvo yuca, broza y formaciones rocosas en todas las direcciones. Se dice que las vistas desde lo alto son espectaculares, pero la gente normal no acampa en él en la canícula de pleno verano. Yo ni siquiera entendía a la gente que iba allí.

—Por si crees que podrías escapar de aquí —añadió—, permíteme ahorrarte la molestia. Esto es Alcatraz, pero en desierto. Esta caravana se encuentra en medio de un mar de arena. Las temperaturas diurnas llegan a cincuenta grados. Aun si huyeras de noche, el sol te freiría antes de que llegaras a una carretera. Con toda franqueza, te aconsejo que no lo intentes.

—Cinco días, ¿eh?

—Estarás de vuelta en Los Ángeles para el fin de semana. Palabra de niño explorador.

—Vale. Entonces, ¿por qué no me sueltas?

Extendí las manos y Henri me quitó las esposas.

80

Me froté las muñecas, me levanté y empiné una botella de agua fría de un solo trago, y ese pequeño alivio me dio una dosis de inesperado optimismo. Pensé en el entusiasmo de Leonard Zagami. Imaginé que mis viejos sueños de escritor se concretaban.

—Bien —dije—, manos a la obra.

Ambos instalamos el toldo del flanco del remolque, pusimos un par de sillas plegables y una mesa bajo la delgada franja de sombra. Con la puerta del remolque abierta, sintiendo el cosquilleo del aire fresco en la nuca, nos pusimos a trabajar.

Le mostré el contrato, le expliqué que Raven-Wofford sólo haría pagos al autor. Yo le pagaría a Henri.

—Los pagos se efectúan por partes —le expliqué—. El primer tercio se liquida contra la firma. El segundo se efectúa cuando se acepta el manuscrito, y el pago final se hace contra la publicación.

—Tienes un buen seguro de vida —dijo Henri, y esbozó una sonrisa radiante.

—Términos estándar para proteger al editor de los escritores que se atascan en mitad del proyecto.

Discutimos qué porcentaje le correspondía a cada uno, una negociación ridículamente unilateral.

—Es mi libro, ¿verdad? —dijo—, y tu nombre figura en él. Eso vale mucho más que dinero, Ben.

—¿Propones que trabaje gratis? —repliqué.

Henri sonrió.

—¿Tienes una pluma? —preguntó.

Le entregué una y él firmó con su *nom de guerre* en las líneas punteadas, y luego me dio el número de una cuenta bancaria de Zurich. Guardé el contrato y Henri sacó un cable de electricidad de la caravana. Encendí el ordenador y la grabadora, probé el sonido.

—¿Listo para empezar? —pregunté.

—Te contaré todo lo que necesitas saber para escribir este libro, pero no dejaré un rastro de migajas, ¿entiendes?

—Es tu historia, Henri. Cuéntala como quieras.

Se reclinó en la silla de lona, plegó las manos sobre el vientre duro y comenzó por el principio.

—Me crié en el quinto infierno, en un pueblucho rural en el linde de la nada. Mis padres tenían una granja avícola y yo era el único hijo. Su matrimonio era horrible. Mi padre bebía y golpeaba a mi madre. Y a mí. Ella también me golpeaba y a veces intentaba golpear a mi padre.

Henri describió una destartalada casa de cuatro habitaciones, su cuarto en la buhardilla, sobre el dormitorio de sus padres.

—Había una fisura entre los tablones del suelo —dijo—. Yo no llegaba a ver la cama, pero veía sombras y oía lo que hacían. Sexo y violencia. Todas las noches me dormía con ese arrullo.

Describió los tres cobertizos largos para los pollos, y me contó que a los seis años su padre lo puso a cargo de sacrificar los pollos a la antigua usanza: decapitación con hacha sobre un tajo de madera.

—Yo hacía mis quehaceres como un buen chico. Iba a la escuela y a la iglesia. Hacía lo que me decían y trataba de esquivar los golpes. Mi padre no sólo me apaleaba, sino que me humillaba. En cuanto a mi madre, la perdono. Pero durante años tuve el sueño recurrente de que los mataba a ambos. En el sueño, les apoyaba la cabeza en aquel viejo tocón del gallinero, empuñaba el hacha y miraba correr sus cuerpos decapitados. Durante un rato, al despertar de ese sueño, creía que era verdad. Que lo había hecho en serio.

Henri me clavó los ojos.

—La vida continuó. Figúrate, Ben, un chiquillo encantador con un hacha en la mano, con el mono empapado de sangre.

—Es una historia muy triste, Henri. Pero parece un buen comienzo para el libro.

Meneó la cabeza.

—Tengo un principio mejor.

—Vale. Adelante.

Inclinó el cuerpo y entrelazó las manos.

—Yo empezaría la película de mi vida en la feria estival —dijo—. La escena se centraría en mí y una hermosa rubia llamada Lorna.

81

Yo revisaba continuamente la grabadora, veía que las rue-
decillas giraban despacio.

Una brisa seca barría la arena y una lagartija pasó sobre mi
zapato. Henri se mesó el pelo con las dos manos; parecía nervioso, agitado. Nunca le había visto esa crispación, y me trans-
mitía su nerviosismo.

—Por favor, descríbeme la escena, Henri. ¿Era la feria del
condado?

—Podrías llamarla así. A un lado del camino principal había productos agrícolas y ganado. Al otro lado estaban los juegos mecánicos y la comida. Ningún rastro, Ben. Esto podría
haber ocurrido en las afueras de Wengen, Chipping Camden o
Cowpat, Arkansas.

»No importa dónde fue. Sólo imagínate las luces brillantes de la feria, la gente feliz y las competencias entre animales.
Allí estaban en juego los negocios, las granjas de la gente y su
futuro.

»Yo tenía catorce años. Mis padres mostraban pollos exó-
ticos en la tienda de aves de corral. Se hacía tarde y mi padre
me dijo que sacara el camión del terreno reservado para los
vehículos de los exhibidores, a cierta distancia de la feria.

»En el camino, tomé por uno de los pabellones de comida
y vi a Lorna vendiendo productos horneados. Lorna tenía mi

edad y éramos compañeros en la escuela. Era rubia, un poco tímida. Llevaba sus libros contra el pecho para que no le viéramos el busto. Pero lo veíamos de todos modos. Todo me apetecía en Lorna.

Asentí y Henri continuó con su historia.

—Recuerdo que aquel día llevaba ropa azul. Su pelo parecía aún más rubio y cuando la saludé pareció alegrarse de verme. Me preguntó si quería comer algo en la feria. Yo sabía que mi padre me mataría si no regresaba con el camión, pero me dispuse a aguantar la tunda, pues estaba loco por aquella hermosa chica.

Contó que le había comprado una pasta a Lorna y habían ido juntos a una de las atracciones, y que ella le apretó la mano cuando la montaña rusa hizo su vertiginoso descenso.

—Sentía una especie de ternura dulce y desbocada por ella. Después de la montaña rusa, se acercó otro chico, Craig. Era un par de años mayor. A mí no me dio ni la hora, y le dijo a Lorna que tenía billetes para la rueda de la fortuna, que era sensacional ver la feria al despuntar las estrellas, con todas las luces debajo. Lorna dijo que le encantaría ir, y se volvió hacia mí para preguntarme si me molestaba y luego se fue con aquel tipo.

»Bien, Ben, la verdad es que me molestó. Y mucho.

»Los seguí con la vista, y luego fui a buscar el camión, resignado a recibir el castigo. El terreno estaba oscuro, pero encontré el camión de mi padre junto a un remolque de ganado. Junto a éste había otra chica que conocía de la escuela, Molly, y tenía un par de terneros con cintas en los arreos. Trataba de subirlos al remolque, pero no le obedecían. Me ofrecí para ayudarla. Molly dijo que no hacía falta, que ya los tenía dominados, y trató de empujar los terneros rampa arriba.

»No me gustó su modo de contestarme, Ben. Entendí que se había extralimitado. Así que empuñé una pala que había apoyada en el remolque. Y cuando Molly me dio la espalda, la descargué contra su nuca. Hubo un ruido húmedo, un sonido que me estremeció, y cayó al suelo.

Henri hizo una pausa. El momento se prolongó, y yo esperé.

—La arrastré al remolque —dijo al fin—, y cerré la puerta. Se había puesto a gemir. Le dije que nadie la oiría, pero no se callaba. Así que le puse las manos en el cuello y la estrangulé con tanta naturalidad como si repitiera algo que había hecho antes. Quizá lo había hecho en sueños.

Giró la pulsera del reloj y contempló el desierto. Cuando volvió a mirarme, sus ojos no tenían expresión.

—Mientras la estrangulaba, oí que pasaban dos hombres hablando y riendo. Le estrujaba la garganta con tanta fuerza que me dolían las manos, así que apreté más y seguí apretando hasta que Molly dejó de respirar.

»Le solté la garganta y ella trató de inspirar, pero ya no gemía. La abofeteé con fuerza. Le quité la ropa, la volví y la follé, siempre apretándole el cuello, y cuando terminé, la estrangulé definitivamente.

—¿Qué te pasaba por la cabeza mientras hacías eso?

—Sólo quería seguir haciéndolo. No quería que cesara esa sensación. Imagínate, Ben, tener un orgasmo con el poder de vida y muerte en tus manos. Sentía que me había ganado el derecho a hacerlo. ¿Quieres saber cómo me sentía? Me sentía como Dios.

82

Por la mañana desperté cuando se abrió la puerta de la caravana y entró la luz del sol.

—Café y panecillos —dijo Henri—. Para ti, amigo. También huevos. Desayuno para mi socio.

Me incorporé en la cama plegable y Henri encendió la cocina, batió los huevos en un cuenco, hizo sisear la sartén. Una vez que comí, mi «socio» me llevó a un puesto de guardabosques cerrado, a un kilómetro de distancia, para que me duchase.

Durante el trayecto mantuve la mano en la manija de la puerta y escruté las dunas. No vi ninguna criatura viviente, salvo un conejo que se ocultaba detrás de un montículo de pedrejones y docenas de yucas que arrojaban su sombra filosa en la arena.

Después de mi ducha regresamos a la caravana y nos pusimos a trabajar bajo el toldo. Yo seguía pensando que Henri había confesado un homicidio. En alguna parte, una chica de catorce años había muerto estrangulada en una feria. Aún constaría algún registro de su muerte.

¿Henri me dejaría vivir con ese conocimiento?

Él volvió a la historia de Molly, en el punto donde se había interrumpido la noche anterior.

Estaba de buen talante, y gesticulaba con las manos para

mostrarme cómo había arrastrado el cuerpo de Molly al bosque y lo había sepultado bajo la hojarasca. Dijo que se imaginaba el miedo que se propagaría de la feria a los pueblos circundantes cuando se denunciara la desaparición de Molly.

Él se había sumado a la búsqueda de Molly, había pegado carteles y asistido a la vigilia a la luz de las velas, y mientras tanto guardaba su secreto: que había matado a Molly y se había salido con la suya.

Describió el funeral de la muchacha, el ataúd blanco bajo un manto de flores. Había observado a la gente que lloraba, sobre todo a la familia de Molly, los padres y hermanos.

—Me preguntaba cómo sería tener esos sentimientos —me dijo—. Tú sabes algo sobre los asesinos en serie más famosos, ¿verdad, Ben? Gacy, Arder alias *BTK*, Dahmer, Bundy. Todos estaban motivados por compulsiones sexuales. Anoche pensaba que es importante para el libro establecer una distinción entre esos asesinos y yo.

—Un momento, Henri. Me contaste cómo te sentías al violar y matar a Molly. Y está el video en que apareces con Kim McDaniels. ¿Y ahora me dices que no eres como esos otros? No parece congruente.

—Pasas por alto lo importante. Presta atención, Ben. Esto es crucial. He matado a muchas personas y tuve relaciones sexuales con la mayoría de ellas. Pero, a excepción de Molly, cada vez que maté lo hice por dinero.

Afortunadamente la grabadora lo estaba registrando todo, porque mi mente estaba dividida en tres partes: el escritor, procurando unir las anécdotas de Henri en una narración atractiva; el policía, buscando pistas de la identidad de Henri a partir de lo que me revelaba, lo que excluía y los puntos ciegos psicológicos que él ignoraba que tenía; y la parte de mi cerebro que trabajaba con más intensidad era el superviviente.

Henri decía que había matado por dinero, pero había matado a Molly por furia. Y me había advertido que me mataría si yo no hacía lo que él decía. En cualquier momento podía infringir sus propias reglas.

Escuché. Traté de aprehender a Henri Benoit en todas sus dimensiones. Pero ante todo procuraba averiguar qué debía hacer para salvar el pellejo.

83

Henri regresó al remolque con bocadillos y una botella de vino.

—¿Cómo anda tu negocio con los Mirones? —le pregunté después de que descorchara la botella.

—Ellos se hacen llamar la Alianza —dijo. Sirvió dos copas y me pasó una—. Una vez los llamé los Mirones y me dieron una lección: ni trabajo ni paga. —Remedó un acento alemán—. «No te portes mal, Henri. No juegues con nosotros.»

—Así que la Alianza es alemana.

—Uno de los miembros es alemán. Horst Werner. Ese nombre ha de ser un alias. Nunca lo verifiqué. Otro es Jan van der Heuvel, holandés. Ése también podría ser un alias. Huelga decir, Ben, que cambiarás todos los nombres en el libro, ¿verdad? Aunque estas personas no son tan estúpidas como para dejar huellas.

—Descuida.

Él asintió y continuó. Ya no estaba agitado, pero su voz era más dura. No podía encontrarle una sola fisura.

—Hay otros en la Alianza, pero no sé quiénes son. Viven en el ciberespacio. Aunque conozco a una muy bien: Gina Prazzi. Ella me reclutó.

—Eso suena interesante. ¿Te reclutaron? Háblame de Gina.

Henri bebió un sorbo de vino y comenzó a contarme que

había conocido a una bella mujer después de sus cuatro años en una prisión iraquí.

—Yo almorzaba en un *bistro* de París cuando reparé en una mujer alta, esbelta, extraordinaria, sentada a una mesa cercana. Tenía la tez muy blanca y las gafas apoyadas en un pelo espeso y castaño. Pechos erguidos, piernas largas, y tres relojes de diamantes en una muñeca. Parecía rica, refinada e inaccesible, y yo la deseé.

»Ella puso dinero sobre la cuenta y se levantó para marcharse. Yo quería hablarle, y lo único que se me ocurrió fue preguntarle la hora. Me echó una mirada larga y lenta, desde mis ojos hasta mis zapatos, y luego a la inversa. Mi ropa era barata. Hacía pocas semanas que había salido de la cárcel. Los cortes y magulladuras habían sanado, pero aún estaba escuálido. La tortura, las cosas que había visto, las imágenes estaban grabadas en mis ojos. Aun así, reconoció algo en mí. Esa mujer, ese ángel cuyo nombre yo aún no conocía, me respondió: «Tengo la hora de París, la hora de Nueva York, la hora de Shangái... y también tengo unas horas para ti.»

La voz de Henri se suavizó mientras hablaba de Gina Prazzi. Era como si al fin hubiera saboreado la satisfacción tras una vida de privaciones.

Dijo que habían pasado una semana en París, y que él aún la visitaba cada septiembre. Describió sus paseos por la Place Vendôme, las compras que hacían. Dijo que Gina pagaba todo, le compraba regalos y ropa cara.

—Su familia era rica y tenía cierto abolengo —me dijo—. Tenía relaciones con un mundo de fasto y riqueza que yo desconocía por completo.

Después de esa semana en París, recorrieron el Mediterráneo el yate de Gina. Henri evocó imágenes de la Costa Azul, diciendo que era uno de los sitios más bellos del mundo. Recordaba sus retozos en la cabina, el vaivén de las olas, el vino, las comidas exquisitas en restaurantes con vistas panorámicas del Mediterráneo.

—Probé el whisky Glen Garloch de 1958, a 2.600 dólares la botella. Y hay una comida que nunca olvidaré. Raviolis de erizo de mar seguidos por conejo con hinojo, *mascarpone* y limón. No estaba mal para un patán del campo, ex prisionero de Al Qaeda.

—Yo prefiero el bistec con patatas.

Henri se echó a reír.

—Eso porque no has hecho un *tour* gastronómico por el Mediterráneo. Podría enseñarte. Podría llevarte a una repostería de París, Au Chocolat, y nunca más serías el mismo, Ben.

»Pero estaba hablando de Gina, una mujer de paladar refinado. Un día apareció un tío nuevo a nuestra mesa. El holandés Jan van der Heuvel.

Henri tensó el rostro al hablar de Van der Heuvel, que los había acompañado a la habitación del hotel y había dado instrucciones escénicas desde una silla en el rincón mientras Henri hacía el amor con Gina.

—No me gustaba ese tipo ni ese número, pero un par de meses antes yo dormía sobre mi propia inmundicia, comiendo bichos. ¿Qué cosa no haría por estar con Gina, con o sin Jan van der Heuvel?

El rugido de un helicóptero que sobrevolaba el valle ahogó su voz. Me advirtió con los ojos que no me moviera de la silla. Cuando regresó el silencio del desierto, tardó unos instantes en continuar con la historia de Gina.

84

—Yo no amaba a Gina —me dijo—, pero estaba fascinado por ella, obsesionado. Bien, quizá la amaba en cierto modo —añadió, concediendo por primera vez que tenía una vulnerabilidad humana—. Un día, en Roma, ella conoció a una muchacha...

—¿Y el holandés? ¿No estaba con vosotros?

—No del todo. Había regresado a Ámsterdam, pero él y Gina tenían una conexión extraña. Siempre hablaban por teléfono. Ella susurraba y reía cuando hablaba con él. ¿Te imaginas? A ese tío le gustaba mirar, pero físicamente ella estaba conmigo.

—Me hablabas de Gina en Roma —le recordé, para que siguiera con el hilo de la narración.

—Sí, por cierto. Gina conoció a una estudiante que brincaba de cama en cama mientras cursaba su carrera. Una golfa de Praga en la Università degli Studi di Roma. No recuerdo el nombre, sólo que era atractiva y demasiado confiada.

»Los tres estábamos en la cama cuando Gina me dijo que cerrara las manos sobre el cuello de la muchacha. Es una práctica sexual llamada "juego del aliento". Intensifica el orgasmo, y sí, Ben, antes de que me preguntes, fue emocionante revivir mi singular experiencia con Molly. La muchacha se desmayó y yo aflojé el apretón para que respirara. Gina me aferró la polla y me besó. «Despáchala, Henri», dijo luego. Iba a montarme sobre la muchacha, pero Gina añadió: «No, Henri. No entiendes. Despáchala.» Estiró la mano hacia la mesilla, alzó las llaves de su Ferrari y meció las llaves ante mis ojos. Era una oferta: el coche por la vida de la chica.

»Maté a la chica. E hice el amor con Gina con la chica muerta junto a nosotros. Gina estaba frenética de excitación. Cuando se corrió, fue como si muriese y renaciera como una mujer más blanda y dulce.

Los gestos de Henri se distendieron. Me contó que había conducido el Ferrari en un viaje de tres días hasta Florencia, y me describió la vida en que se estaba iniciando.

—Poco después del viaje a Florencia, Gina me habló de la Alianza, y me contó que Jan era un miembro importante.

El turismo por Europa occidental había concluido. Henri se enderezó y abandonó su voz lánguida para adoptar un tono crispado.

—Gina me dijo que la Alianza era una organización secreta compuesta por las mejores personas, con lo cual quería decir gente de fortuna, obscenamente rica. Dijo que podían utilizarme... «Aprovechar mi talento» fue su expresión. Y dijo que me darían una suculenta recompensa. Así pues, Gina no me amaba. Quería usarme para algo. Eso me dolió un poco, desde luego. Al principio pensé en matarla. Pero no era necesario, ¿verdad, Ben? Más aún, habría sido estúpido.

—¿Porque ellos te contrataban para matar?

—Desde luego.

—Pero ¿en qué beneficiaba eso a la Alianza?

—Benjamin —dijo pacientemente—, ellos no me contrataban para liquidar a sus enemigos. Yo filmo mi trabajo. Hago películas para ellos. Pagan por mirar.

85

Henri había dicho que mataba por dinero y ahora todo encajaba. Había matado y filmado esas ejecuciones sexuales para un público selecto por un precio principesco. Ahora la escenografía de la muerte de Kim tenía sentido. Había sido el trasfondo cinematográfico de su perversión. Pero yo no entendía por qué había ahogado a Levon y a Barbara. ¿Cómo se explicaba eso?

—Estabas hablando de los Mirones. El trabajo que realizaste en Hawai.

—Lo recuerdo. Bien, entiende: los Mirones me conceden un amplio margen de libertad creativa. Reparé en Kim a causa de sus fotos. Usé una treta para obtener información en su agencia. Dije que quería contratarla y pregunté cuándo regresaría de... ¿dónde era la filmación?

»Me dijeron el lugar y yo averigüé el resto: qué isla, la hora de llegada, el hotel. Mientras esperaba la llegada de Kim, maté a la pequeña Rosa. Era un aperitivo, un *amuse-bouche*...

—¿*Amuse* qué?

—Significa un entremés, y en este caso la Alianza no había encargado el trabajo. Ofrecí la película en una subasta... Sí, hay un mercado para esas cosas. Gané un dinero adicional y me aseguré de que el holandés viera la película. Jan tiene predilección por las niñas jóvenes y yo quería que los Mirones se engolosinaran con mi trabajo. Cuando Kim llegó a Maui para el rodaje, yo la vigilaba.

—¿Usabas el nombre de Nils Bjorn? —pregunté.

Henri dio un respingo y frunció el ceño.

—¿Cómo has sabido eso?

Había cometido un error. Mi salto mental había asociado a Gina Prazzi con la mujer que me había telefoneado en Hawai diciéndome que investigara a un huésped llamado Nils Bjorn. Al parecer Henri había hecho la misma asociación, y no le había gustado.

Pero ¿por qué Gina traicionaría a Henri? ¿Qué era lo que yo no sabía acerca de ambos?

Parecía un gancho importante para la historia de Henri, pero me hice una advertencia a mí mismo: por mi seguridad, debía cuidarme de no alertar a Henri. Cuidarme mucho.

—La policía recibió una pista —dije—. Un traficante de armas con ese nombre se marchó del Wailea Princess en el momento en que Kim desapareció. Nunca lo interrogaron.

—Te diré una cosa, Ben: yo era Nils Bjorn, pero he destruido su identidad. Nunca volveré a usarla. Ya no te sirve de nada.

Se levantó abruptamente del asiento. Acomodó el toldo para bloquear los rayos bajos del sol. Aproveché esa pausa para calmar mis nervios.

Estaba cambiando la casete por una nueva cuando Henri dijo:

—Viene alguien.

Mi corazón se desbocó.

86

Me cubrí los ojos del sol con las manos, miré el camino que surcaba el desierto hacia el oeste, vi un sedán oscuro subiendo una loma.

—¡Muévete! —dijo Henri—. Coge tus cosas, tu copa y tu silla y métete dentro.

Entré a trompicones en el remolque con él detrás de mí. Desenganchó la cadena del suelo y la metió bajo el fregadero. Me dio mi chaqueta y me dijo que entrara en el baño.

—Si nuestro visitante se entromete demasiado —dijo Henri, lavando las copas de vino—, quizá tenga que eliminarlo. Eso significa que podrías ser testigo de un homicidio, Ben. No es saludable para ti.

Me acurruqué en el diminuto aseo y me miré la cara en el espejo antes de apagar la luz. Tenía barba de tres días y la camisa arrugada. Ofrecía un pésimo aspecto. Parecía un pordiosero.

La pared del baño era delgada y a través de ella se oía todo. Llamaron a la puerta de la caravana y Henri abrió. Oí unos pasos pesados subiendo la escalinata.

—Entre, agente, por favor. Soy el hermano Michael —dijo Henri.

—Soy la teniente Brooks —dijo la voz cortante de una mujer—. Servicio de Parques. Este campamento está cerrado, señor. ¿No vio el bloqueo del camino y el letrero de «No entrar»?

—Lo lamento. Quería rezar en completa soledad. Pertenezco al monasterio camaldulense de Big Sur. Estoy en un retiro.

—No me importa si es acróbata del Cirque du Soleil. No tiene derecho a estar aquí.

—Dios me condujo aquí. Él me dio ese derecho. Pero no tenía ninguna mala intención. Lo siento.

Podía sentir la tensión fuera de la puerta. Si la teniente intentaba usar su radio para comunicar la situación, podía darse por muerta. Años atrás, en Portland, yo había retrocedido con el coche patrulla y había tumbado a un viejo en silla de ruedas. En otra ocasión, encañoné con mi arma a un chiquillo que saltó entre dos coches, apuntándome con una pistola de agua.

En ambas ocasiones pensé que mi corazón no podía latir más deprisa, pero con toda franqueza lo que estaba viviendo en ese momento era peor. Si la hebilla de mi cinturón chocaba contra el lavabo de metal, la mujer lo oiría. Si me veía, si me interrogaba, Henri podría decidir matarla y su muerte recaería sobre mi conciencia.

Y luego me mataría a mí.

Recé para no estornudar. Recé.

87

La teniente le dijo a Henri que comprendía muy bien lo que era un retiro en el desierto, pero que ese lugar no era seguro.

—Si el piloto del helicóptero no hubiera visto la caravana, no habría ninguna patrulla por aquí. ¿Qué sucedería si se quedara sin combustible? ¿O sin agua? Nadie lo encontraría y usted moriría —dijo Brooks—. Esperaré mientras recoge sus cosas.

Oí el crepitar de una radio.

—Lo tengo, Yusef —dijo la teniente.

Esperé el inevitable disparo, pensé en abrir la puerta de un puntapié y tratar de arrebatarle el arma a Henri, salvar a esa pobre mujer.

—Es un monje, una especie de anacoreta —dijo la teniente por radio—. Sí, está solo. No; todo bajo control.

—Teniente, es tarde —intervino la voz de Henri—. Puedo partir por la mañana sin dificultad. Agradecería una noche más aquí, para mis meditaciones.

—Lo siento, pero no es posible.

—Claro que sí. Sólo pido una noche más —insistió él.

—¿Su depósito de gasolina está lleno?

—Sí. Lo llené antes de entrar en el parque.

—¿Y tiene agua suficiente?

La puerta de la nevera se abrió con un chirrido.

—Está bien. Pero mañana por la mañana se va de aquí —cedió la mujer—. ¿De acuerdo?

—De acuerdo. Lamento las molestias.

—Vale. Que tenga buenas noches, hermano.

—Gracias, teniente. Que Dios la bendiga.

Oí que el coche de la mujer arrancaba. Un minuto después, Henri abrió mi puerta.

—Cambio de planes —dijo mientras yo salía penosamente del baño—. Yo cocinaré. Trabajaremos toda la noche.

—Muy bien —dije.

Miré por la ventana y vi que los faros del coche patrulla regresaban a la civilización. A mis espaldas, Henri puso unas hamburguesas en la sartén.

—Esta noche tenemos que avanzar bastante —dijo.

Yo pensaba que al mediodía del día siguiente estaría en Venice Beach contemplando a los fisicoculturistas y las chicas en tanga, los patinadores y ciclistas en las sinuosas sendas de cemento de la playa y la costa. Pensaba en los perros con pañuelo y gafas, los críos con sus triciclos, y que comería huevos rancheros con salsa extra en Scotty's con Amanda.

Le contaría todo.

Henri me puso delante una hamburguesa y un bote de kétchup.

—Aquí tienes, don bistec-con-patatas.

Se puso a preparar café.

La vocecilla de mi cabeza dijo: «Todavía no estás en casa.»

88

Cuando realizas una entrevista, no escuchas de la manera habitual. Yo tenía que concentrarme en lo que decía Henri, hilvanarlo con la historia, decidir si necesitaba que se explayara sobre ese tema o si debíamos seguir adelante.

La fatiga me envolvía como niebla y la combatí con café, manteniendo mi objetivo a la vista: «Consigna todo y sal de aquí con vida.»

Henri volvió a la historia de sus servicios para el contratista militar, Brewster-North. Me dijo que había aportado su conocimiento de varios idiomas, y que había aprendido varios más mientras trabajaba para ellos.

Me contó que había entablado cierta relación con el falsificador de Beirut. Encorvó los hombros al describir en detalle su encarcelamiento, la ejecución de sus amigos.

Hice preguntas y situé a Gina Prazzi en la cronología. Le pregunté si ella conocía su verdadera identidad y él dijo que no. Había usado el nombre que congeniaba con los documentos que el falsificador le había dado: Henri Benoit de Montreal.

—¿Has mantenido el contacto con Gina?

—Hace años que no la veo. Desde Roma. Ella no confraterniza con la servidumbre.

Avanzamos desde su romance de tres meses con Gina hasta las muertes por encargo de la Alianza, una seguidilla de homicidios iniciada cuatro años atrás.

—En general mataba mujeres jóvenes —me dijo—. Me mudaba continuamente, cambiaba mi identidad con frecuencia. —Y empezó a narrar las muertes, varias jóvenes en Yakarta, una israelí en Tel Aviv—. Qué luchadora, esa chica judía. Por Dios. Por poco me mata a mí.

Visualicé la estructura narrativa. Me entusiasmaba al pensar cómo organizaría el borrador, y por un momento casi me olvidé de que no se trataba del libro de una película.

Los homicidios eran reales.

El arma de Henri estaba cargada.

Numeraba las cintas y las cambiaba, hacía anotaciones para tener presentes nuevas preguntas mientras Henri enumeraba sus víctimas; las jóvenes prostitutas de Corea, Venezuela, Bangkok.

Explicó que siempre había amado el cine y que al filmar películas para la Alianza había mejorado como cazador. Los asesinatos eran cada vez más complejos y cinematográficos.

—¿No te preocupa que esas películas anden recorriendo el mundo?

—Siempre oculto mi rostro —dijo—. O bien uso una máscara, como hice con Kim, o bien trabajo en el vídeo con una herramienta de distorsión. El software que uso me permite eliminar mi cara fácilmente.

Me dijo que sus años en Brewster-North le habían enseñado a abandonar los cuerpos y las armas *in situ* y que, aunque no había ningún registro de sus huellas dactilares, nunca dejaba ningún rastro personal.

Me contó cómo había matado a Julia Winkler, cuánto la amaba. Reprimí un comentario desagradable sobre lo que significaba ser amada por Henri. Y me habló de los McDaniels, y cuánto los admiraba. En ese punto tuve ganas de abalanzarme sobre él para estrangularlo.

—¿Por qué, Henri, por qué tuviste que matarlos? —pregunté al fin.

—Formaba parte de una serie cinematográfica que estaba haciendo para los Mirones, lo que llamábamos un documental. Maui fue muy lucrativa, Ben. Cinco días de trabajo por mucho más de lo que tú ganas en un año.

—Pero el trabajo en sí... ¿Cómo te sentiste al quitar esas vidas? Según mi cuenta, has matado a unas treinta personas.

—Quizás haya omitido a algunas.

89

Eran más de las tres de la mañana cuando Henri me describió lo que más lo fascinaba de su trabajo.

—Me he interesado en ese momento fugaz que hay entre la vida y la muerte —dijo.

Pensé en los pollos decapitados de su infancia, los juegos de asfixia que practicaba después de matar a Molly. Él me contó mucho más de lo que yo quería saber.

—Había una tribu del Amazonas —continuó— que ataba un dogal bajo la mandíbula de las víctimas, justo bajo las orejas. El otro extremo de la cuerda estaba amarrado a la copa de un árbol joven y cimbrado. Cuando decapitaban a la víctima, el árbol se enderezaba y catapultaba la cabeza hacia arriba. Esos indios creían que era una buena muerte. Que la última sensación de la víctima sería de vuelo.

»¿Has oído hablar de un asesino que vivió en Alemania a principios del siglo XX, Peter Kurten? El Vampiro de Dusseldorf. Era un sujeto de aspecto insulso cuya primera víctima fue una niña que encontró durmiendo mientras robaba en la casa de los padres. La estranguló, le abrió la garganta con un cuchillo y se excitó con la sangre que brotaba de las arterias. Ése fue el inicio de una gran carrera. En comparación, Jack el Destripador parece un aficionado.

Henri me contó que Kurten había matado a demasiadas personas para contarlas, de ambos sexos, hombres, mujeres y niños, y que había usado toda clase de instrumentos. Lo esencial era que le excitaba ver sangre.

—Antes de que Peter Kurten fuera guillotinado —me dijo—, le preguntó al psiquiatra de la prisión... Aguarda. Quiero citarlo con precisión. Bien, Kurten preguntó si, una vez que le cortaran la cabeza —abrió comillas con los dedos—, «podría oír el sonido de mi propia sangre brotando del cuello tronchado. Ese placer sería la culminación de todos los placeres».

—Henri, ¿me estás diciendo que ese momento entre la vida y la muerte es lo que te provoca el deseo de matar?

—Creo que sí. Hace tres años maté a una pareja en Big Sur. Les anudé cuerdas bajo la mandíbula —dijo, formando una V con el pulgar y el índice para mostrarme—. Sujeté el otro extremo de las cuerdas a las paletas de un ventilador de techo. Les corté la cabeza con un machete y el ventilador giró con las cabezas colgadas.

»Creo que los Mirones supieron que yo era especial cuando vieron esa película. Elevé mis honorarios y me pagaron. Pero todavía me intrigan esos dos enamorados. Me pregunto si al morir sintieron que estaban volando.

90

El agotamiento me tumbó cuando salía el sol. Habíamos trabajado treinta y seis horas consecutivas, y aunque le ponía mucho azúcar al café y lo bebía hasta las heces, mis párpados se cerraban, y el pequeño mundo del remolque y las rugosas hectáreas de arena se desdibujaban.

—Esto es importante, Henri —dije, pero tuve un lapsus y olvidé lo que iba a decir, así que Henri me sacudió por los hombros.

—Termina la frase, Ben. ¿Qué es importante?

Era la pregunta que se haría el lector al principio del libro, y había que responderla al final.

—¿Por qué quieres publicar este libro? —pregunté. Luego apoyé la cabeza en la mesa, sólo por un minuto.

Oí que Henri caminaba por la caravana, creí ver que limpiaba las superficies. Le oí hablar, pero no supe si me hablaba a mí.

Cuando desperté, el reloj del microondas indicaba las once y diez.

Llamé a Henri, que no respondió. Me levanté del lugar estrecho que ocupaba a la mesa y abrí la puerta del remolque.

La camioneta no estaba.

Los engranajes de mi cerebro empezaron a lubricarse y regresé al interior. El ordenador y el maletín seguían en la mesa de la cocina. El montón de cintas que yo había etiquetado cuidadosamente formaba una pulcra pila. Mi grabadora estaba enchufada a la toma de corriente. Y entonces vi una nota junto a la máquina: «Ben, escucha esto.»

Apreté el botón y oí su voz.

«Buenos días, socio. Espero que hayas descansado bien. Lo necesitabas, así que te di un sedante para ayudarte a dormir. Entenderás que quisiera pasar un tiempo a solas. Ahora deberías seguir el camino hacia el oeste, veinte kilómetros hasta la autopista Veintinueve Palms. He dejado suficiente agua y comida. Si esperas hasta el ocaso, podrás salir del parque por la mañana.

»Es muy posible que la teniente Brooks o uno de sus colegas pasen para echarte una regañina. Ten cuidado con lo que dices, Ben. Guardemos nuestros secretos por ahora. Recuerda que eres un novelista, así que procura pergeñar una excusa creíble. Tu coche está detrás del Luxury Inn, donde lo dejaste, y te he puesto las llaves en el bolsillo de la chaqueta, con el billete de avión.

»Ah, me olvidaba de lo más importante. Llamé a Amanda. Le dije que estabas a salvo y que pronto volverías a casa.

»*Ciao*, Ben. Trabaja con empeño. Trabaja bien. Estaré en contacto.»

La cinta siseó y el mensaje terminó.

El muy cabrón había llamado a Amanda. Era otra amenaza.

Fuera del remolque, el desierto ardía en el infierno de julio, obligándome a esperar hasta el ocaso para iniciar la caminata. Entretanto, Henri estaría borrando sus rastros, asumiendo otra identidad, abordando un avión sin impedimentos.

Ya no tenía la menor sensación de seguridad, ni volvería a tenerla hasta que «Henri Benoit» fuera a la cárcel o al otro mundo. Quería recobrar mi vida, y estaba dispuesto a obtenerla a cualquier precio.

Aunque yo mismo tuviera que matar a Henri.

CUARTA PARTE

Caza mayor

91

Hacía un día que había regresado de mi retiro en el desierto cuando Leonard Zagami llamó para decirme que quería publicar el libro pronto, así obtendríamos una cobertura periodística adicional por mostrar la historia de Henri en primera persona antes de que se resolvieran los homicidios de Maui.

Yo había llamado a Aronstein para pedir unas vacaciones del *L.A. Times* y había transformado mi sala de estar en un búnker, y no sólo por la presión de Zagami. Sentía la presencia de Henri continuamente, como si fuera una boa constrictora que me estrujara las costillas, mirando por encima de mi hombro mientras yo escribía. Ansiaba terminar de una vez con aquella historia obscena y expulsarlo de mi vida.

Desde mi regreso trabajaba desde las seis de la mañana hasta altas horas de la noche, y la trascripción de las cintas me resultó muy instructiva.

Escuchando la voz de Henri en mi casa, tranquilo y concentrado, pude captar inflexiones y pausas, comentarios susurrados que había pasado por alto cuando sufría el acecho de su presencia viperina y me preguntaba si saldría con vida de Joshua Tree.

Nunca había trabajado con tanto empeño ni tan regularmente, pero al cabo de dos semanas había concluido la trascripción, y también el bosquejo del libro. Faltaba un elemento importante, el gancho para la introducción, el interrogante que debía impulsar la narración hasta el final, la pregunta que Henri no había respondido: ¿por qué quería publicar este libro?

El lector querría saberlo, pero yo mismo no lo entendía. Henri era retorcido, pero también un superviviente. Esquivaba la muerte como si fuera el tráfico dominical. Era listo, tal vez un genio. ¿Por qué publicaría una confesión total cuando sus propias palabras podían llevar a su captura y condena? ¿Acaso por dinero? ¿Ansia de reconocimiento? ¿Su narcisismo era tan acuciante que se había tendido una trampa a sí mismo?

Eran casi las seis de la tarde del viernes. Estaba archivando la trascripción de las cintas en una caja de zapatos cuando apoyé la mano en la cinta final, la que contenía las instrucciones de Henri para salir del parque Joshua Tree. No había vuelto a escucharla porque el mensaje de Henri no me había parecido relevante para el libro, pero antes de guardarla inserté la cinta 31 en la grabadora y la rebobiné. Al instante comprendí que Henri no había usado una cinta nueva para su mensaje. Había grabado sobre la cinta que ya estaba en la máquina.

Oí mi voz aturdida y fatigada en el altavoz, diciendo «Esto es importante». Luego hubo un silencio. Yo había tenido un lapsus y olvidado lo que quería preguntarle. Luego la voz de Henri dijo: «Termina la frase, Ben. ¿Qué es importante?»

Mi respuesta: «¿Por qué quieres publicar este libro?»

Yo había apoyado la cabeza en la mesa, y recordé haber oído su voz como a través de una niebla. Ahora la escuché con toda claridad: «Buena pregunta, Ben. Si eres un escritor del calibre que espero, si aún eres el policía que eras, deducirás por qué quiero publicar este libro. Creo que te sorprenderás.»

¿Sorprenderme? ¿Qué demonios significaba eso?

92

Una llave giró en la cerradura y el pestillo se abrió. Di un respingo y giré en mi silla. ¿Henri? Pero era sólo Amanda, que trasponía el umbral con una bolsa de la compra. Me levanté de un brinco, cogí la bolsa y besé a mi chica.

—He conseguido los últimos dos pollos de granja de Cornualles. ¡Sí! Y mira, arroz integral y judías.

—Eres un ángel, ¿lo sabías?

—¿Has visto la noticia?

—No. ¿Qué ha pasado?

—Esas dos chicas que encontraron en Barbados. Una estrangulada y la otra decapitada.

—¿Qué dos chicas?

No había encendido la televisión en una semana. No sabía de qué diablos hablaba Amanda.

—La noticia estaba en todos los canales, por no mencionar Internet. Necesitas emerger a la superficie, Ben.

La seguí a la cocina, dejé las compras en la encimera y encendí el televisor. Sintonicé MSNBC, donde Dan Abrams hablaba con John Manzi, ex investigador del FBI, que tenía mala cara.

«Hablamos de "asesino en serie" cuando hay dos o tres homicidios con un período de enfriamiento emocional intermedio —decía—. El homicida dejó el arma en una habitación de hotel, con el cuerpo decapitado de Sara Russo. Wanda Emerson fue hallada en el maletero de un coche, amarrada y estrangulada. Estos crímenes recuerdan las muertes de Hawai de hace un mes. A pesar de la distancia que los separa, yo diría que pueden estar vinculados. Apostaría por ello.»

Proyectaron imágenes de las dos jóvenes en pantalla dividida mientras Manzi hablaba. Russo parecía tener menos de veinte años, Emerson un poco más. Ambas jóvenes exhibían sonrisas grandes y ávidas, y Henri las había matado. Estaba seguro de ello. Yo también hubiera apostado.

Amanda pasó junto a mí, metió los pollos en el horno, movió cacharros y lavó las verduras. Subí el volumen.

«Es demasiado pronto para saber si el asesino dejó muestras de ADN —decía Manzi—, pero la ausencia de un móvil, el acto de dejar las armas homicidas, nos dan la imagen de un criminal muy experto. No empezó en Barbados, Dan. La pregunta es a cuánta gente ha matado, durante cuánto tiempo y en cuántos lugares.»

Durante la pausa comercial le dije a Amanda:

—Me pasé una eternidad escuchando a Henri hablar de sí mismo. Puedo asegurar que no siente el menor remordimiento. Está orgulloso de sí, casi en éxtasis. —Añadí que Henri me había dicho que esperaba que yo dedujera por qué quería que su historia apareciera en un libro—. Me está retando como escritor y como policía. Oye, quizá quiera que lo capturen. ¿Tiene sentido para ti?

Amanda se había mantenido firme, pero me mostró cuán asustada estaba cuando me estrujó las manos y me clavó la mirada.

—Nada de esto tiene sentido para mí. Ben. Ni el porqué ni lo que quiere, ni siquiera por qué te escogió para escribir el libro. Sólo sé que es un maldito psicópata. Y que sabe dónde vivimos.

93

Desperté en la cama, el corazón palpitante, la camiseta y los calzoncillos empapados de sudor.

En mi sueño, Henri me había ofrecido un *tour* por sus asesinatos de Barbados, y me hablaba mientras serraba la cabeza de Sara Russo. Sostenía la cabeza por el pelo, diciendo «Esto es lo que me gusta, ese momento fugaz entre la vida y la muerte», y, como ocurre en los sueños, Sara se transformaba en Amanda. Ésta me miraba, manchando de sangre el brazo de Henri, y me decía: «Ben, llama al 911.»

Me apoyé el brazo en la frente y me enjugué la cara.

Era fácil interpretar aquella pesadilla: me aterraba que Henri pudiera matar a Amanda. Y me sentía culpable por las chicas de Barbados. Si hubiera acudido a la policía, quizás aún estarían con vida.

¿Era sólo una ilusión? ¿O era verdad?

Me imaginé yendo al FBI, contando que Henri me había encañonado con un arma, había tomado fotos de Amanda y amenazado con matarnos a ambos. Habría tenido que contarles que Henri me encadenó a una caravana en el desierto durante tres días y me describió en detalle la muerte de treinta personas. Pero ¿habían sido verdaderas confesiones? ¿O meras patrañas?

Imaginé al agente del FBI con su mirada escéptica, luego

las emisoras de televisión transmitiendo la descripción de «Henri»: sujeto masculino blanco, un metro ochenta y pico, unos ochenta kilos, treintañero. Eso irritaría a Henri. Y entonces, si podía, nos mataría.

¿Henri realmente pensaba que yo lo permitiría?

Miré los faros que se reflejaban en el techo del dormitorio.

Recordé los nombres de restaurantes y hoteles que Henri había visitado con Gina Prazzi. Había varios otros alias y detalles que Henri no había considerado importantes pero que quizá contribuyeran a desovillar la madeja.

Amanda se volvió en sueños, apoyó el brazo en mi pecho y se acurrucó contra mí. Me pregunté qué estaría soñando. La estreché entre mis brazos y le besé levemente la coronilla.

—Trata de no atormentarte —ronroneó contra mi pecho.

—No pretendía despertarte.

—¿Bromeas? Casi me tiras de la cama con tus resuellos y suspiros.

—No sé qué hora es.

—Es temprano, demasiado temprano para estar levantados. Ben, no creo que ganes nada con obsesionarte.

—¿Crees que estoy obsesionado?

—Piensa en otra cosa. Tómate un respiro.

—Zagami quiere...

—Al cuerno con Zagami. Yo también he estado pensando, y tengo un plan. No te gustará.

94

Me paseaba frente a mi edificio con mis petates cuando Amanda se acercó en su cuidada y rugiente Harley Sportster, una moto que irradiaba potencia, con asiento de cuero rojo.

Subí, rodeé su estrecha cintura con las manos y, con su largo cabello azotándome la cara, enfilamos hacia la 10 y desde allí a la Pacific Coast Highway, un tramo deslumbrante de carretera costera que parece prolongarse para siempre.

A nuestra izquierda y abajo, las olas encabritadas subían en arcos a la playa, desplazando a los surfistas que tachonaban las olas. Pensé que nunca había surfeado porque me parecía demasiado peligroso.

Me aferré mientras Amanda cambiaba de carril y aceleraba.

—¡Bájate los hombros de las orejas! —me gritó.

—¿Qué?

—Que te relajes.

Era difícil, pero me obligué a aflojar las piernas y los hombros.

—¡Ahora actúa como un perro! —gritó Amanda.

Volvió la cabeza y sacó la lengua, y me hizo gestos hasta que la imité. El viento de setenta kilómetros por hora me pegó en la lengua, distendiéndome, y los dos nos reímos tanto que nuestros ojos se humedecieron.

Todavía sonreía cuando atravesamos Malibú y cruzamos

la frontera del condado de Ventura. Minutos después, Amanda frenó en Neptune's Net, un restaurante de mariscos con un aparcamiento lleno de motocicletas.

Un par de tíos la saludaron cuando entramos. Sacamos dos cangrejos de la cuba y diez minutos después los recogimos en la ventanilla, cocidos al vapor y servidos en platos de cartón con recipientes de mantequilla derretida. Bajamos los cangrejos con Mountain Dew, y luego volvimos a montar en la Harley.

Esta vez me sentí más cómodo en la moto, y al fin lo entendí: Amanda me ofrecía el regalo del júbilo. La velocidad y el viento me despejaban las telarañas de la mente, haciendo que me entregara al entusiasmo y la libertad de la carretera.

Mientras viajábamos hacia el norte, la carretera descendió al nivel del mar y nos llevó por las deslumbrantes localidades de Sea Cliff, La Conchita, Rincón, Carpenteria, Summerland y Montecito. Y luego Amanda me pidió que me agarrara con fuerza mientras salía de la autopista por la salida de Olive Mill Road, hacia Santa Bárbara.

Vi los letreros y supe adónde nos dirigíamos. Siempre queríamos pasar un fin de semana en ese lugar, pero nunca encontrábamos el tiempo.

Mi cuerpo entero temblaba cuando me apeé de la moto frente al legendario Biltmore Hotel, con sus tejados rojos, sus palmeras y su vista panorámica del mar. Me quité el casco y abracé a mi chica.

—Cariño, cuando dices que tienes un plan, sin duda no te andas con chiquitas.

—Estaba ahorrando mi bonificación navideña para nuestro aniversario, pero ¿sabes lo que pensé a las cuatro de esta mañana?

—Dime.

—Ningún momento mejor que ahora. Ningún lugar mejor que éste.

95

El vestíbulo del hotel resplandecía. No soy de esos tíos aficionados a sintonizar el canal House Beautiful, pero conocía el lujo y el confort, y Amanda, caminando junto a mí, me describía los detalles. Señaló el estilo mediterráneo, las arcadas y los techos con vigas vistas, los rechonchos sofás y los leños que ardían en un hogar con azulejos. Debajo, el mar vasto y ondulante.

Amanda me hizo una advertencia, con toda seriedad.

—Si mencionas a ese individuo tan sólo una vez, la cuenta irá a tu tarjeta de crédito, no a la mía. ¿Vale?

—Vale —dije, estrechándola en un abrazo.

Nuestra habitación tenía hogar, y cuando Amanda empezó a arrojar la ropa en la silla, me imaginé el resto de la tarde retozando en la enorme cama.

Ella vio mi mirada y se echó a reír.

—Ah, ya veo —dijo—. Espera, ¿quieres? Tengo otro plan.

Me estaba volviendo fanático de los planes de Amanda. Ella se puso su bikini leopardo y yo me puse el bañador y fuimos a una piscina que había en el centro del jardín principal. Seguí a Amanda, me zambullí y oí —incrédulamente— música bajo el agua.

De vuelta en nuestra habitación, le quité el bikini y ella se encaramó sobre mí, ciñéndome la cintura con las piernas. Caminé hasta la ducha y pocos minutos después nos dejamos caer en la cama, donde hicimos el amor apasionadamente. Luego descansamos, y Amanda se durmió apoyada en mi pecho con las rodillas apoyadas contra mi costado. Por primera vez en semanas dormí profundamente, sin que ninguna pesadilla sangrienta me despertara sobresaltado.

Al caer el sol, Amanda se puso un vestido negro y se recogió el cabello hacia arriba, recordándome a Audrey Hepburn. Bajamos por la sinuosa escalera al Bella Vista, y nos condujeron a una mesa cerca del fuego. El suelo era de mármol, las paredes tenían paneles de caoba, y la vista del oleaje encrespado valía mil millones de dólares. El techo de cristal mostraba un poniente color cobalto sobre nuestras cabezas.

Eché una ojeada al menú y lo dejé cuando se acercó el camarero. Amanda pidió para los dos.

Volví a sonreír. Amanda Diaz sabía cómo rescatar un día que se iba a pique y crear recuerdos que pudieran acompañarnos hasta la vejez.

Iniciamos nuestra cena de cinco estrellas con escalopes gigantes salteados, seguidos por una suculenta lubina glaseada con miel y cilantro, setas y guisantes. Luego el camarero trajo el menú de postres y champán helado.

Giré la botella para ver la etiqueta. Dom Perignon.

—No habrás pedido esto, ¿verdad, Amanda? Cuesta trescientos dólares.

—No he sido yo. Debe de ser el champán de otro.

Cogí la tarjeta que el camarero había dejado en la bandeja de plata. Leí: «Invito a Dom Perignon. Champán de primera. Saludos, H. B.»

Henri Benoit.

Un escalofrío me bajó por la espalda. ¿Cómo había sabido ese cabrón dónde estábamos cuando ni siquiera yo sabía adónde íbamos?

Me puse de pie, tumbando la silla. Giré en redondo en una y otra dirección. Escruté cada rostro del restaurante; el viejo de patillas largas, el turista calvo con el tenedor suspendido sobre el plato, los recién casados que aguardaban en la entrada, cada uno de los camareros.

¿Dónde estaba? ¿Dónde?

Mi cuerpo bloqueaba a Amanda y sentí que el grito me raspaba la garganta:

—¡Henri, maldito bastardo! ¡Déjate ver!

96

Después de la escena en el comedor, eché la llave a la puerta de nuestra suite y puse la cadena, revisé los cerrojos de las ventanas y corrí las cortinas. No había llevado mi pistola, un error garrafal que no volvería a cometer.

Amanda estaba pálida y trémula cuando me senté en la cama junto a ella.

—¿Quién sabía que veníamos aquí? —le pregunté.

—He echo la reserva esta mañana, cuando he ido a casa para recoger unas cosas. Eso es todo.

—¿Estás segura?

—Ah, me olvidaba: también he llamado al número privado de Henri.

—Hablo en serio. ¿Has hablado con alguien cuando has salido esta mañana? Piénsalo, Amanda. Él sabía que estaríamos aquí.

—Acabo de decírtelo, Ben. De veras, no se lo he mencionado a nadie. Sólo le he dado el número de mi tarjeta al empleado de las reservas.

—Está bien, lo siento.

Por mi parte había sido cuidadoso. Estaba seguro de ello. Recordé aquella noche de un mes atrás, cuando acababa de regresar de Nueva York y Henri me llamó al apartamento de Amanda minutos después de mi llegada. Yo había revisado los teléfonos de Amanda y los míos, y peinado ambos apartamentos en busca de micrófonos.

Esa tarde en la carretera no había visto nada extraño. No había modo de que alguien nos hubiera seguido cuando bajamos por la rampa a Santa Bárbara. Habíamos estado solos tantos kilómetros que prácticamente éramos dueños del camino.

Diez minutos antes, cuando el *maître* nos acompañó fuera del comedor, me había dicho que habían encargado el champán por teléfono y pagado con una tarjeta de crédito a nombre de Henri Benoit. Eso no explicaba nada. Henri podía haber llamado desde cualquier lugar del planeta.

Pero ¿cómo había sabido dónde estábamos? Si Henri no había intervenido el teléfono de Amanda y no nos había seguido...

Un pensamiento asombroso cruzó mi mente como un rayo.

—Colocó un aparato de rastreo en tu motocicleta —dije poniéndome de pie.

—Ni sueñes con dejarme sola en esta habitación —repuso Amanda.

Volví a sentarme a su lado, cogí su mano entre las mías y la besé. No podía abandonarla allí, y tampoco podía protegerla en el aparcamiento.

—Mañana, en cuanto aclare, desmantelaré esa moto hasta encontrar ese aparato.

—No puedo creer que nos haga esto —dijo Amanda, y rompió a llorar.

97

Nos abrazamos bajo las mantas, con los ojos bien abiertos, alertas a cada pisada, cada crujido en el pasillo, a los ruidos del aire acondicionado. Yo no sabía si era algo racional o pura paranoia, pero sentía la mirada de Henri.

Amanda me estrechaba con fuerza cuando empezó a gritar:

—¡Dios mío! ¡Oh, Dios mío!

—Calma, cariño —traté de sosegarla—. No es tan terrible. Averiguaremos cómo nos ha rastreado.

—Dios mío... esto —dijo palpándome la nalga derecha—. Esto que tienes en la cadera. Te he hablado de ello pero siempre dices que no es nada.

—¿Esto? Pues no es nada.

—Míralo.

Bajé de la cama y encendí las luces. Fui hasta el espejo del baño seguido por Amanda. Yo no podía verlo sin contorsionarme, pero sabía a qué se refería: un cardenal que había permanecido inflamado unos días después de que Henri me dejara sin sentido en mi apartamento. Había pensado que era una magulladura causada por la caída, o la picadura de un insecto, y al cabo de unos días la molestia había remitido.

Amanda me había preguntado sobre esa inflamación un par de veces y yo, en efecto, había dicho que no era nada. Palpé el pequeño bulto, del tamaño de dos granos de arroz.

Ya no parecía que no fuera nada.

Busqué entre mis artículos de tocador, los arrojé sobre la cómoda y encontré mi navaja. La golpeé contra el lavabo de mármol hasta que la hoja se desprendió.

—No pensarás... ¡Ben, no querrás que yo haga eso!

—No te preocupes. A mí me dolerá más que a ti.

—Muy gracioso.

—Estoy muerto de terror —dije.

Amanda cogió la hoja, la mojó en un antiséptico y pinchó el bulto de mi trasero. Luego pellizcó un pliegue de piel e hizo un corte rápido.

—Lo tengo —dijo.

Me puso en la mano un objeto de vidrio y metal ensangrentado. Sólo podía ser una cosa: un artilugio de rastreo GPS, como los que se insertan en el pescuezo de los perros. Henri debía de habérmelo injertado mientras yo estaba inconsciente. Hacía semanas que usaba ese maldito adminículo.

—Arrójalo al retrete —dijo Amanda—. Eso lo entretendrá un rato.

—Sí. ¡No! Arranca un poco de cinta de ese rollo, ¿quieres?

Me apreté el aparato contra el flanco y Amanda rasgó un trozo de cinta adhesiva con los dientes. Pasé la cinta sobre el aparato, pegándolo de nuevo a mi cuerpo.

—¿Qué pretendes? —preguntó Amanda.

—Mientras lo esté usando, él no sabrá que sé que me sigue el rastro.

—¿Y qué?

—Pues que las cosas empiezan a ir en dirección contraria: ahora sabemos algo que él no sabe.

98

Francia.

Henri acarició las caderas de Gina Prazzi mientras su respiración se aquietaba. Ella tenía un trasero perfecto, con forma de melocotón, caderas redondas con un hoyuelo en la unión de cada nalga con la espalda.

Quería follarla de nuevo. Mucho. Y lo haría.

—Ya puedes desatarme —dijo ella.

Él la acarició un poco más y luego se levantó. Buscó la bolsa que había puesto bajo la silla y fue hasta la cámara sujeta a los pliegues de las cortinas.

—¿Qué haces? Vuelve a la cama, Henri. No seas cruel.

Él encendió la lámpara de pie y le sonrió a la lente. Luego regresó a la cama con baldaquino.

—Creo que no capté la parte en que invocabas a Dios —dijo—. Una pena.

—¿Qué haces con ese vídeo? No pensarás enviarlo... Henri, estás loco si crees que pagarán por esto.

—¿Ah, no?

—Te aseguro que no.

—De todos modos, es para mi colección privada. Deberías confiar más en mí.

—Desátame, Henri. Tengo los brazos cansados. Quiero un juego nuevo. Lo exijo.

—Sólo piensas en tu placer.

—Haz lo que quieras —bufó ella—. Pero pagarás un precio por esto.

—Siempre hay un precio —rio Henri.

Cogió el mando a distancia de la mesilla y encendió el televisor. Quitó la pantalla de bienvenida del hotel, encontró la guía de canales y sintonizó la CNN.

Pasaron noticias deportivas e información sobre los mercados, y luego aparecieron las caras de las chicas nuevas, Wendy y Sara.

—Me encantaba Sara —le dijo a Gina, que trataba de aflojar los nudos que le sujetaban las muñecas al cabezal—. Nunca rogó por su vida. Nunca hizo preguntas tontas.

—Si tuviera las manos libres, podría hacerte algunas cosas agradables.

—Lo pensaré.

Henri apagó el remoto, giró y se montó sobre el fabuloso trasero de Gina, le apoyó las manos en los hombros y trazó círculos bajo la nuca con los pulgares. Estaba teniendo otra erección. Muy dura, dolorosa.

—Esto empieza a aburrirme —dijo Gina—. Quizás este reencuentro fue una mala idea.

Henri le cerró los dedos suavemente sobre la garganta, siempre jugando. Sintió que ella se tensaba y una pátina de sudor le perlaba la piel.

Bien. Le gustaba que ella tuviera miedo.

—¿Todavía te aburres? —Apretó hasta que Gina tosió y tiró de las amarras, jadeando el nombre de Henri mientras procuraba respirar.

La soltó y, mientras ella respiraba trabajosamente, le desató las muñecas. Ella sacudió las manos y rodó sobre sí misma.

—Sabía que no podías hacerlo —dijo, aún resollando.

—No. No podría hacer eso.

Gina se levantó de la cama y fue al baño. Henri la siguió con la mirada, se levantó, volvió a meter la mano en la bolsa y la siguió.

—¿Qué quieres ahora? —preguntó ella, mirándolo por el espejo.

—El tiempo se ha acabado.

Henri le apuntó la pistola a la nuca y disparó. Miró los ojos que se agrandaban en el espejo salpicado de sangre, siguió el cuerpo que se desplomaba en el suelo. Le descerrajó dos balazos más. Luego le tomó el pulso, limpió el arma y el silenciador y la puso al lado de ella.

Después de ducharse, Henri se vistió. Luego descargó el vídeo a su ordenador, limpió las habitaciones, recogió sus cosas y verificó que todo estuviera como debía estar.

Miró un instante los tres relojes de diamantes que había en la mesilla y se acordó del día en que la había conocido.

«Tengo unas horas para ti.»

El valor de esos relojes sumaba cien mil euros. Pero el riesgo no valía la pena. Los dejó sobre la mesilla. Una buena propina para la camarera.

Gina había utilizado su tarjeta de crédito, así que Henri salió de la habitación y cerró la puerta. Abandonó del hotel tranquilamente, subió a su coche alquilado y se dirigió al aeropuerto.

99

El domingo por la tarde estaba de vuelta en mi búnker, de vuelta en mi libro. En el armario tenía comida basura para un mes y estaba decidido a terminar el bosquejo de capítulos ampliado para Zagami, que lo esperaba en su e-mail por la mañana.

A las siete encendí la televisión. Acababa de empezar *60 Minutos* y los homicidios de Barbados eran el principal titular.

«Los expertos forenses —comentaba Morley Safer— dicen que las muertes de Wendy Emerson y Sara Russo, combinadas con los cinco homicidios de Maui, forman parte de una serie de asesinatos sádicos y brutales cuyo fin no se adivina. En este momento, policías de todo el mundo vuelven a examinar casos de homicidio sin resolver, buscando cualquier pista que pueda conducir a un asesino en serie que no haya dejado testigos conocidos, víctimas vivas, ni una huella de sí mismo. Bob Simon, corresponsal de la CBS, habló con algunos de esos policías.»

Aparecieron vídeos en la pantalla.

Miré a policías retirados entrevistados en su hogar y me asombró su expresión lúgubre y voz trémula. Uno tenía lágrimas en los ojos mientras enseñaba fotos de una niña de doce años cuyo asesino nunca había sido descubierto.

Apagué el televisor y grité tapándome la boca.

Henri estaba vivo en mi mente, en el pasado, el presente y

el futuro. Yo conocía sus métodos y sus víctimas y ahora adaptaba mi estilo a la cadencia de su voz. A veces, y esto me asustaba de veras, pensaba que era él.

Abrí una cerveza y la empiné frente a la nevera abierta. Luego regresé al ordenador. Revisé mi correo, algo que no hacía desde el fin de semana con Amanda. Abrí una docena de mensajes antes de llegar al marcado como «¿Todos satisfechos?». Tenía un archivo adjunto.

Mis dedos se paralizaron sobre el teclado. No reconocía la dirección del remitente, pero parpadeé ante el encabezado antes de abrir el mensaje: «Ben, sigo trabajando con frenesí. ¿Y tú?» La firma era H. B.

Toqué la cinta adhesiva pegada a mi costado izquierdo y palpé el adminículo que enviaba mi posición al ordenador de Henri.

Luego descargué el archivo adjunto.

100

El vídeo se iniciaba con un estallido de luz y un primer plano de la cara digitalmente distorsionada de Henri. Se volvía y caminaba hacia una cama con baldaquino de lo que parecía la habitación de un hotel exclusivo. Reparé en el exquisito mobiliario, la tradicional flor de lis que se repetía en los cortinajes, la alfombra y la tapicería.

Miré la cama, donde vi a una mujer desnuda tendida de bruces, estirando las manos, tirando de los cordeles que le sujetaban las muñecas al cabezal.

«Oh, no —pensé—. Aquí vamos de nuevo.»

Henri se metió en la cama con ella y ambos hablaron con tono displicente. No pude distinguir lo que decían hasta que ella alzó la voz para pedirle que la desatara.

Algo era diferente esta vez.

Me llamó la atención que ella no manifestara temor. ¿Era muy buena actriz? ¿O aún no sospechaba cuál era la culminación del número?

Detuve el vídeo con el botón de pausa.

Evoqué con nítido detalle el vídeo de noventa segundos que mostraba la ejecución de Kim McDaniels. Nunca olvidaría la expresión de Kim después de la muerte, como si aún sufriera el dolor aunque su cabeza ya estuviese separada del cuerpo.

No quería añadir otra producción de Henri Benoit a mi lista mental.

No quería ver eso.

Abajo era una típica noche de domingo en la calle Traction. Un guitarrista callejero tocaba *Oh*, *Domino* y los turistas aplaudían, los neumáticos de los coches suspiraban al pasar frente a mi ventana. Semanas atrás, en una noche así, habría bajado para beber un par de cervezas en Moe's.

Ojalá pudiera hacerlo ahora. Pero no podía alejarme.

Pulsé PLAY y miré las imágenes que se movían en la pantalla: Henri diciéndole a la mujer que ella sólo pensaba en su propio placer. «Siempre hay un precio.» Cogía el mando a distancia y encendía el televisor.

Después de la pantalla de bienvenida, un locutor de la BBC World dio un informe deportivo, en general fútbol. Siguió otro locutor con un resumen de varios mercados financieros internacionales, luego la noticia sobre las dos chicas asesinadas en Barbados.

En la pantalla, Henri apagó la televisión. Se montó a horcajadas sobre el cuerpo desnudo de la mujer, le apoyó las manos en el cuello. Su mirada era intensa y tuve la certeza de que la estrangularía, pero cambió de parecer.

Le desató las muñecas y yo exhalé, me enjugué los ojos con las palmas. La dejaba en libertad. ¿Por qué?

«Sabía que no podías hacerlo», le dijo la mujer a Henri. Hablaba en inglés, pero con acento italiano.

¿Era Gina?

Se levantó de la cama, se acercó a la cámara y guiñó el ojo. Era una bonita morena que frisaba los cuarenta. Se dirigió a una habitación contigua, quizás el baño.

Henri se levantó también y sacó una pistola de la bolsa. Parecía una Ruger de 9 mm con un silenciador acoplado al cañón. Siguió a la mujer y salió del cuadro visual.

Oí una conversación lejana, luego el zumbido del arma disparando con el silenciador. Una sombra pasó por el umbral. Hubo un golpe blando, otros dos disparos ahogados, ruido de agua.

Salvo por la cama vacía, fue todo lo que vi y oí hasta que la pantalla se fundió en negro.

Me temblaban las manos cuando volví a pasar el vídeo. Esta vez buscaba un detalle que me indicara dónde estaba Henri cuando había matado a esa mujer. En el tercer visionado, reparé en algo que me había pasado por alto. Detuve la acción cuando Henri encendía el televisor. Amplié la imagen y leí la pantalla de bienvenida con el nombre del hotel en la parte superior del menú.

Estaba filmada en ángulo y era difícil distinguir las letras, pero las anoté y luego busqué en Internet para ver si ese lugar existía.

Existía.

El Château de Mirambeau estaba en Francia, en la región vitivinícola cercana a Burdeos. Lo habían edificado sobre los cimientos de un fuerte medieval construido en el siglo XI, y en el siglo XIX lo habían reconstruido y transformado en hotel exclusivo. Las fotos del sitio web mostraban campos de girasoles, viñedos y el Château, un intrincado y feérico edificio de piedra abovedada, coronado con torres que rodeaban el patio y los jardines.

Hice otra búsqueda, encontré los resultados del fútbol y los cierres de mercado que había visto en la televisión de la habitación de Henri. Comprendí que el vídeo se había filmado el viernes, la misma noche en que Amanda había traído pollos de Cornualles y yo me había enterado de la muerte de Sara y Wendy.

Me apoyé la mano sobre la venda de la cadera y sentí el latido de mi corazón. Ahora todo estaba claro.

Dos días atrás Henri estaba en Francia, a cien kilómetros de París. La semana entrante comenzaba septiembre. Henri me había dicho que a veces iba a París en septiembre.

Yo creía saber dónde se alojaba.

101

Cerré la tapa del ordenador, como si así pudiera apagar las imágenes que Henri había activado en mi imaginación.

Luego llamé a Amanda. Hablé deprisa mientras arrojaba ropa a una maleta.

—Henri me envió un vídeo —le dije—. Parece que mató a Gina Prazzi. Quizás esté haciendo limpieza. Liberándose de la gente que lo conoce y sabe lo que ha hecho. Así que debemos preguntarnos qué hará con nosotros cuando el libro esté terminado.

Le describí mi plan y ella puso objeciones, pero yo tuve la última palabra.

—No puedo quedarme aquí sentado. Tengo que hacer algo.

Llamé un taxi, y cuando estuvimos en marcha, me arranqué la cinta adhesiva de las costillas y pegué el aparato de rastreo bajo el asiento trasero.

102

Cogí un vuelo directo a París, clase turista, ventanilla. En cuanto recliné el asiento, mis ojos se cerraron. Me perdí la película, las comidas precocinadas y el champán barato, pero obtuve nueve horas de sueño. Desperté sólo cuando el avión iniciaba el descenso.

Mi equipaje bajó por la cinta transportadora como si me hubiera echado de menos, y a los veinte minutos del aterrizaje estaba sentado en el asiento trasero de un taxi.

Le hablé al chófer en mi francés rudimentario, le dije que me llevara al hotel Singe Vert, el «mono verde». Me había alojado allí antes y sabía que era un establecimiento limpio de dos estrellas y media, conocido por los periodistas que trabajaban en la Ciudad de la Luz.

Atravesé la puerta del vestíbulo, dejé atrás la entrada del bar Jacques' Americaine a la derecha, entré en el vestíbulo oscuro con sus gastados divanes verdes, pilas de periódicos en todos los idiomas y una gran acuarela desvaída de monos verdes africanos detrás de la recepción.

«Georges», ponía en la identificación del encargado. Era un sujeto fofo y cincuentón, y estaba irritado porque había tenido que interrumpir una conversación telefónica para atenderme. Una vez que Georges pasó mi tarjeta de crédito y guardó mi pasaporte en la caja de seguridad, subí la escalera y encontré mi habitación en el tercer piso, al final de una alfombra raída en el fondo del hotel.

El empapelado tenía rosas y la habitación estaba abarrotada de muebles centenarios. Pero la ropa de cama estaba fresca y había televisión y conexión a Internet. Suficiente para mí.

Apoyé la maleta en el cubrecama y encontré una guía telefónica. Hacía una hora que estaba en París, y me era crucial conseguir un arma.

103

Los franceses se toman las armas de fuego en serio. Los permisos están limitados a la policía, las fuerzas armadas y unos pocos profesionales de seguridad que tienen que portar las pistolas en fundas a la vista.

Aun así, en París, como en cualquier gran ciudad, se puede conseguir un arma si uno la quiere de veras. Me pasé el día merodeando por el Goutte d'Or, el antro de venta de drogas cerca de la basílica del Sacré-Coeur.

Pagué doscientos euros por un viejo calibre 38 corto, un revólver para damas con un cañón de dos pulgadas y seis balas en el tambor.

Cuando regresé al hotel, Georges descolgó mi llave del tablero y señaló con la barbilla un bulto echado en un sofá.

—Tiene visita.

Tardé lo mío en asimilar lo que veía. Me acerqué, le sacudí el hombro y la llamé por su nombre.

Amanda abrió los ojos y se desperezó mientras yo me sentaba junto a ella. Me rodeó el cuello con los brazos y me besó, pero yo no pude responder. Se suponía que ella estaba a salvo en Los Ángeles.

—Vaya, al menos finge que te alegras de verme. París es para los amantes —dijo ella, sonriendo con cautela.

—Amanda, ¿qué mosca te ha picado?

—Ha sido un poco precipitado, lo sé. Mira, tengo que contarte algo que podría afectarlo todo.

—Al grano, Amanda. ¿De qué estás hablando?

—Quería decírtelo personalmente...

—¿Y has cruzado el Atlántico para eso? ¿Se trata de Henri?

—No...

—Entonces lo lamento, Amanda, pero tienes que regresar. No, no sacudas la cabeza. Tu presencia es una desventaja. ¿Entiendes?

—Bien, gracias. —Hizo un puchero, algo inhabitual en ella, pero yo sabía que, cuanto más me opusiera, más terca se pondría. Ya podía oler la alfombra ardiendo mientras ella le clavaba los tacones.

—¿Has comido? —me preguntó.

—No tengo hambre —dije.

—Yo sí. Soy experta en gastronomía francesa. Y estamos en París.

—No estamos de vacaciones.

Media hora después, estábamos sentados en la terraza de un café en la Rue des Pyramides. La noche diluía la luz del poniente, el aire estaba tibio y teníamos una vista de una estatua ecuestre de santa Juana, en la intersección de nuestra calle lateral con la Rue du Rivoli.

El ánimo de Amanda había cambiado. Parecía casi exaltada. Pidió la comida en francés, enumeró un plato tras otro, describiendo la preparación y la ensalada, el paté y el *plat de mer*.

Yo me conformé con galletas con queso y bebí café cargado, concentrando la mente en lo que tenía que hacer, sintiendo que el tiempo pasaba deprisa.

—Sólo prueba esto —dijo ella dándome una cucharada de *crème brûlée*.

—Amanda —repuse con exasperación—, no tendrías que estar aquí. No sé qué otra cosa decirte.

—Sólo di que me amas, Ben. Voy a ser la madre de tu hijo.

104

La miré boquiabierto: treinta y un años y apariencia de veinticinco, con un cárdigan celeste con cuello y puños alechugados y una perfecta sonrisa de Mona Lisa. Estaba asombrosamente bella, como nunca.

—Por favor, dime que eres feliz —dijo.

Le quité la cuchara de la mano y la dejé en su plato. Me levanté de la silla, le apoyé una mano en cada mejilla y la besé. Luego la besé de nuevo.

—Eres la chica más loca que he conocido, *très étonnante*.

—Tú también eres asombroso —dijo ella, radiante.

—Cuánto te amo.

—*Moi aussi. Je t'aime* muchísimo. Pero ¿estás feliz o no?

Me volví hacia la camarera.

—Esta encantadora dama y yo vamos a tener un hijo —le dije.

—¿Es el primero?

—Sí. Y amo tanto a esta mujer, y estoy tan feliz por el bebé, que podría volar en círculos alrededor de la luna.

La camarera sonrió afablemente, nos besó a ambos en las mejillas e hizo un anuncio general que no entendí del todo. Pero ella aleteó con los brazos y la gente de la mesa contigua se echó a reír y aplaudió, y luego otros se sumaron con enhorabuenas y hurras.

Les sonreí a aquellos desconocidos, me incliné ante la beatífica Amanda, y sentí el torrente de una alegría inesperada y plena. Un mes atrás le agradecía a Dios no tener hijos. Ahora, resplandecía más que la pirámide de cristal de I. M. Pei, frente al Louvre.

No podía creerlo.

Amanda iba a tener nuestro hijo.

105

Así como mi expansivo amor por Amanda disparaba mi corazón a la luna, mi felicidad pronto fue eclipsada por un temor aún más grande por su seguridad.

Mientras regresábamos al hotel, le expliqué por qué tenía que irse de París por la mañana.

—Nunca estaremos a salvo mientras Henri tenga las riendas de la situación. Debo ser más listo que él, y eso no es fácil, Amanda. Nuestra única esperanza es que me anticipe a él. Por favor, confía en mí. —Añadí que Henri había dicho que a menudo se quedaba con Gina en París, y que me había contado que paseaban por la Place Vendôme—. Es como buscar una aguja en cien pajares, pero el instinto me dice que está aquí.

—Y si está aquí, ¿qué piensas hacer, Ben? ¿De veras vas a matarlo?

—¿Tienes una idea mejor?

—Tengo cien ideas mejores.

Subimos a la habitación y le pedí que se apartara mientras empuñaba el pequeño Smith & Wesson y abría la puerta. Revisé los armarios y el baño, corrí las cortinas para mirar el callejón, viendo monstruos que brincaban de todas partes.

Cuando confirmé que no había peligro, dije:

—Regresaré en una hora. Dos horas, a lo sumo. No te muevas de aquí. Mira la televisión. Júrame que no te irás de la habitación.

—Por favor, Ben, llama a la policía.

—Cariño, insisto: no pueden protegerme. Nadie puede protegernos de Henri. Promételo.

A regañadientes, Amanda alzó la mano y extendió tres dedos en el saludo de las niñas exploradoras. Echó el cerrojo cuando yo salí.

Había hecho mis deberes. Había un puñado de hoteles de primera clase en París. Era posible que Henri se alojara en el Georges V o el Plaza Athenée. Pero aposté por mi corazonada.

Fue una tranquila caminata de veinte minutos hasta el hotel Ritz de la Place Vendôme.

106

Henri hizo crujir los nudillos en el asiento trasero del taxi Mercedes que lo llevaba desde Orly hasta la Rue du Rivoli, y de allí a la Place Vendôme. Estaba hambriento e irritado y el ridículo tráfico se arrastraba por el Pont Royal en la Rue des Pyramides.

Mientras el taxi se detenía ante un semáforo en rojo, Henri sacudió la cabeza, pensando una vez más en el error que había cometido, un fallo de aficionado, no saber que Jan van der Heuvel no estaría en la ciudad cuando visitó Ámsterdam ese día. En vez de largarse de inmediato, había tomado una decisión impulsiva, algo muy raro en él.

Sabía que el holandés tenía una secretaria. La había conocido y sabía que ella cerraría la oficina de su jefe al final de la jornada.

Así que había observado, esperando que Mieke Helsloot, con su cuerpecito apetecible, su falda corta y sus botas echara la llave a la puerta de la oficina a las cinco. Luego la había seguido en el intenso silencio del barrio de los canales. Sólo el tañido de las campanas de una iglesia y el graznido de las aves marinas rompían el silencio.

La siguió sigilosamente, a pocos metros, cruzó el canal detrás de ella, enfiló una tortuosa calle lateral, y entonces la llamó por su nombre. Ella se dio la vuelta. Él se disculpó de inmediato, la alcanzó, dijo que la había visto salir de la oficina y había tratado de alcanzarla en el último par de calles.

—Trabajo con el señor Van der Heuvel en un proyecto confidencial —le había dicho—. Me recuerdas, ¿verdad, Mieke? Soy *monsieur* Benoit. Una vez nos presentaron en la oficina.

—Sí —dijo ella dubitativamente—. Pero no sé en qué puedo ayudarle. El señor Van der Heuvel regresará mañana...

Henri le dijo que había perdido el número del móvil de Van der Heuvel, y que sería una ayuda si pudiera explicarle que había anotado mal la fecha de su reunión. Y continuó con su historia hasta que Mieke Helsloot se detuvo ante la puerta de su apartamento.

Ella sostuvo la llave en la mano con impaciencia, pero en su cortesía y su voluntad de ayudar a su jefe, lo dejó entrar para que llamara a Van der Heuvel.

Henri se lo agradeció, ocupó la única silla tapizada del apartamento de dos habitaciones, situada bajo una escalera, y esperó el momento apropiado para matarla.

Mientras la chica limpiaba dos vasos, Henri echó un vistazo a los anaqueles abarrotados de libros, las revistas de moda, el espejo sobre el hogar casi totalmente cubierto de fotos enmarcadas de su apuesto novio.

Luego, cuando comprendió lo que él iba a hacerle, ella gimió y suplicó, pidió por favor, dijo que no había hecho ningún mal a nadie, que nunca contaría ese episodio a nadie pero que por favor no le hiciera daño.

—Lo lamento. No es por ti, Mieke —repuso él—. Es por tu jefe. Es un hombre muy pérfido.

—Entonces, ¿por qué me hace esto a mí?

—Bien, es el día de suerte de Jan, ¿entiendes? No estaba en la ciudad.

Henri le ató los brazos a la espalda con un cordón de las botas, y empezó a desabrocharse el cinturón.

—Eso no, por favor —le rogó ella—. Estoy a punto de casarme.

No la había violado. No estaba de ánimo después de despachar a Gina. Así que le había dicho que pensara en algo bonito. Era importante tener buenos pensamientos en los últimos momentos de la vida.

Le rodeó la garganta con el cordón de la otra bota y apretó, apoyándole la rodilla en la espalda hasta que ella dejó de respirar. El cordón encerado era resistente como alambre. Abrió un tajo en el delgado cuello y ella sangró mientras expiraba. Luego acostó el cuerpo de la bonita muchacha bajo las mantas y le palmeó la mejilla.

Ahora pensaba que se había enfadado tanto consigo mismo por no encontrar a Jan que ni siquiera se le había ocurrido filmar esa muerte.

Pero Jan entendería el mensaje.

Era grato pensar en eso.

107

En medio del interminable atasco, Henri pensó en Gina Prazzi, recordando cómo sus ojos se habían agrandado cuando él le disparó, preguntándose si ella había entendido lo que él hacía. Era algo muy significativo. Gina había sido la primera persona que mataba por satisfacción personal desde que había estrangulado a aquella chica en el remolque veinticinco años atrás.

Y ahora había matado a Mieke por la misma razón, no por dinero.

Algo estaba cambiando en su interior.

Era como una luz que se filtrara bajo la puerta, y él no podía abrirla de par en par para ver el brillo cegador, ni tapiar el resquicio y escapar.

Ahora se multiplicaban los claxones y notó que el taxi había llegado a la intersección de Pyramides y Rivoli, y se había detenido de nuevo. El conductor apagó el aire acondicionado y abrió las ventanillas para ahorrar gasolina.

Irritado, Henri se inclinó hacia delante y golpeó la mampara.

El conductor interrumpió su charla telefónica por el móvil para explicarle que la calle estaba abarrotada a causa de la comitiva del presidente francés, que acababa de salir del Elysée para dirigirse a la Asamblea Nacional.

—Yo no puedo hacer nada, *monsieur*. Relájese.

—¿Cuánto tardaremos?

—Quizás otros quince minutos. ¿Cómo saberlo?

Henri se enfureció aún más consigo mismo. Había sido estúpido ir a París como una suerte de epílogo irónico a la muerte de Gina. No sólo estúpido sino autocomplaciente, o quizás autodestructivo. ¿Era eso? «¿Resulta que ahora quiero que me pillen?»

Observó la calle por la ventanilla abierta, ansiando que la absurda caravana de políticos pasara de una vez, cuando oyó risas en una *brasserie* de la esquina.

Miró hacia allí.

Un hombre con chaqueta azul, jersey rosado y pantalones caqui, un americano, por supuesto, le hacía una cómica reverencia a una joven con suéter azul. La gente que los rodeaba se puso a aplaudir y Henri miró con mayor atención. El hombre le resultaba conocido. Su mente se paró en seco.

No dio crédito. Quiso preguntarle al conductor si él veía lo mismo. ¿Eran Ben Hawkins y Amanda Diaz? «Porque me parece que me he vuelto loco.»

Entonces Hawkins movió la silla de metal, la hizo girar, sentándose de frente a la calle, y Henri no tuvo más dudas. Era Ben. La última vez que había mirado el rastreador, Hawkins y la chica estaban en Los Ángeles.

Repasó el fin de semana hasta la noche del sábado, después de la muerte de Gina. Había enviado el vídeo a Ben, pero no había comprobado el rastreador GPS. No lo había hecho en un par de días.

¿Ben lo había descubierto y había tirado el chip?

Por un instante tuvo una sensación totalmente nueva para él: sintió miedo. Miedo de volverse chapucero, de distender su rígida disciplina, de perder la compostura. No podía permitir que ocurriera.

Nunca más.

Henri ladró que no podía esperar más. Pasó unos billetes al conductor, cogió la maleta y el maletín y se apeó.

Caminó entre los coches hacia la acera. Moviéndose deprisa, se agazapó en un recoveco entre dos tiendas, a sólo diez metros de la *brasserie*.

Observó con el corazón palpitante mientras Ben y Amanda se marchaban del restaurante caminando del brazo por Rivoli. Dejó que se adelantaran y los siguió, manteniéndolos a la vista hasta que llegaron al Singe Vert, un hotelucho de la Place André Malraux.

Una vez que ambos entraron, Henri fue al bar del hotel, el Jacques' Americaine, contiguo al vestíbulo. Pidió un whisky al camarero, que trataba de flirtear con una morena de cara equina.

Bebió la copa y vigiló el vestíbulo por el espejo del bar. Cuando vio que Ben bajaba, giró en el taburete y observó que le entregaba la llave al encargado.

Henri memorizó el número bajo el gancho de la llave.

108

Ya eran las ocho y media cuando llegué a la Place Vendôme, un cuadrado enorme con calzadas por los cuatro lados y un monumento de bronce de veinte metros en el centro, en memoria de Napoleón Bonaparte. Al oeste de la Place está la Rue St. Honoré, paraíso de compras de los ricos, y frente a la plaza se yergue la apabullante arquitectura gótica francesa del hotel Ritz; piedra color miel, luces, toldos *demie-lune* sobre las puertas y ventanas.

Caminé por la alfombra roja y atravesé la puerta giratoria para entrar en el vestíbulo y miré los suntuosos sofás, los candelabros que arrojaban una luz tenue sobre las pinturas al óleo y la cara feliz de los huéspedes.

Encontré los teléfonos internos y pedí a la operadora que me pusiera con Henri Benoit. Mis palpitaciones marcaron los segundos, hasta que la mujer respondió que esperaban a Monsieur Benoit, pero que aún no se había registrado. ¿Quería dejarle un recado?

—Volveré a llamar —dije—. *Merci.*

No me había equivocado.

Henri estaba en París, o vendría pronto. Y se alojaba en el Ritz.

Al colgar el auricular, sentí un borbotón de emociones pensando en todas las personas inocentes que Henri había matado. Pensé en Levon y Barbara, y en los días y noches sofocantes que había pasado encadenado en una caravana, sentado frente a un lunático homicida.

Y luego pensé en Henri amenazando con matar a Amanda.

Me senté en un rincón desde donde vigilar la puerta, oculto detrás de un *International Herald Tribune*, pensando que era lo mismo que vigilar desde un coche patrulla, aunque sin el café ni la cháchara de un compañero. Podía quedarme allí para siempre, porque al fin me había adelantado a Henri, ese maldito psicópata. Él no sabía que yo estaba allí, pero yo sabía que él vendría.

En las dos eternas horas siguientes, me imaginé viendo a Henri entrar en el hotel con su maleta, registrarse en la recepción. Yo lo identificaría a pesar del disfraz, lo seguiría al ascensor y le daría la misma sorpresa escalofriante que una vez él me había dado.

Aún no sabía qué haría después.

Tal vez amarrarlo, llamar a la policía y hacerlo detener bajo la sospecha de haber matado a Gina Prazzi. Pero eso era demasiado arriesgado. Pensé en meterle un balazo en la cabeza y entregarme en la embajada de Estados Unidos, para lidiar con la situación después.

Analicé la primera opción: los policías me preguntarían quién era Gina Prazzi y cómo sabía que estaba muerta. Me imaginé mostrándoles la película de Henri, en que el cadáver de Gina no se veía. Si Henri se había deshecho del cuerpo ni siquiera lo arrestarían. Y yo quedaría bajo sospecha. Más aún, sería el principal sospechoso.

Luego la segunda opción: me imaginé apuntándole con el 38, obligándolo a volverse, diciendo: «¡Las manos contra la pared, no te muevas!» Esa idea me gustaba.

Eso pensaba cuando entre las muchas personas que cruzaban el vestíbulo vi pasar a dos bellas mujeres y un hombre que se dirigían a la recepción. Las mujeres eran jóvenes y elegantes, anglófonas, hablaban y reían, prodigándole atenciones al hombre que iba entre ambas.

Entrelazaban los brazos como compañeros de estudios, y se separaron cuando llegaron a la puerta giratoria. El hombre se rezagó caballerosamente para cederles la delantera a las dos atractivas mujeres.

La euforia que sentí estaba a kilómetros de mi pensamiento consciente. Pero registré los rasgos blandos del hombre, su contextura, su modo de vestir. Ahora era rubio, usaba gafas grandes de montura negra, andaba un poco encorvado.

Así era como se disfrazaba Henri. Me había dicho que sus disfraces funcionaban porque eran sencillos. Adoptaba cierto modo de andar o hablar, y luego añadía algunos detalles visuales desorientadores pero recordables. Se transformaba en su nueva identidad. Y yo sabía esto al margen de la nueva identidad que él hubiera adoptado.

El hombre que iba con aquellas dos mujeres era Henri Benoit.

109

Dejé el periódico y los seguí con la mirada mientras salían a la calle por la puerta giratoria, uno a uno.

Me dirigí hacia la puerta principal para ver adónde se encaminaba Henri. Pero antes de llegar a la puerta giratoria, un rebaño de turistas se agolpó frente a mí, tambaleándose, riendo, apiñándose dentro de la puerta mientras yo aguardaba, queriendo gritarles: «¡Imbéciles, no estorbéis!»

Cuando logré salir, Henri y las dos mujeres ya estaban lejos, caminando por la galería que bordea el lado oeste de la calle. Cogieron por la Rue de Castiglione, hacia la de Rivoli. Atiné a ver que giraban a la izquierda cuando llegué a la esquina. Luego vi que las dos mujeres miraban el escaparate de una zapatería exclusiva y vislumbré el cabello rubio de Henri más allá. Procuré no perderlo de vista, pero él desapareció en la estación de metro Tuilleries, al final de la calle.

Corrí en medio del tráfico, bajé al andén por la escalera, pero es una de las estaciones más concurridas y no logré localizar a Henri. Traté de mirar a todas partes al mismo tiempo, escudriñando los grupos de viajeros que circulaban por la estación.

Allá estaba, en el extremo del andén. De pronto se volvió hacia mí y me quedé helado. Por un minuto eterno, me sentí totalmente vulnerable, como si me hubieran iluminado con un foco en un escenario negro.

Forzosamente tenía que verme.

Estaba en su línea de visión.

Pero no reaccionó y yo seguí mirándolo mientras mis pies parecían pegados al suelo.

Entonces su imagen pareció oscilar y aclararse. Mientras lo miraba directamente, percibí la forma de la nariz, la altura de la frente, la barbilla con papada.

¿Me había vuelto loco?

Antes estaba seguro, pero ahora estaba igualmente seguro de que me había equivocado en todo, de que era un necio, un inepto, un fracaso como detective. El hombre al que había seguido desde el Ritz no era Henri, ni por asomo.

110

Salí del metro, recordando que le había dicho a Amanda que estaría de vuelta en una hora pero ya habían transcurrido tres.

Regresé al Singe Vert con las manos vacías, sin bombones, sin flores, sin joyas. Mi expedición al Ritz no había arrojado ningún resultado, salvo un dato que podía resultar crítico.

Henri había reservado una habitación en el Ritz.

El vestíbulo de nuestro pequeño hotel estaba desierto, aunque una nube de humo de tabaco y de conversación estentórea flotaba desde el bar hacia la desconchada sala principal.

La recepción estaba cerrada.

Fui detrás del escritorio, pero mi llave no estaba en el gancho. ¿Acaso no la había devuelto? No lo recordaba. ¿Amanda la habría usado para salir a pesar de mi insistencia en que se quedara en la habitación? Subí la escalera enfadado conmigo mismo y con Amanda, y ansiando dormir.

Golpeé la puerta con los nudillos y llamé a Amanda. No respondió. Accioné el picaporte dispuesto a decirle que ya no tenía derecho a comportarse como una niña irresponsable, que ahora tenía que cuidar de dos.

Abrí la puerta y al instante noté que algo andaba mal. Amanda no estaba en la cama. ¿Estaría en el baño? ¿Se encontraría bien?

Entré llamándola, y la puerta se cerró a mis espaldas. Giré y traté de entender lo imposible: un hombre negro aferraba a Amanda, cruzándole el brazo izquierdo sobre el pecho. Con la mano derecha empuñaba un arma que le encañonaba la cabeza. Usaba guantes de látex. Azules. Yo había visto unos guantes como ésos.

Amanda estaba amordazada. Tenía los ojos desencajados, y sofocaba un grito.

El hombre negro me sonrió, la apretó con más fuerza y apuntó el arma hacia mí.

—Amanda —dijo—, mira quién ha llegado. Hemos esperado mucho tiempo, ¿verdad, cariño? Pero ha sido divertido, ¿no?

Todas las piezas del rompecabezas encajaron: los guantes azules, el tono conocido, la cara detrás de los ojos oscuros, el maquillaje. Esta vez no me equivocaba. Había oído esa voz durante horas, directamente en mi oído. Era Henri. Pero ¿cómo nos había encontrado?

Mi mente se disparó en cien direcciones al mismo tiempo.

Yo había ido a París por miedo. Pero ahora que Henri me visitaba, ya no sentía más temor. Sentía furia, y mis venas bombeaban adrenalina pura, la clase de adrenalina que permite que un bebé levante un coche, el torrente que puede impulsarte a correr hacia un edificio en llamas.

Saqué el revólver y lo amartillé.

—Suéltala —ordené.

Supongo que él no creía que le dispararía. Henri sonrió socarronamente.

—Deja el arma, Ben. Sólo quiero hablar.

Caminé hacia aquel maníaco y le apoyé el cañón en la frente. Él sonrió y un diente de oro centelleó, parte de su último disfraz. Disparé en el mismo instante en que me dio un rodillazo en el muslo. Caí contra un escritorio, cuyas patas de madera se astillaron mientras me desplomaba.

Temí haber herido a Amanda, pero vi que el brazo de Henri sangraba y oí el ruido de su arma deslizándose por el parquet del suelo. Le dio un empellón a Amanda, que cayó sobre mí. La aparté, y mientras trataba de incorporarme, Henri me apoyó el pie en la muñeca, mirándome con desdén.

—¿Por qué no te limitaste a hacer tu trabajo, Ben? Si hubieras cumplido, no tendríamos este pequeño contratiempo, pero ahora no puedo fiarme de ti. Lástima que no he traído la cámara.

Se agachó, me retorció los dedos hacia atrás y me arrebató el revólver. Luego me apuntó, y después a Amanda.

—Bien, ¿quién quiere morir primero? ¿*Vous* o *vous*?

111

Todo se puso blanco ante mis ojos. Era el final, sin duda. Amanda y yo íbamos a morir. Sentí el aliento de Henri en la cara mientras me apretaba el cañón del 38 en el ojo derecho. Amanda trató de gritar a pesar de la mordaza.

—Cierra el pico —ladró Henri.

Ella obedeció.

Mis ojos lagrimearon. Quizá fuera el dolor, o la triste certeza de saber que no volvería a ver a Amanda. Que ella moriría también. Que nuestro hijo no nacería.

Henri disparó a la alfombra, junto a mi oído, ensordeciéndome. Luego tiró de mi cabeza y me gritó al oído.

—¡Escribe el maldito libro, Ben! Vete a casa y haz tu trabajo. Llamaré todas las noches a Los Ángeles y, si no atiendes el teléfono, te encontraré. Sabes que te encontraré, y os prometo a ambos que no tendréis una segunda oportunidad.

Apartó el revólver de mi cara. Cogió una bolsa y un maletín con el brazo sano y dio un portazo al salir. Oí sus pasos alejarse por la escalera.

Me volví hacia Amanda. La mordaza era una funda de almohada metida en su boca, anudada sobre la nuca. Tiré del nudo con dedos trémulos, y cuando ella quedó libre la abracé y la mecí suavemente.

—¿Estás bien, cariño? ¿Te ha hecho daño?

Ella lloraba y balbuceaba que estaba bien.

—¿Estás segura?

—Vete —dijo—. Sé que quieres seguirlo.

Me arrastré, tanteando los bordes ondulados de aquella abarrotada colección de muebles antiguos.

—Sabes que tengo que ir —dije—. De lo contrario seguirá vigilándonos.

Encontré la Ruger de Henri bajo la cómoda y la empuñé. Abrí el picaporte ensangrentado y le dije a Amanda que regresaría pronto.

Apoyándome en el balaustre, caminé hasta disipar el dolor del muslo mientras bajaba la escalera, tratando de darme prisa, sabiendo que tenía que matar a Henri.

112

El cielo estaba negro, pero las farolas de la calle y el vasto y siempre reservado Hôtel du Louvre acababan de transformar la noche en día. Los dos hoteles estaban a pocos cientos de metros de las Tullerías, el inmenso parque que se extiende frente al Louvre.

Esa semana había una especie de festejo; juegos, carreras, música *umpapa*, no faltaba nada. A las nueve y media, turistas mareados y personas con niños salieron a la acera, añadiendo su risa estentórea a los estampidos de los fuegos artificiales y los cláxones de los coches. Me recordó una escena de una película francesa que había visto en alguna parte.

Seguí un delgado hilillo de sangre hasta la calle, pero desapareció a pocos metros de la puerta. Henri había vuelto a esfumarse. ¿Se había ocultado en el Hôtel du Louvre? ¿Había tenido suerte y encontrado un taxi?

Estaba mirando la muchedumbre cuando oí sirenas en la Place André Malraux. Obviamente, alguien había denunciado disparos. Además, me habían visto correr con un arma en la mano.

Dejé la Ruger de Henri en un macetón frente al Hôtel du Louvre. Luego entré cojeando en el vestíbulo del Singe Vert, me senté en un sofá y esperé la llegada de los *agents de police*.

Tendría que explicarles quién era Henri y todo lo demás. Me pregunté qué diantres les diría.

113

Las sirenas eran cada vez más estridentes, los hombros y el cuello se me pusieron rígidos, pero el gemido ululante pasó de largo y continuó hacia las Tullerías. Cuando tuve la certeza de que había terminado, subí la escalera como un viejo. Llamé a la puerta de nuestra habitación.

—Amanda, soy yo. Estoy solo. Puedes abrir.

Abrió segundos después. Tenía la cara surcada de lágrimas, y la mordaza le había dejado magulladuras en las comisuras de la boca. La acuné entre mis brazos y ella se apoyó en mí, sollozando como una niña inconsolable.

La mecí largo rato. Luego la desvestí, me quité la ropa y la ayudé a acostarse. Apagué la luz del techo, dejando sólo una pequeña lámpara sobre la mesilla. Me deslicé bajo las mantas y abracé a Amanda. Ella apretó la cara contra mi pecho, se pegó a mi cuerpo con brazos y piernas.

—Háblame, cariño —le dije—. Cuéntame todo.

—Él ha llamado a la puerta. Ha dicho que traía flores. ¿Te imaginas un truco más simple? Pero le he creído, Ben.

—¿Ha dicho que yo las enviaba?

—Eso creo. Sí, eso dijo.

—No sé cómo ha averiguado que estábamos aquí. ¿Cómo ha obtenido esa pista? No lo entiendo.

—Cuando he abierto la puerta, le ha dado una patada y me ha agarrado.

—Ojalá lo hubiera matado, Amanda.

—Yo no sabía quién era. Un hombre negro. Me ha inmovilizado los brazos a la espalda. Me ha dicho... Oh, esto me da náuseas —dijo, sollozando.

—¿Qué ha dicho?

—«Te amo, Amanda.»

La escuchaba y oía ecos al mismo tiempo. Henri me había contado que amaba a Kim, que amaba a Julia. ¿Cuánto habría esperado Henri para demostrarle su amor a Amanda, violándola y estrangulándola con las manos enfundadas en aquellos guantes azules?

—Lo lamento —susurré—. Lo lamento mucho.

—Yo soy una idiota por haber venido aquí, Ben. Oh, Dios. ¿Cuánto tiempo ha estado aquí? ¿Tres horas? Soy yo quien lo lamenta. Hasta ahora no había entendido lo que habrás sufrido en esos tres días con él.

Rompió a llorar de nuevo y la calmé, le repetí que todo saldría bien.

—No lo sé, cariño —me dijo con voz tensa y ahogada—. ¿Por qué estás tan seguro?

Me levanté de la cama, abrí el ordenador portátil y reservé dos vuelos de regreso a Estados Unidos por la mañana.

114

Era medianoche y yo todavía me paseaba por la habitación. Tomé un par de Tylenol y volví a acostarme, pero no podía dormir. Ni siquiera lograba mantener los ojos cerrados más de unos segundos.

El televisor era pequeño y viejo, pero lo encendí y sintonicé la CNN.

Miré los titulares y me erguí cuando una voz anunció:

«La policía no tiene sospechosos en el homicidio de Gina Prazzi, heredera de la fortuna de los Prazzi, magnates navieros. La hallaron asesinada hace veinticuatro horas en una habitación del exclusivo hotel francés Château de Mirambeau.»

Cuando la cara de Gina apareció en la pantalla, tuve la sensación de que la conocía íntimamente. La había visto pasar ante la cámara en un hotel, cuando ella no sabía que su vida estaba a punto de terminar.

Contemplé las declaraciones del comisionado de policía a la prensa. Tradujeron y repitieron sus palabras para los que acababan de sintonizar. La señorita Prazzi se había registrado en el Château de Mirambeau. Los empleados creían que había dos personas en la habitación, pero nadie había visto al otro huésped. La policía no divulgaría más información sobre el asesinato por el momento.

Era suficiente para mí. Yo conocía toda la historia, pero antes no sabía que Gina Prazzi era un nombre real, no un alias.

¿Qué otras mentiras me había dicho Henri? ¿Por qué motivo? ¿Por qué había mentido? ¿Para contarme la verdad?

Miré la pantalla.

«En los Países Bajos, una joven fue hallada asesinada esta mañana en Ámsterdam —decía el presentador—. Esta tragedia llama la atención de los criminólogos internacionales porque ciertos elementos recuerdan al homicidio de las dos jóvenes de Barbados, y también la muerte de las famosas modelos americanas asesinadas hace dos meses en Hawai.»

Subí el volumen mientras las caras aparecían en la pantalla: Sara Russo, Wendy Emerson, Kim McDaniels y Julia Winkler. Y una cara nueva, una joven llamada Mieke Helsloot.

«La señorita Helsloot, de veinticinco años, era la secretaria del célebre arquitecto Jan van der Heuvel, de Ámsterdam, que se hallaba en una reunión en Copenhague en el momento del homicidio. El señor Van der Heuvel ha sido entrevistado en su hotel hace unos minutos.»

Cielo santo. Yo conocía ese nombre.

La pantalla mostró a Van der Heuvel saliendo de su hotel de Copenhague, maleta en mano, los periodistas agolpados al pie de una escalera redonda. Tenía unos cuarenta años, cabello cano y rasgos angulosos. Parecía sinceramente conmocionado y asustado.

«Acabo de enterarme de esta terrible tragedia —declaró ante los micrófonos—. Estoy conmovido y dolorido. Mieke Helsloot era una joven correcta y decente, e ignoro por qué alguien querría hacerle algo tan espantoso. Es un día muy luctuoso. Mieke estaba a punto de casarse.»

Henri me había dicho que Jan van der Heuvel era el alias de un miembro de la Alianza; él lo llamaba «el holandés». Van der Heuvel era el sujeto que había acompañado a Henri y a Gina durante su viaje por la Riviera francesa.

Y ahora, a menos de un día de la muerte de Gina Prazzi, la secretaria de Van der Heuvel aparecía asesinada.

Si no hubiera sido policía, habría considerado que estas dos muertes eran mera coincidencia. Las mujeres eran diferentes y los crímenes habían ocurrido a cientos de kilómetros de distancia uno de otro. Pero ahora veía dos piezas más del rompecabezas, parte de un dibujo.

Henri había amado a Gina Prazzi, y la había matado. Odiaba a Jan van der Heuvel. Quizás había querido matarlo también, así que pensándolo bien... Quizás Henri no sabía que ese día Van der Heuvel estaba en Dinamarca.

Quizás había matado a la secretaria como sucedáneo.

115

Cuando desperté, la luz entraba por un ventanuco. Amanda yacía de costado, mirando hacia el otro lado, su largo pelo oscuro derramado sobre la almohada. Y de pronto me enfurecí al recordar a Henri con su cara ennegrecida, apuntando el arma a la cabeza de Amanda, los ojos desencajados de ella.

En ese momento no me importaba por qué Henri había matado, qué se proponía hacer, por qué el libro era tan importante para él ni por qué parecía estar perdiendo el control. Sólo me importaba una cosa: proteger a Amanda y al bebé.

Cogí mi reloj, vi que eran casi las siete y media. Sacudí suavemente el hombro de Amanda, que abrió los ojos. Jadeó, pero al ver mi cara el semblante se le demudó.

—Por un momento he pensado...

—¿Que todo era un sueño?

—Sí.

Apoyé la cabeza en su vientre y ella me acarició el pelo.

—¿Es la manita del bebé? —pregunté.

—Bobo... Tengo hambre.

Fingí que hablaba para el bebé y me hice bocina con las manos.

—Hola, Rorro. Soy papá —dije, como si esa diminuta combinación de nuestros ADN pudiera oírme.

Amanda lanzó una carcajada y me alegré de robarle una risa,

pero yo lloré bajo la ducha cuando ella no me veía. Ojalá hubiera matado a Henri cuando lo tenía encañonado. Ojalá lo hubiera hecho. Entonces todo habría terminado.

Mantuve a Amanda cerca de mí mientras pagaba la cuenta en la recepción, y luego llamé un taxi para que nos llevara al aeropuerto Charles de Gaulle.

—¿Cómo vamos a irnos a Los Ángeles justo ahora? —preguntó Amanda.

—No lo haremos.

Ella ladeó la cabeza y me miró sorprendida.

—¿Y qué estamos haciendo?

Le dije lo que había decidido, le di una breve lista de nombres y números en el dorso de mi tarjeta, y añadí que alguien la recibiría cuando aterrizara el avión. Ella me escuchó, sin poner reparos cuando le dije que no me telefoneara ni enviara e-mails, nada. Sólo tenía que descansar y comer bien.

—Si te aburres, piensa en el vestido que querrás ponerte.

—Sabes que no uso vestidos.

—La excepción confirma la regla.

Saqué un bolígrafo de la funda del ordenador y dibujé una sortija sobre el anular izquierdo de Amanda, con líneas que salían de un gran diamante refulgente en el centro.

—Amanda Diaz, te amo de todo corazón. ¿Quieres casarte conmigo?

—Ben.

—Tú y el Rorro.

Lágrimas de felicidad le surcaron las mejillas. Me rodeó con los brazos y dijo «Sí, sí, sí», y juró que no se lavaría el anillo dibujado hasta que tuviera uno real.

En el aeropuerto desayunamos cruasanes de chocolate y café con leche, y cuando anunciaron el vuelo de Amanda la acompañé hasta donde pude. Entonces la abracé y ella lloró contra mi pecho hasta que yo también rompí a llorar. ¿Podía haber una situación más escalofriante? No lo creía. El temor a perder a alguien que amas tanto.

Una y otra vez besé su boca magullada. Si el amor contaba para algo, ella estaría a salvo. Y también nuestro bebé. Y yo volvería a ver a ambos.

Pero el pensamiento opuesto me atravesó como una lanza. Quizá nunca volviera a ver a Amanda. Aquello podía ser el fin para nosotros.

Me sequé los ojos con las palmas y seguí a Amanda con la mirada cuando cruzó el puesto de control. Ella se despidió con la mano y me lanzó besos antes de enfilar el largo pasillo.

Cuando ya no pude verla más, salí del aeropuerto, tomé un taxi a la Gare du Nord y abordé un tren de alta velocidad para Ámsterdam.

116

Cuatro horas después de abordar el tren en París, me apeé en la Centraal Station de Ámsterdam, donde llamé a Jan van der Heuvel desde un teléfono público. Antes de irme de París me había comunicado con él para pedirle una reunión urgente. Volvió a preguntarme por qué ese encuentro era tan urgente, y esta vez se lo dije.

—Henri Benoit me envió un vídeo que usted debería ver.

Hubo un largo silencio, hasta que me indicó cómo llegar a un puente que cruzaba el canal Keizersgracht, a pocas calles de la estación de trenes.

Encontré a Van der Heuvel junto a una farola, mirando el agua. Lo reconocí por la entrevista que le habían hecho en Copenhague, cuando los reporteros le preguntaban cómo se sentía después del crimen de Mieke Helsloot.

Ahora llevaba un elegante traje de gabardina gris, una camisa blanca y una corbata color carboncillo con una pátina plateada. Tenía rasgos angulosos y la raya que le dividía el pelo parecía trazada con precisión quirúrgica.

Me presenté, diciendo que era un escritor de Los Ángeles.

—¿Cómo conoce a Henri? —preguntó tras una pausa.

—Estoy escribiendo su biografía. O autobiografía. Él me la encargó.

—¿Lo conoce personalmente?

—En efecto, sí.

—Todo esto me sorprende. ¿Él le dio mi nombre?

—En el mundo editorial, este tipo de libro se conoce como *tell-all*, porque se cuenta todo. Y Henri así lo hizo.

Van der Heuvel parecía sumamente incómodo. Evaluó mi aspecto, como si no supiera si continuar con aquella conversación.

—Puedo concederle unos minutos —dijo al fin—. Mi oficina está cerca. Venga.

Cruzamos el puente y nos dirigimos a un elegante edificio de cinco pisos en lo que parecía una exclusiva zona residencial. Abrió la puerta y me dijo que pasara yo primero. Subimos hasta el piso más alto por cuatro tramos de escalera iluminados. Mis esperanzas se acrecentaban mientras subía.

Van der Heuvel era perverso como una serpiente. Siendo miembro de la Alianza, era tan culpable de los asesinatos como si los hubiera cometido con sus propias manos. Pero aunque fuera despreciable, yo necesitaba su colaboración, así que debía controlar mi furia y mantenerla oculta. Si aquel holandés podía conducirme a Henri Benoit, tendría otra oportunidad de liquidarlo.

Esta vez no fallaría.

Van der Heuvel me condujo por su estudio de diseño, una vasta estancia muy iluminada, de madera y cristal. Me ofreció una cómoda silla frente a él, ante una mesa larga de dibujo, cerca de unas altas ventanas.

—Es gracioso que Henri le esté contando su biografía —dijo—. Me imagino cuántas mentiras le habrá dicho.

—Dígame si esto le parece gracioso —respondí. Encendí el ordenador, lo giré hacia él y pulsé PLAY para que Van der Heuvel viera los últimos minutos de Gina Prazzi.

Creo que no había visto el vídeo antes, pero lo miró con expresión inmutable.

—Pues lo gracioso es que creo que él la amaba —dijo cuando terminó.

Detuve el reproductor de vídeos y Van der Heuvel me miró a los ojos.

—Antes de ser escritor fui policía —le dije—. Creo que Henri está haciendo limpieza. Está matando a la gente que conoce su identidad. Ayúdeme a encontrarlo, Van der Heuvel. Soy su mejor oportunidad de supervivencia.

117

Van der Heuvel daba la espalda a las altas ventanas. Su larga sombra caía sobre la mesa de roble, y la luz de la tarde le aureolaba el rostro.

Sacó un paquete de cigarrillos de un cajón, me ofreció y luego encendió uno para él.

—Si supiera cómo encontrarlo —dijo—, ya no sería un problema, pero Henri es un genio del escapismo. No conozco su paradero. Nunca lo he conocido.

—Trabajemos en esto juntos —propuse—. Compartamos algunas ideas. Usted debe de saber algo que pueda conducirme hasta él. Sé que estuvo prisionero en Iraq, pero Brewster-North es una empresa privada, hermética como una bóveda. Sé que el falsificador que trabaja para Henri está en Beirut, pero ignoro su nombre...

—Ah, esto es demasiado —dijo Van der Heuvel, riendo. Era una risa estremecedora porque había auténtico humor en ella. Yo le parecía cómico—. Henri es un psicópata. ¿Acaso no lo ha descubierto aún? Ese hombre alucina. Es narcisista, y ante todo es un mitómano. Henri nunca estuvo en Iraq. Él mismo falsifica sus documentos. Entienda una cosa, señor Hawkins: Henri se glorifica ante usted, inventa una biografía mejorada. Usted es como un perrito al que llevan a rastras...

—¡Oiga! —exclamé, golpeando la mesa y poniéndome de

pie—. No se ponga difícil. He venido aquí para encontrar a Henri. No tengo el menor interés en usted, ni en Horst Werner, ni en Raphael dos Santos ni los demás patéticos pervertidos de ese club. Si no puede ayudarme, sólo me queda acudir a la policía y contarles todo.

Van der Heuvel volvió a reír y luego pidió que me calmara y me sentara. Yo estaba conmocionado. ¿Acababa de responder a mi pregunta sobre el porqué del libro? ¿Henri quería glorificar su biografía?

El holandés abrió su ordenador.

—Hace dos días recibí un mensaje de Henri —dijo—. El primero que me envía directamente. Quería venderme un vídeo. Creo que acabo de verlo gratuitamente. Usted dice que no tiene interés en nosotros. ¿Seguro?

—Ninguno en absoluto. Sólo me interesa Henri. Él ha amenazado mi vida y a mi familia.

—Quizás esto le ayude en su trabajo de detective. —Pasó los dedos por el teclado del ordenador mientras hablaba—. Henri Benoit, como se hace llamar, fue un monstruo desde su infancia. Hace treinta años, cuando él tenía seis, estranguló a su hermanita en la cuna.

No pude ocultar mi sorpresa mientras Van der Heuvel asentía sonriendo y echaba la ceniza en un cenicero, asegurándome que decía la verdad.

—Un chiquillo precioso. Mejillas regordetas y grandes ojos. Asesinó a un bebé. El diagnóstico fue trastorno psicopático de la personalidad, y es muy raro que un niño reúna todos los síntomas. Lo enviaron a una institución psiquiátrica, la Clinic du Lac de Ginebra.

—¿Esto está documentado?

—Claro que sí. Yo me encargué de investigarlo cuando le conocí. Según el jefe de psiquiatría de esa institución, el doctor Carl Obst, el niño aprendió mucho durante sus doce años de reclusión. Antes que nada, a imitar a la gente. También aprendió varios idiomas y un oficio: artes gráficas.

¿Van der Heuvel me decía la verdad? En tal caso, eso explicaba cómo Henri podía adoptar una personalidad, falsificar documentos, escurrirse a voluntad entre las hendijas.

—Cuando le dieron el alta, a los dieciocho años, nuestro muchacho se dedicó a homicidios y robos. Me consta que robó un Ferrari, entre otras cosas. Pero cuando conoció a Gina hace cuatro años, ya no tuvo que conformarse con las sobras del festín.

Me contó que Gina «estaba prendada de Henri», que él le había hablado de sus intimidades y predilecciones sexuales. Le dijo a Gina que había cometido actos de violencia extrema. Y que quería ganar mucho dinero.

—Ella tuvo la idea de que Henri brindara entretenimiento a nuestro pequeño grupo, y Horst aprobó la propuesta.

—Y allí apareció usted.

—Así es. Gina nos presentó.

—Henri dijo que a usted le gustaba mirar desde un rincón.

Van der Heuvel me observó como si yo fuera un insecto exótico y no supiera si aplastarme o incluirme en su colección.

—Otra mentira, Hawkins. A él le daban por culo y gemía como una hembra. Pero esto es lo que debe saber usted, porque es la verdad. Nosotros no hicimos de Henri lo que es. Sólo lo alimentábamos.

118

Los dedos de Van der Heuvel volvieron a volar sobre el teclado.

—Y ahora una rápida ojeada. Estrictamente confidencial. Le mostraré cómo se desarrolló este joven.

Su cara resplandecía de deleite cuando volvió el ordenador hacia mí.

Por la pantalla desfiló una serie de fotos fijas extraídas de vídeos de mujeres atadas, torturadas y decapitadas.

Apenas lograba asimilar lo que veía mientras Van der Heuvel pasaba las imágenes, fumando y haciendo comentarios joviales sobre una exhibición de horror absoluto e inimaginable.

Sentí que me mareaba. Empecé a pensar que Van der Heuvel y Henri eran la misma persona. Los odiaba por igual. Tuve ganas de matar al holandés, aquel cerdo inmundo, y pensaba que podía hacerlo sin pagar ninguna consecuencia.

Pero necesitaba que él me condujera hasta Henri.

—Al principio yo no sabía que los asesinatos eran reales —me decía—, pero cuando Henri empezó a cortar cabezas, me di cuenta, por supuesto. En el último año empezó a escribir sus propios guiones. Demasiada petulancia y codicia. Era peligroso. Y nos conocía a Gina y a mí, así que no había modo fácil de liquidar el asunto. —Exhaló una bocanada de humo—.

La semana pasada, Gina me dijo que podríamos acallarlo con dinero, o hacerlo desaparecer. Es obvio que lo subestimó. Nunca me dijo cómo se ponía en contacto con él, así que se lo repito, Hawkins: ignoro el paradero de Henri. Es la verdad.

—Horst Werner firma los cheques de Henri, ¿verdad? Dígame cómo encontrar a Werner.

Van der Heuvel apagó el cigarrillo. Ya no sentía deleite. Me habló con gravedad, enfatizando cada palabra.

—Señor Hawkins, no le conviene conocer a Horst Werner. A usted menos que a nadie. A él no le gustará el libro de Henri. Hágame caso y no deje cabos sueltos. Borre los datos de su ordenador. Queme las cintas. Nunca mencione la Alianza ni a sus miembros ante nadie. Este consejo puede salvarle la vida.

Era demasiado tarde para borrar el disco duro. Le había enviado a Zagami las transcripciones de las entrevistas con Henri y el bosquejo del libro. En Nueva York, las transcripciones se habían fotocopiado y habían circulado entre los correctores y los consultores legales de Raven-Wofford. Los nombres de los miembros de la Alianza estaban en todo el manuscrito.

Traté de hacerme el recio.

—Si Werner me ayuda a mí, yo lo ayudaré a él.

—Tiene usted un ladrillo por cerebro, Hawkins. Escuche lo que le digo. Horst Werner es un hombre poderoso con brazos largos y puños de acero. Puede encontrarle dondequiera que usted esté. ¿Entiende, Hawkins? No tenga miedo de Henri, no es más que nuestro pequeño juguete de cuerda. Tenga miedo de Horst Werner.

119

Van der Heuvel puso un fin abrupto a nuestra reunión, y me despidió diciendo que debía tomar un vuelo.

Mi cabeza parecía una olla a presión a punto de estallar. La amenaza contra mí se había duplicado, una guerra en dos frentes: si no escribía el libro, Henri me mataría; si lo escribía, me mataría Werner.

Aún no había encontrado a Henri, y ahora debía impedir que Van der Heuvel le hablara a Werner del libro y de mí.

Saqué la Ruger de Henri de la funda del ordenador y encañoné al holandés.

—¿Recuerda que le dije que no tenía interés en usted ni en la Alianza? —dije con la voz crispada por el miedo y la furia contenidos—. He cambiado de parecer. Tengo un gran interés.

Él me miró con desdén.

—Hawkins, si me mata se pasará el resto de su vida entre rejas. Y Henri seguirá suelto y viviendo a todo lujo en alguna parte del mundo.

—Quítese el abrigo —ordené, moviendo la pistola—, y todo lo demás.

—¿A qué viene esto, Hawkins?

—Me gusta mirar. Ahora cierre el pico. Quítese toda la ropa. La camisa, los zapatos, los pantalones, todo.

—Usted es un auténtico imbécil —dijo, obedeciendo—.

¿De qué puede acusarme? ¿Un poco de pornografía en mi ordenador? Esto es Ámsterdam. No somos mojigatos como los americanos. No puede vincularme con nada de esto. ¿Me ha visto a mí en alguno de esos vídeos? No lo creo.

Aferré la pistola con ambas manos, encañonándolo, y cuando estuvo desnudo le dije que se apoyara contra la pared de cara a la misma. Luego le propiné un culatazo en la nuca, el mismo tratamiento que Henri me había dado a mí.

Dejándolo inconsciente en el suelo, recogí la corbata de la ropa amontonada en la silla y le maniaté las muñecas a la espalda.

Su ordenador estaba conectado a Internet y trabajé deprisa, adjuntando los vídeos de Henri Benoit a mensajes dirigidos a mi correo. ¿Qué más podía hacer? De la mesa cogí un marcador fluorescente y me lo metí en un bolsillo de la americana.

Luego recorrí el inmaculado *loft* de Van der Heuvel, que abarcaba toda la planta. El hombre cuidaba su vivienda. Tenía objetos hermosos. Libros caros. Dibujos. Fotografías. El guardarropa era como un museo de la indumentaria. Era indignante que un hombre tan ruin, tan depravado, pudiera llevar una vida tan lujosa y despreocupada.

Fui hasta la suntuosa cocina y encendí los hornillos de gas.

Arrojé servilletas y corbatas de doscientos dólares al fuego, y cuando las llamas llegaron al techo, se activó el sistema antiincendios.

Una alarma vibró en la escalera y tuve la certeza de que otra alarma sonaría en un cuartel de bomberos cercano.

Mientras el agua anegaba los exquisitos suelos de madera, regresé a la sala principal, guardé ambos ordenadores y me los eché al hombro.

Luego abofeteé al holandés, lo llamé por su nombre y lo obligué a levantarse.

—¡Arriba! ¡Levántese! ¡Vamos!

Pasé por alto sus preguntas mientras lo llevaba escalera

abajo hasta la calle. El humo brotaba por las ventanas y, tal como esperaba, una multitud de mirones y curiosos se había congregado delante de la casa; hombres y mujeres bien vestidos, viejos y niños con bicicletas que la ciudad ofrecía gratis a los residentes.

Obligué a Van der Heuvel a sentarse en el bordillo y destapé el marcador. «Asesino», le escribí en la frente. Él le habló a la multitud con voz estridente. Estaba rogando, pero la única palabra que le entendí fue «policía». Comenzaron a aparecer teléfonos móviles.

Pronto aullaron las sirenas, y cuando se aproximaron yo quería ulular con ellas. Pero mantuve la pistola de Henri apuntada a Van der Heuvel y esperé la llegada de la policía.

Cuando llegaron, dejé la Ruger en la acera y señalé la frente de Van der Heuvel.

120

Suiza.

Dos policías iban en el asiento delantero y yo iba en el trasero de un coche que se dirigía velozmente hacia Wengen, una localidad alpina que parecía de juguete, a la sombra del Eiger.

Mientras el coche serpeaba en las carreteras angostas y heladas, yo aferraba el reposabrazos, me inclinaba hacia delante y clavaba los ojos en el camino. No temía que el coche saltara por encima de un guardarraíl. Temía que no llegáramos a tiempo para detener a Horst Werner.

El ordenador de Van der Heuvel contenía su lista de contactos, y además de la lista completa de vídeos de Henri, yo había entregado mis transcripciones de sus confesiones en aquella caravana. Expliqué a la policía el vínculo entre Henri Benoit, asesino en serie a sueldo, y la gente que le pagaba.

La policía estaba eufórica.

Sólo habían reparado en el vínculo que unía a las víctimas de Henri (decenas de muertes horribles en Europa, América y Asia) después del crimen de las dos jóvenes de Barbados. Ahora la policía suiza confiaba en que Horst Werner entregara a Henri si se lo presionaba lo suficiente.

Mientras nos dirigíamos a la villa de Werner, agentes de la ley estrechaban el círculo sobre los miembros de la Alianza en diversos países. Deberían haber sido horas triunfales para mí, pero yo era presa del pánico. Había llamado a varios amigos, pero no había teléfonos en el lugar donde estaba Amanda. Ignoraba si pasarían horas o días hasta que pudiera saber si estaba a salvo. Y aunque Van der Heuvel había dicho que Henri era un juguete, yo tenía más pruebas que antes de su crueldad, su ingenio, su afán de venganza. Y finalmente entendí por qué Henri me había fichado para escribir el libro: quería que apresaran a sus titiriteros, los miembros de la Alianza, para librarse de ellos, para cambiar de nuevo su identidad y llevar una vida autónoma.

El coche frenó, y los neumáticos patinaron sobre el hielo y la gravilla hasta que se detuvo al pie de un muro de piedra. El muro protegía un complejo semejante a una fortaleza, erigido al pie de una colina.

Se oyeron portazos, el crepitar de las radios. Unidades especiales nos flanquearon, docenas de hombres con chaleco antibalas, armados con armas automáticas, lanzagranadas y equipo de alta tecnología que yo ni siquiera sabía nombrar.

A cincuenta metros, más allá de un campo nevado, estallaron cristales de ventana en una esquina de la villa. El tiroteo se incrementó y desde dentro nos devolvían el fuego; las granadas tronaban al explotar dentro de la finca.

Cubiertos por el fuego de sus compañeros, varios agentes avanzaron hacia la villa y se oyó el rugido de la nieve que se desprendía de la empinada roca que había detrás de la fortaleza de Horst. Se oían gritos en alemán, más fuego de armas ligeras, y me imaginé el cadáver de Horst Werner saliendo en una camilla, el acto final de su caída.

Pero, si Horst Werner moría, ¿cómo encontraríamos a Henri?

La enorme puerta de la villa se abrió. Los hombres parapetados a ambos lados contra la pared apuntaron sus armas.

Y entonces lo vi.

Horst Werner —el engendro que Van der Heuvel había definido como un hombre de brazos largos y puños de acero,

al que no me convenía conocer— salía de su morada de piedra. Era robusto y barbado, llevaba gafas con montura de oro
y sobretodo azul, y aun con las manos entrelazadas encima de
la cabeza tenía un porte confiado, casi diría militar.

Aquél era el libertino corrupto que lo dirigía todo, el mirón de mirones, el asesino de asesinos, el mago de una Oz infernal y pervertida.

Estaba con vida, y en manos de la policía.

121

Metieron a Werner en un vehículo blindado, y los policías suizos lo siguieron en caravana. Yo fui en otro coche con dos investigadores de la Interpol. Una hora después de la captura, llegamos a una comisaría y comenzó el interrogatorio del detenido.

Yo miraba ansiosamente desde un cuarto de observación cuya ventana-espejo mostraba la sala de interrogatorios.

Mientras Werner aguardaba la llegada de su abogado, su cara estaba perlada de sudor. Supe que habían subido la calefacción, que las patas delanteras de la silla de Werner eran más cortas que las traseras, y que el comisario Voelker, que lo interrogaba, no obtenía mucha información.

Un joven agente sentado detrás de mi silla me traducía.

—Herr Werner dice que no conoce a Henri Benoit, que no ha matado a nadie. Que él mira pero no hace nada.

Voelker salió un momento de la sala y regresó con un CD. Le habló a Werner y el intérprete me dijo que habían hallado ese disco dentro de un reproductor de DVD, junto con otros CD, en la biblioteca de Werner. El rostro de éste se demudó cuando Voelker insertó el disco en un reproductor.

¿Qué vídeo era ése? ¿El asesinato de Gina Prazzi? ¿Otra muerte perpetrada por Henri?

Moví la silla para ver el monitor y contuve la respiración.

En la pantalla había un hombre con la cabeza gacha. Podía verle desde la coronilla hasta la mitad de la camiseta. Cuando irguió la cara hinchada y ensangrentada, miró hacia otro lado, impidiendo que lo viera. Por ese breve atisbo, parecía rondar los treinta y carecer de rasgos distintivos. Era obvio que se estaba realizando un interrogatorio. Sentí una tensión extrema mientras observaba.

«Henri, di las palabras», dijo una voz en *off*.

Mi corazón dio un brinco. ¿Era él? ¿Habían capturado a Henri?

«Yo no soy Henri —respondió el cautivo—. Mi nombre es Antoine Pascal. Se han equivocado de hombre.»

«No es difícil pronunciarlas —repuso la voz—. Sólo di las palabras y quizá te soltemos.»

«Insisto, no me llamo Henri. Mi identificación está en mi bolsillo. Mire en mi cartera.»

El interrogador apareció ante la cámara. Aparentaba más de veinte años, de cabello oscuro, y en el cuello tenía tatuada una telaraña que ascendía hasta la mejilla izquierda. Ajustó el objetivo para obtener una toma amplia de un cuartucho desnudo y sin ventanas, un sótano alumbrado por una bombilla. El cautivo estaba amarrado a una silla.

«De acuerdo, Antoine —le dijo el hombre del tatuaje—. Hemos visto tu identificación y admiramos tu capacidad para transformarte en otra persona. Pero me estoy cansando del juego. Pronuncia las puñeteras palabras de una vez. Contaré hasta tres.»

El hombre del tatuaje empuñaba un largo cuchillo dentado con el que le golpeó el muslo mientras contaba.

«El tiempo se acaba —dijo—. Creo que esto es lo que siempre quisiste, Henri. Conocer ese momento entre la vida y la muerte. ¿Correcto?»

La voz del cautivo me resultaba familiar, y también la expresión de sus ojos claros y grises. Era Henri. De pronto lo supe.

Me embargó el horror cuando comprendí lo que sucedería. Quise gritarle a Henri, expresar una emoción que yo mismo no entendía. Había estado dispuesto a matarlo, pero no soportaba aquello. No podía limitarme a mirar.

Henri soltó un escupitajo contra el objetivo y el hombre del tatuaje le aferró un mechón de pelo castaño. Tiró del cuello hasta tensarlo.

«¡Pronuncia las palabras!», aulló.

Y a continuación le asestó tres vigorosos cuchillazos en la nuca, separando de los hombros la cabeza de Henri.

Borbotones de sangre salpicaron a Henri, a su verdugo, la lente de la cámara.

«Henri. ¿Me oyes, Henri?», preguntó el verdugo, y acercó la cabeza cortada a la cámara.

Me aparté del cristal, pero no pude dejar de mirar el vídeo. Me parecía que Henri me clavaba los ojos a través del monitor. Aún los tenía abiertos. Y de repente parpadeó. De veras. Parpadeó.

El verdugo se inclinó ante la cámara; su barbilla goteaba sangre y sudor.

«¿Todos satisfechos?», dijo sonriendo con satisfacción.

122

Se me hizo un nudo en la garganta y temblaba espasmódicamente, sudando. Me aliviaba que Henri hubiera muerto, pero al mismo tiempo mi sangre gritaba en mis arterias. Me aterraban las imágenes morbosas e indelebles que acababan de grabarme en el cerebro.

Dentro de la sala de interrogatorios, la expresión impávida de Horst Werner no había cambiado, pero alzó la cara y sonrió dulcemente cuando se abrió la puerta y entró un hombre de traje oscuro que le apoyó una mano en el hombro.

Mi intérprete confirmó mi intuición: había llegado el abogado de Werner.

La conversación entre el abogado y el comisario Voelker fue un breve y áspero cruce de palabras que se resumía en un hecho inapelable: no había pruebas suficientes para retener a Werner.

Me quedé pasmado viendo cómo Werner salía de la sala con su abogado. Libre.

Un momento después, Voelker se reunió conmigo en el cuarto de observación y me dijo que aún no había terminado. Ya se habían obtenido órdenes judiciales para inspeccionar los datos bancarios y telefónicos de Werner. Presionarían a los miembros de la Alianza allá donde estuvieran, aseguró. Sólo era cuestión de tiempo, y acabarían encerrando a Werner. La Interpol y el FBI ya trabajaban en el caso.

Salí de la comisaría con las piernas flojas, pero disfruté del aire puro y la luz diurna. Un coche aguardaba para llevarme al aeropuerto. Le dije al chófer que se diera prisa. Encendió el motor y subió el cristal de la mampara, pero tras arrancar mantuvo una velocidad moderada.

En mi cabeza, Van der Heuvel decía: «Tenga miedo de Horst Werner.» Y vaya si tenía miedo. Werner se enteraría de que yo había hecho transcripciones de la confesión de Henri. Se podían usar como prueba contra él y los Mirones. Yo había reemplazado a Henri como el gran testigo, el que podía arruinar a Werner y a los demás con acusaciones de asesinato múltiple.

Mi cerebro cruzaba continentes. Golpeé la mampara.

—Más aprisa —le grité al conductor—. Vaya más aprisa.

Tenía que llegar hasta Amanda en avión, en helicóptero, en lo que fuera. Tenía que llegar el primero. Teníamos que ocultarnos. No sabía por cuánto tiempo, ni me importaba.

Sabía lo que haría Horst Werner si nos encontraba.

Lo sabía.

Y no podía dejar de preguntarme otra cosa: ¿Henri estaba muerto de verdad?

¿Qué había visto en la comisaría?

Aquel parpadeo, ¿era un guiño? ¿Aquella filmación era una de sus artimañas?

—Más aprisa.

EPÍLOGO

por Benjamin Hawkins

Carta a mis lectores

Cuando se publicó este libro, las ventas excedieron las expectativas de la editorial, pero nunca se me había ocurrido que estaría en miles de librerías de todo el mundo, y que yo me encontraría viviendo en una cabaña en la falda de una montaña en un país que no es el mío. «Ten cuidado con lo que deseas, porque puede cumplirse», dirían algunos. Y yo respondería: «Tengo lo que deseaba, de un modo que jamás habría imaginado.»

Estoy con Amanda, mi amada, y ella se ha adaptado fácilmente a la sobrecogedora belleza y la soledad de nuestra nueva vida. Es bilingüe y me ha enseñado a hablar otro idioma, y a cocinar. Desde el principio cultivamos un huerto, y una vez por semana bajamos a un pueblo encantador en busca de pan, queso y otras vituallas.

Amanda y yo nos casamos en esta aldea, en una pequeña iglesia construida por manos devotas, bendecidos por un sacerdote y una congregación que nos ha acogido con afecto. El bebé será bautizado aquí cuando llegue a este mundo, y no veo el momento de que nazca. Nuestro hijo.

Pero ¿cuál será su herencia? ¿Qué dicha puedo prometerle? La primera vez que vi el vehículo que subía por el camino

FRANKLIN COUNTY LIBRARY
906 NORTH MAIN STREET
LOUISBURG, NC 27549
BRANCHES IN BUNN,
FRANKLINTON, & YOUNGSVILLE

que trepa desde el valle, le entregué un arma a mi prometida y dispuse pistolas en la mesa cerca de la ventana.

El coche era un transporte privado que mi editorial había contratado para traerme la correspondencia y noticias del mundo. Después de cachear al conductor y recibir el envío, leí todo lo que me había mandado Zagami. Supe que habían capturado a los Mirones, que todos irán a juicio por homicidio, asociación ilícita para cometer crímenes y otros delitos que los mantendrán en la cárcel de por vida.

En ciertos días mi mente se concentra en Horst Werner, sus brazos largos y sus puños de acero, y mientras su juicio se prolonga, pienso que al menos sé dónde está.

Y después pienso en Henri.

A veces proyecto las imágenes de su muerte en mi mente, como una película pasando por los dientes de un anticuado proyector. Miro su horrenda ejecución y me convenzo de que realmente está muerto.

En otras ocasiones tengo la certeza de que ha engañado a todo el mundo, de que vive bajo un nombre falso, igual que yo. Y de que un día nos encontrará.

Quiero dar las gracias a mis lectores por sus cartas, su preocupación y sus plegarias por nuestra seguridad. Aquí la vida es grata. A veces soy muy feliz, pero no puedo superar del todo mi temor por el monstruo psicópata que conocí tan bien, y nunca podré olvidar a la familia McDaniels: Levon, Barbara y Kim.

FRANKLIN COUNTY LIBRARY
906 NORTH MAIN STREET
LOUISBURG, NC 27549
BRANCHES IN BUNN,
FRANKLINTON, & YOUNGSVILLE

Agradecimientos

Los autores quieren expresar su gratitud a estos talentosos profesionales por concederles generosamente su tiempo y sus conocimientos: el doctor Humphrey Germaniuk, el comisario Richard Conklin, Clint Van Zandt, el doctor David Smith, la doctora Maria Paige y Allison Adato.

También nuestro agradecimiento a nuestros excelentes investigadores: Rebecca DiLiberto, Ellie Shurtleff, Kai McBride, Sage Hyman, Alan Graison, Nick Dragash y Lynn Colomello.

Un reconocimiento especial a Michael Hampton, Jim y Dorian Morley, Sue y Ben Emdin, y a Mary Jordan, que hace que todo esto sea posible.

OTROS TÍTULOS DEL MISMO AUTOR

CROSS

Alex Cross despuntaba ya en la Policía de Washington cuando una supuesta bala perdida acabó con la vida de su mujer, Maria. Aunque el cuerpo le pedía venganza, el cuidado de sus hijos resultó ser una realidad imposible de posponer. Pero ahora, diez años después, su vida ha cambiado radicalmente: se ha retirado del FBI e incluso su vida familiar parece en orden.

Entonces, su antiguo compañero John Sampson le llama para pedirle un favor. Está siguiendo la pista a un violador en serie con un brutal *modus operandi*: amenaza a sus víctimas con fotos aterradoras de torturas cometidas por él mismo. Cross y Sampson necesitan el testimonio de alguna de las mujeres, pero ellas se niegan a revelar nada acerca de su agresor.

Tanto Cross como Sampson ven clara la conexión de este caso con la muerte de Maria; parece que Alex tendrá la oportunidad de capturar al asesino de su mujer después de todo este tiempo. ¿Podrá por fin cerrar aquel doloroso episodio o esto es sólo la culminación de su propia obsesión?

Un nuevo y trepidante *thriller* del autor más adictivo del mundo.

MARY, MARY

Una alta ejecutiva de Hollywood es asesinada en el escenario de una película. Pronto, lo que parece ser un crimen aislado se revela como un eslabón más de una escalofriante cadena.

Arnold Griner, redactor de *Los Angeles Times*, comienza a recibir e-mails firmados por una tal Mary Smith en los que, en primera persona, se relata con morboso detalle cada uno de los asesinatos cometidos.

El agente del FBI Alex Cross tendrá que interrumpir sus vacaciones familiares para enfrentarse a este nuevo caso.